KB269241

첫, 소비의
파시즘이야

첫, 소비의
파시즘이야

챗, 소비의 파시즘이야

이상운 소설

문이당

작가의 말

소설가 F. B.가 만들어 낸 인물, 오스카 뒤프레슨은 자신이 부메랑이 되었으면 좋겠다고 말한다. 물론, 사람들이 그를 집어던지면 그는 그들을 향해 되돌아갈 것이다. 마찬가지로, 나는 내가 내는 책들이 부메랑이 되었으면 좋겠다. 당연히, 사람들이 내 책을 집어던지고 돌아서면 내 책은 즉각 그들의 뒤통수를 향해 날아갈 것이다.

각설하고. 이 책은 10년 전부터 최근까지 틈틈이 써서 발표하거나 그냥 두었던 10여 편의 단편 중에서 9편을 묶은 것이다. 그냥 묶은 게 아니고 자신을 잡문 작가라 부르는 여행 전문 작가 이마립을 화자로 내세워 다시 썼다. 이 허구적 인물을 나의 또 다른 자아로 보아도 말리지 않겠다. 소재가 무엇이건 모든 이야기는 결국 이야기하는 사람의 마음에 대한 이야기가 아닐까, 라는 뜻에서.

과연 세월은 흐르고, 봄날은 간다. 제발 한 계절에 엄지손톱 하나만큼씩이라도 내가 더 자유로워지기를 빌면서, 제법 오래전 어느 날 밤의 우연한 인연을 기억하고 새겨 주신 문이당 임성규 사장님께 감사드린다.

2007년, 여름

이　상　운

포복에 대한 명상

그때가 언제였는지 말해서 무엇 하랴. 언젠가 만취하여 긴 골목을 박박 긴 적이 있다. 물론 내게 그 기억이 남아 있을 리 없었고, 내 친구 철학자 김현이 끊어진 나의 뇌 필름에 애도를 표하며 그 일부를 복구해 준 것이었다.

김현의 증언에 의하면, 늦은 밤에 전화를 걸어 오늘 밤 필히 그와 인생을 논해야 하니 꼼짝 말고 기다리라고 해놓고서는 아무리 기다려도 오지 않아 골목으로 나가 보니 내가 흙바닥에서 완벽한 낮은 포복을 실천하고 있었다고 한다.

나는 골목 초입에서 시작하여 그의 집으로 들어서는 계단 앞까지 기었던 모양이다. 그는 나의 두 팔과 발과 무릎과 배가, 나 이마릅을 질질 끌고 온 흔적을 분명히 확인했다고 말했다.

「지금은 비가 와서 모두 지워졌겠지만. 역사란 흔히 지워지는 것이지.」

하고 그가 덧붙였다.

믿을 수 없었지만, 아니 믿고 싶지 않았지만 증거가 있었다. 어느 부자 잡지사 사장의 생일 파티에 참석하느라 일부러 구입하여 처음으로 입었던 양복이 만신창이가 되어 욕실 앞 신문지 위에 놓여 있었다.

나는 어떤 설치 미술 작품의 오브제 같은 그 걸레 덩어리를 바라보다가 혹시 거지랑 바꿔 입고 온 게 아닐까, 하고 한 가닥 희망을 피력해 보았다. 그러자 그는,

「학!」

하고 이상하게 웃으며, 내가 그런 신성한 일을 했으리라고 정말로 믿느냐고 반문했다. 아, 물론 모든 잡문 작가가 다 그런 것은 아니겠지만 최소한 나는 그런 위인이 못 되었다. 죽음을 향해 맹렬하게 질주하고 있는 지금도 마찬가지다. 말도 안 되는 소리다. 그가 슬퍼하는 나를 바라보며 쯧쯧 혀를 차더니,

「정말, 어떻게 된 거야?」

하고 말을 이었다.

그거야말로 내가 묻고 싶은 질문이었다. 정말 어떻게 된 것일까? 내가 어깨를 으쓱하자 그는,

「내 생각엔 직업병 같아!」

라며 하하하 웃었다.

직업병이라니, 나는 여로라는 화두를 머리에 이고 여행 관련 글

을 주로 쓰지만, 인생살이 온갖 잡사가 다 여행이라는 관점에서 세상만사를 내 글의 소재로 삼고 있는 글쟁이인데, 고주망태 포복이 직업병이라면 무슨 뜻인가?

하지만 그가 한 말의 속뜻을 묻지 못했다. 그가 강의를 하러 가야 한다면서 서둘렀기 때문이었다. 밥을 중시하는 뚱보 철학자 김현은 샤워를 한 뒤에 자신이 끓여 놓은 해장국을 먹고 한숨 푹 자라며 길을 나섰다.

오늘 내 책상 위에 놓인 국어사전을 보니 포복을 이렇게 풀이하고 있다.

'포복 : 배를 땅에 대고 김.'

그것뿐이다. 이건 정말 부족한 뜻풀이가 아닌가. 일차적인 의미상으로도 터무니없이 부족한 것이, 배를 땅에 대고 기는 포복뿐만 아니라 엉덩이를 땅에 대고 기는 포복도 있기 때문이다.

그럼 이차적 의미, 즉 비유적인 의미는 어떤가? 사전은 말이 없지만 누구나 생각할 수 있는 것이 비굴, 굴욕 따위 정도일 텐데, 그렇다면 철학자 김현이 그런 의미로 직업병이라고 말한 것이었을까? 비유라고도 할 수 없는 너무나 뻔한 그런 의미로?

'포복 : 비굴, 굴복'-《김현 국어사전》.

그래, 우리는 매일 포복하고 있고, 삶이란 원래 뻔한 것이긴 하다. 김현은 이 너무도 뻔한 상투어로 세상의 온갖 화려한 은유들을 후려갈기고 싶었던 것인지도 모르겠다. 게다가 지금은 심오한 모든 것들이 천박한 화장을 하고 있는 시대이니, 설령 그가 또 다른 심오한 의미를 염두에 두고 있었다 하더라도 달라질 것은 없을 것이다.

각설하고.

내 친구 철학자 김현은 언젠가 전날 너무 퍼마셔서 강의 도중에 토한 적이 있었다고 한다. 밖으로 도망칠 틈도 없었다고 한다. 그래서 그는 교단에 쪼그리고 앉아 가을 하늘을 날아가는 기러기처럼 모가지를 삐죽 내밀고—이것은 그가 직접 쓴 상투적인 비유인데—토했다고 한다. 그러니까 그 자세는 아마도 실패한 혹은 왜곡된 앉은 포복이었을 것이다.

토하면서 그는 오에 겐자부로의 소설 《개인적 체험》을 생각했다고 했다. 나도 읽어 봐서 잘 아는데 그 세계에도 학생들 앞에서 토하는 불쌍한 젊은 사내가 있다. 뇌에 치명적인 이상을 지니고 태어난 아이를 두고 참혹한 정신적 고뇌에 휩싸여 방황하는 젊은 아버지. 그 소설에는 선생의 오물에 코를 대어 냄새를 맡아 보고,

「술을 마셨어!」

라고 외치는 학생이 있는가 하면,

「야, 그거 먹으면 안 돼!」

라고 맞받아 외치는 학생도 있다.

김현은 논픽션과 픽션의 차이 운운하며 자신의 강의실에는 그런 재기 발랄한 녀석들이 없어 아쉬웠다고 했다.

「그런 녀석이 있으면 좋을 텐데, 라고 생각했지.」

그가 말을 이었다.

「입으로는 괴롭게 토하면서도 뇌로는 그런 희망을 만들고 있었다니까. 나의 위장과 식도와 입과 콧물과 눈물이 합세하여 마구 토하는 그 괴로운 시간에 말이야.」

《개인적 체험》의 토하는 남자는 학원에서 강의를 하다가 토한다. 그 얼마 뒤에 나는 '일등아카데미'라는 군대식 학원을 차려 엄청난 돈을 쓸어 담고 있는 고교 동창생 손학도에게 전화를 걸어,

「너도 강의 중에 토한 적 있어?」

라고 물어보았다.

「뭐?」

그가 버럭 소리를 질렀다.

「김현은 토했다는데?」

내가 묻자,

「난 강의 안 해.」

하고 그가 다시 소리 질렀다. 그러고는 내가,

「야…….」

하고 입을 연 순간 동시에,

「야, 지금 바쁘니까 끊어.」

하며 쿵, 하고 수화기를 내려놓았는데, 그때,

　「왜 이런 전화를 연결하고 지랄…….」

하고 그가 말라깽이 박사 비서에게 퍼붓는 한 토막 고함 소리가 들려오다 끊겼다.

　그래, 나도 바쁘다. 손학도 따위는 잊어버리고 내 기억의 주랑(柱廊)으로 포복 여행이나 한번 떠나 보자.

　고등학교 시절에도 그랬지만 대학 시절에도 나는 군사 훈련을 받았다. 여자 대학생들과 남자 귀신들과 여자 귀신들을 빼고 그 시절에는 이 나라의 모든 남자 대학생들이 포복하지 않을 수 없었다.

　교관은 실습에 앞서 포복의 정의, 포복의 목적, 포복의 종류, 포복의 응용 등에 대해서 강의했고, 최종적으로는 포복에 대한 나름의 철학적 견해까지 공포했다.

　「여러분! 적군에게 발각되지 않고 목표물에 접근하기 위해 우리는 포복을 해야 한다. 포복에는 크게 낮은 포복, 높은 포복, 앉은 포복 등이 있으며, 임기응변이 절대적으로 필요한 실제 전투 시에는 이 모든 방식을 상황에 맞게 뒤섞어서 창의적으로 활용해야 한다.」

　그러면서 교관은 방위 복무 중인 못생긴 조교를 시종 가지고 놀았다. 교관의 주장에 의하면, 누가 보아도 못생긴 그 조교가 우리 대학에 근무 중인 20명의 조교 중에서 가장 미남이었다. 미남 방위 조교는 교관의 명령에 기계처럼 반응했다. 그는 명령이 떨어지면 공포에 질린 무슨 벌레처럼 발발발 기어갔다. 그의 얼굴은 곧 죽음이 닥칠 것을 예감한 환자처럼 불안하고 침울해 보였다. 하지만 철이 없었던 우리들은 그저 깔깔깔 마구 웃었을 뿐이다.

「인간은 포복적 동물이다!」

이것이 그 교관이 내린 결론이었다. 그러고서 10분간 휴식이 있었고, 우리는 실전에 들어갔다. 앉은 포복! 높은 포복! 낮은 포복! 철조망 통과! 좌우로 소이동! 입으로 탕탕 총 쏘기! 으악 악악 괴성과 함께 돌격 앞으로!

하나도 즐겁지 않았다. 그러나 과연 인간은 포복적 동물이라는 교관의 주장은 믿을 만하다고 생각되었다. 돌격 앞으로, 라는 걸 하여 풀밭에 드러누워 푸른 하늘을 보고 있는데, 인간 외에 어떤 동물이 이처럼 다양한 포복을 실천할 수 있을 것인가, 라는 감탄이 가슴을 때렸다.

그러나 강의 시간 내내 득의만면이던 교관도 퇴근할 때는 쓸쓸한 얼굴이었다. 그의 아들이 다른 대학에서 방위 복무를 하며 조롱거리가 되고 있었는지도 모를 일이었다. 혹은 그 몇 년 전에 아내가 자신과 딸 둘을 남겨 두고 저 세상으로 가버렸는지도 모를 일이었다. 그런 사연을 알 수 있는 대화의 통로를 우리는 전혀 가지고 있지 않았다.

교관을 가리키며 김현은,

「포복적 존재가 서서 가려니 우울한가 봐.」
하고 한마디 했다.

　김현과 나는 당당한 직립 인간으로 캠퍼스 중앙 도로를 걸어 내려갔다. 가로등마다 매달린 요강처럼 생긴 스피커에서 교내 저녁 방송이 울려 퍼지고 있었고, 우리는 음악에 발을 맞춰 씩씩하게 걸어갔다. 대학 병원으로 통하는 잔디 길 저편에서 하루의 일과로 지친 이른바 '짭새'들도 퇴근 준비를 하고 있었다.
　그와 나는 캠퍼스를 벗어나 거리로 나갔다. 누런 점퍼를 입은 두 명의 남자 공무원이 불법 무기류 자진 신고 기간을 알리는 정부 공고를 담벼락에 붙이고 있었다. 그것을 본 순간, 캠퍼스에서 주운 최루탄 탄피가 생각났다. 나의 자취방에 모셔 놓은 그것은 어릴 때 동네 아저씨들이 황혼이 진 가을 하늘을 떼 지어 날아가는 기러기를 잡을 때 사용한 엽총 탄피와 비슷했다.
　세 명의 여학생들이 오락실에서 나오고 있었다. 그들은 정장 차림이었고, 《뇌를 속이는 뇌》, 《순수는 비순수를 상상할 수 있나 없나》 따위의 책을 옆구리에 끼고 있었다. 긴 머리에 검은색 투피스 차림의 여자가 내 마음에 들었다. 아주 마음에 들어 당장 껴안고 한바탕 난동을 부리고 싶을 지경이었다. 하지만 나는 돌발적으로 치솟아 오른 나의 욕망을 감추려고 무관심한 척 걸어갔다.
　우리가 자주 가던 꽃다방은 내부 수리 중이었고, 입구에는 최루탄 가루 같은 실내 장식용 횟가루가 떨어져 있었다. 노란 최루탄 가루를 처음 보았을 때, 나는 초등학교 시절의 구호품 옥수수 가루를 생각했다. 그 옥수수 가루에 대해서는 전혀 불만이 없었다. 점심때마다 그것으로 쑨 죽을 알루미늄 도시락 뚜껑에 받아서 먹었는데, 단 한 번도 맛이 없다고 생각한 적이 없었다.

하지만 맛이 좋은 것은 권력과 연결되고, 권력은 포복을 부르기 마련이다. 옥수수 포대는 교장 사택 창고에 가득 쌓여 있었고, 거기에는 분유 포대도 잔뜩 쌓여 있었는데, 내 또래의 교장 아들 녀석이 그 분유를 무기로 아이들을 지배하려고 했다.

그 녀석은 때로 성공을 거두어, 집에 분유 창고가 없는 모든 가난한 어린이들이 그놈의 가랑이 사이로 기어 들어갔다. 말할 것도 없이, 가랑이 사이로 포복을 마친 아이들은 녀석에게서 옥수수 죽보다 훨씬 맛있는 분유를 받아먹었다.

그런 것이다. 아니, 그렇다고 집에 분유 창고가 없는 아이들만 포복을 하는 것은 절대 아니다. 포복은 대체로 교양 있어 보이고 자존심 강한 교수님들도 피할 수 없었다. 철쭉이 만발한 어느 봄날, 최루탄에 고통당한 우리들은,

「좋다. 한번 붙어 보자 이 새끼들아!」

하며 투석을 선택했는데, 분기탱천하여 리어카에 벽돌과 짱돌을 가득 싣고 중앙 도로를 내려갈 때 바로 그 대머리와 백발의 교수님

들이 나타났다.

　그분들은 우리를 가로막더니 그들 중 대머리인지 백발인지가,

　「에, 학생 여러분!」

하고 교양 있게 한마디 하는 것이었다. 그러나 그것으로 끝이었다. 기습적으로 여러 발의 최루탄이 발사되어 도무지 정신을 차릴 수 없었기 때문이었다. 되는대로 벽돌과 짱돌을 내던지다 달아나면서 보니 대머리와 백발들은,

　「아이고! 아이고!」

하고 신음하면서 엉금엉금 기고 있었다. 그 자세는 형편없이 서툰 높은 포복이었다.

　짱돌을 던지고 도망치다가 얼굴에 최루탄 가루를 뒤집어쓰는 바람에 어쩔 수 없이 포복을 했으나 결국 붙잡혀 닭장차에 실려 가 보름간 철창에서 살다가 나온 철학도 김현의 증언에 의하면, 같은 처지의 철창 동료 일동은 매일 오전 대한민국의 지정학적 조건에서 본 국가 안보와 주 예수 그리스도의 사랑에 대한 목사님의 설교를 들었는데, 그 목사는 설교를 마감하면서 늘 이렇게 요구했다고 한다.

　「회개한 자 손드시오!」

　그러면 김현은 한쪽 발만 보이지 않게 살짝 들었다가 놓았다고 한다.

「순간적으로 자지를 들 수 있었으면 자지를 들었을 거야 아마.」
하고 김현은 자신만이 아는 진실을 내게 가르쳐 주었다.

인간의 일치고 그렇지 않은 것이 어디 있겠는가마는, 포복은 물리적인 것이고 또한 정신적인 것이다. 박정희 대통령이 사망한 뒤였다. 도처의 거리에서, 그리고 대학 캠퍼스에서 민주화 요구가 거세게 일어나고 더불어,
「어용 교수 물러가라!」
라는 구호가 메아리치던 시절이었다.
어느 날 우리는 늙은 철학 교수의 강의를 들었다. 무슨 과목이었는지는 잊어버렸고, 계단식의 초대형 강의실이었던 것만 기억하고 있다. 교수는 백발이긴 했으나 누리끼리한 백발이어서 그다지 볼품없는 백발의 소유자였는데, 임금에게 잘못이 있을 때는 임금을 쫓아내는 것도 충(忠)이다, 라는 소리를 늘어놓았다.
교수에 따르면, 그것은 맹자의 가르침이라고 했다. 교수는 언성을 높여 맹자의 이론을 자꾸만 리바이벌했는데, 본인은 박정희 대통령이 살아 있을 때에도 이와 똑같은 소리를 어떤 강연에선가 했다, 그때 박 대통령이 내 강연을 들었더라면 아마 불쾌했을 것이다, 라는 것이 그 지루한 리바이벌을 통해 그가 우리에게 전달하고 싶어 하는 메시지였다.
어디선가 환청처럼 어용 교수 물러가라, 라는 구호가 들려오는

듯했다. 나는 슬픔을 느끼며 창밖으로 눈길을 돌렸다. 마침 멀리 구릉지의 각개 전투 실습장에서 벌레처럼 발발발 포복해 가던 남자 대학생들이 발딱 일어나 괴성을 지르며 뛰어가고 있었다. 그것은 이른바 돌격 앞으로, 라는 것이었지만 내 경험으로 미루어 괴성은 전적으로 포복에서의 해방을 자축하는 외침이었다.

강의실은 쥐 죽은 듯 고요했다. 임금에게 잘못이 있을 때는 임금을 쫓아내는 것도 충이다, 라는 늙은 교수의 맹자 타령은 우리를 침묵하게 만들었다. 가버린 여름과 더불어 사랑하던 애인에게 차인 뒤 다시 찾은 철 지난 바닷가의 황량하고 무기력한 풍경처럼, 우리는 착잡하고 슬프고 복잡한 쓸쓸함에 젖어 들었다.

그 기묘한 한낮의 고요 속에 준전과자인 김현이 조용히 한마디 했다.

「맹자 만세!」

모두가 웃었다.

그랬다. 그런 일이 있었다. 그리고 또.

물리적인 것이고 또한 정신적인 것인 포복이, 참으로 물리적인 것이고 또한 정신적인 것인 사랑을 피해 갈 리가 없다. 한때 나는 아름다운 용모의 미술 학도에게 빠져 줄창 선물 공세를 퍼부은 적이 있었는데, 행인지 불행인지 어느 날 내가 선물한 것들이 몽땅 라면 박스에 담겨 자취방으로 되돌아오고 말았다. 그녀는 첨부한

쪽지에 이렇게 쓰기까지 했다.

'책이 필요 없다는 것을 깨닫기 위해 이 많은 책을 읽어야 한다는 것은 끔찍한 낭비였어.'

아아, 왜 나는 모조 다이아 반지, 향수, 목걸이, 깜찍한 머리핀, 하늘하늘한 속옷, 빨간 구두, 지갑, 선글라스 따위는 선물이 되지 않는다고 생각했던 것일까? 도대체 무얼 믿고 저 아름다운 미술 학도에게 지루한 책들만 줄창 보냈는가 말이다.

하지만 어리석었던 나는, 라면 박스 속의 책들과 그녀가 써 보낸 쪽지를 본 순간, 내 마음의 불같은 진실한 사랑이 부당하게 짓밟혔다고 분개하여 곧장 그녀의 화실로 달려갔다. 한데, 식식거리며 화실을 향해 돌진하던 나는 화실 앞 골목길의 멋진 플라타너스와 마주친 순간 기분이 누그러지고 말았다.

자연의 농간에 속았던 것이다. 그래서 바보처럼 이렇게 화를 낼 것이 아니라 책이 아닌 뭔가 다른 멋진 선물을 해서 다시 한 번 잘해 봐야지, 하고 다짐을 했다. 그녀가 테라핀 냄새로 가득 찬 화실의 간이침대에서 어떤 허여멀건 껑다리와 엎치락뒤치락하고 있는 것도 모르고서 말이다.

그들은 문도 제대로 잠그지 않은 채 저 물리적인 것이고 또한 정신적인 것인 그 신나는 일을 벌이고 있었다. 그녀의 싱싱한 허벅지 사이에서 껑다리의 높은 포복은 대단히 열정적이었다. 그런 다음 그녀가 위로 올라갔는데, 그녀의 폼은 잘 봐주어서 앉은 포복이라고 할 만했지만, 그보다는 다리를 붙잡힌 방아깨비의 방아 찧기와 같았다고 하는 것이 더 옳겠다.

하지만 그녀도 꺽다리도 전혀 전진하지 못했다. 그들은 나를 향해 온몸으로,

'전진할 것인가, 후퇴할 것인가? 그것이 문제다―너는 이렇게 생각하니? 하지만 우리는 영원히 이 짧은 진퇴양난에 살기로 했어, 알간?'

하고 부르짖었다.

그래. 인정한다. 어떤 진퇴양난은 그저 좋을 뿐인 것이다. 잘 먹고 잘 살지 마라! 절대로 행복하게 살지 마라!

아, 포복이란 무엇인가?

나는 입대하여 다시 포복을 배웠다. 제대로! 실전적으로! 교련 시간에 교관이 주장한 대로 창의적인 임기응변이 절대적으로 필요한 진짜 포복을 배웠다.

나는 포복의 갖가지 방법과 권모술수적 응용이 대단히 훌륭한 정신의 과실로 승화되기를 학수고대했는데, 결국 그런 기적은 결코 일어나지 않았고, 내 정신은 늘 똥처럼 균질한 굴욕감을 느꼈을 뿐이다. 그래도 한 가지 깨달음을 얻었다. 그것은 포복을 할 때는 도무지 생각이란 것을 하지 말고 머리를 비우면 비울수록 좋다는 것이다. 텅텅! 나도 그렇게 했다.

　제대할 때 나는 인간은 포복적 동물이다, 라는 교련 교관의 주장에 일부 동조하지 않을 수 없었다. 나의 대학은 교육이라는 목적을 훌륭히 수행했던 것이다.

　그처럼 진짜 포복을 몸에 익힌 뒤였다. 초겨울 거리에서 나는 한 여자를 보았다. 돌풍이 불고 겨울비가 내리는 으스스한 밤이었다. 그녀는 비에 젖은 채 어떤 낡은 빌딩 입구에서 나처럼 비를 피하고 있었다.

　첫눈에 그녀는 내 마음을 끌었다. 왠지 남자의 품을 그리워하는 듯이 보였다. 그녀는 나를 힐끔힐끔 훔쳐보기도 했다. 내가 자기에게 말을 걸어 주기를 기대하고 있는 듯했다. 내가 손을 내밀기만 하면 만사가 좋을 것 같았다. 나는 내 속에서 끓어오르는 엉큼한 피의 율동을 느꼈다.

　정말이지 그 여자는 내가 산전수전 다 겪은 포복 베테랑임을 한눈에 알아보았던 것 같다. 자연이 도와주었더라면 우리는 피차 멋지게 포복할 수 있었을 것이다. 먼저 목욕재계를 하고, 더욱더 전운이 감돌도록 그녀와 나와 대지가 하나가 되는 무수한 좌우로 소이동을 한 다음, 그녀가 철조망 통과를 하면 나는 낮은 포복을 하고, 그녀가 높은 포복을 하면 나도 높은 포복으로 그녀를 뒤따르고, 원한다면 앉은 포복도 가능할 것이고, 그리하여 우리는 마침내 저 찬란한 색(色)의 터널을 지나 아득한 공(空)의 산정에 도달하였을 것이다.

하지만 삶이란 기대대로 되는 것이 아니다. 흔히 하는 말처럼 하늘은 특별히 아무도 사랑하지 않는 법이다. 나는 한발 늦었다. 단지 한발 늦었을 뿐이다. 내가 주저하는 사이에 그녀는 한 손을 머리에 얹고 거리로 나섰으며, 그로부터 약 3분 뒤 돌풍에 휘말려 4층에서 떨어진 당구장 간판에 머리통을 얻어맞고 말았다.

경찰차가 세금으로 뿌리는 애도의 휘황한 멜로디를 퍼뜨리며 나타났을 때 나는 그곳으로 가보았다. 그녀는 박살이 난 당구장 간판과 나란히 엎어져 있었다. 그것은 완전히 뻗어 버린 낮은 포복이었다. 스커트가 하얀 허벅지까지 걷어 올려져 있었고, 비에 젖은 검은 머리카락 뭉치에서 끈끈한 피가 흘러나오고 있었다. 나는 그녀의 종아리에 붙은 거무튀튀한 낙엽을 바라보다가 눈물을 흘리며 그곳을 떴다.

나는 많이 고독했다. 슬펐고, 쓸쓸했다. 나는 때로 나를 존재케 하는 이 우주가 미웠다. 나는 무엇인가가 없지 않고 있다는 것 자체가 미웠다. 생명에게 가장 방해가 되는 것은 생명 자체다, 라는 경구도 만들어 보았다.

저마다 이유가 있었겠지만 주위의 친구들도 그랬다. 나는 연극반 아이들과 어울렸는데, 고독감을 느낄 때마다 우리는 예수의 이적을 각색 재현하며 놀았다. 누군가가 예수를 맡았고, 또 누군가가 동방 박사를 맡았고, 또 누군가가 귀신을 맡았다. 그러나 돼지는 언제나 내 친구 철학도 김현의 몫이었다.

예수가 말했다.

「귀신들아, 거기서 나와 저 속으로 들어가라!」

그러면서 예수는 돼지를 가리켰다. 그러면 돼지가 가랑이를 벌렸고, 귀신 1과 귀신 2와 귀신 3이 그의 가랑이 사이로 들어갔다. 대개 높은 포복으로. 일렬로. 기차처럼.

그러고 나면 동방 박사가 그다음 장면을 맡았다. 그는 박사였던 만큼 포복하는 귀신 하나하나에 대해 평가를 내렸다. 불량, 극히 우수, 재실시를 명함, 또 그러면 죽어, 기타 등등.

한번은 참다못한 돼지가 예수에게,

「너도 들어와라!」

하고 말했다. 그러자 예수는,

「오! 돼지가 말을 하다니!」

라며 감탄했고, 동방 박사는,

「교육받은 돼지올시다!」

라며 목에 힘을 주었는데,

「인간은 배워야 한다니까!」

라는 예수의 말에,

「인간이 아니고 돼지올시다!」

라고 동방 박사가 수정을 가하자, 자존심이 상한 예수가,

「나도 알아, 나도!」

라고 언성을 높이면서 둘 사이에 논쟁이 붙었는데, 한심하다는 듯 이를 지켜보던 돼지가 마침내,

「그만 지껄이고 너희 두 놈도 빨리 들어오기나 해라!」

라고 결론을 내려 주었다.

그 시절 내 착한 친구 김현은 전공을 사회학으로 바꾸어 대학원에 다니고 있었다. 그는 좀 더 분명한 학문을 하고 싶다면서 사회통계를 공부하고 있었다. 그러나 캠퍼스 중앙 도로가 노란 은행잎으로 뒤범벅이 되었던 그해 가을, 그는 쓰고 있던 논문을 내던지고 입대를 선언했다. 더 살이 쪄서 입대를 거부당하기 전에 떠나겠노라고 그는 말했다. 참으로 훌륭한 뚱보가 아닌가?

나는 그의 선택을 존중해 주었고, 떠날 때가 되어 환송 술자리를 마련해 주었다. 술에 취한 그는 한숨을 푹푹 내쉬더니 자신이 군대에 가 있는 동안 사람의 머리통에 뒤집어씌우기만 하면 그 사람의 진실 감득 정도를 통계적으로 측정해서 수치로 제시해 주는 기계가 발명되었으면 좋겠다는 말도 안 되는 소리를 했다.

「그런 게 있으면 저놈은 30퍼센트다, 저놈은 30센티미터다, 저년은 30킬로그램이다 따위로 딱 부러지게 지껄일 수 있지 않겠느냐 이거야. 빌어먹을 놈의 세상 답답해서 견딜 수가 있어야지. 야, 네가 좀 만들어 볼래? 제발 좀 만들어 봐라. 응?」

나는 대답 대신 군대에서 포복하는 틈틈이 재주껏 감상해 보라
고 준비한 바이런 시집을 선물로 주었다.

술집에서 나온 그는 신기하게도 길을 걸어가면서 마구 토했다.
나는 구토물에 옷을 버리겠다 싶어 걸음을 멈추고 모가지를 숙이
라며 그의 뒤통수를 내리눌렀다. 그러자 그는 모가지에 힘을 주며
버티다가 털버덕 주저앉더니 그 즉시 옆으로 한 손을 짚었는데, 그
것은 참으로 드물게 보는, 완벽한 앉은 포복의 자세였다.

그는 더 마시러 가자며 고래고래 소리를 질렀다. 그는 전쟁터에
서 열병에 걸려 헛소리를 내지른 바이런처럼 겁내지 말고 자신을
따르라며 고함을 질렀다. 내 착한 친구 김현은 제대 뒤에 철학으로
돌아가 박사가 되었다.

나는 대학을 마치고 어떤 이상한 직장에서 밥벌이를 했다. 한국
문학이라는 나의 공식 전공과는 아무 상관도 없는 일이었다. 직장
을 그만두고 잠시 동안은 세상의 가려진 구석구석을 관찰해 보자
는 야심으로 행방불명된 사람을 찾아 이리저리 헤매는 일을 해본
적이 있었다.

그 시절 나는 공식적으로 사립탐정이 허용된다면 정말 좋겠다는
생각을 했다. 행방불명된 사람을 찾아다니는 탐정이라면 필히 낯
설고 기괴한 풍경 속으로 휘말려 들 것이기 때문에 때로는 사상 초
유의 희한한 포복도 감행해야만 할 것인바, 바로 그런 포복에 대한

기대감에서 품었던 생각이다.

비록 짧은 기간이었지만 직장 생활을 하는 동안 가장 고통스러웠던 것은 어떤 규모의 그룹에서나 필히 독재자가 있다는 사실이었다. 그들은 어떤 장소 어떤 성격의 모임에서건 늘 마이크를 독점하고는 부드러운 얼굴로 바락바락 소리를 지르기 일쑤였으므로, 나는 대체로 침묵 속에 그저 박박 길 수밖에 없었다.

물론 직장에만 그런 자들이 있는 것은 결코 아니다. 나는 내 방식의 여행가가 되어 이런저런 글을 쓰면서 제법 많은 수의 인간들을 만나 보았는데, 인간은 누구나 대체로 독재자였다. 민주주의 신봉자 국회의원도, 서정 시인도, 실증주의 학자도, 초현실주의 화가도 마찬가지였다.

그들은 돈벌이를 위해 뭉친 집단의 독재자들보다도 훨씬 고단수들이어서, 흔히 저마다 독특한—그래서 싫거나 좋은—향기를 풍기는 게 특징이었다.

나는 직장을 그만두기 전에 처음으로 나를 올라타고 짓누르는 것을 인생의 세 번째 즐거움쯤으로 여기고 있던 한 독재자에게 말해 보았다.

「내가 떠나면 무슨 재미로 살 거죠?」

그러자 그는 인자한 현자처럼 부드럽게 웃으며 말했다.

「자네 뒤를 봐. 사람들이 줄을 서서 기다리고 있잖아. 괜찮네. 내

걱정은 말고 떠나게나.」

그래서 나는 편안한 마음으로 사표를 썼다.

과연, 세월은 흐르고, 정권은 바뀌고, 사람들은 죽고, 사람들은 태어나고, 자유와 사랑은 여전히 득세하고 있지만, 포복의 풍경은 변함이 없다. 사정이 이런 것은 아마도 인간들이 자유와 사랑을 노예처럼 숭배하기 때문이라고 생각되지만, 숭배하지 않고도 그 깃발이 펄럭이게 할 줄 모르는 것이 인간이라면, 포복은 차라리 감사해야 할 우리의 일용할 양식일 것이다.

해서, 불가능을 꿈꾸며 절망한 광대처럼 괴롭게 웃는 것도 좋고, 때로 한잔 마시면서 나의 뇌 속에서 부글부글 끓는 그 소리, 즉 물리적인 것이면서 또한 정신적인 것인 그 소리를 정면으로 응시해 보는 것도 좋은 일이다.

다시 표현해 보자.

언젠가부터 나는 술을 마실 때마다 복잡한 많은 소리를 들었는데, 처음엔 나의 뇌가 사색하는 소리이겠지, 라고 생각했으나, 언젠가는 지구가 회전하는 소리라는 완벽한 확신이 들더니, 마침내 전 세계의 모든 군인들과 민간인들이 전문적으로 혹은 아마추어적으로 혹은 교과서적으로 혹은 응용적으로 포복하는 소리라는 통찰이 떠올랐다.

홍콩에서, 뉴욕에서, 도쿄에서, 리우데자네이루에서, 베르사유에서, 싱가포르에서, 카이로에서, 시드니에서, 프라하에서, 암스테르담에서, 델리에서, 카사블랑카에서, 베이징에서, 블라디보스토크에서…….

그래서 나는 가끔 절망한 광대처럼 괴롭게 웃는 짓이 지겨우면, 이열치열의 책략으로 대취하여 골이 날아갈 듯한 포복의 대소음과 대결하곤 한다. 모두 오라. 나의 작은 뇌 속으로 다 들어와라. 한번 붙어 보자. 그렇게 가끔씩 단련하건만, 그래도 포복은 언제나 재미없는 짓이다.

언젠가 내 친구 철학자 김현이 나를 위로한답시고 이렇게 재롱을 떤 적이 있다.

「야, 이마립. 엄살떨지 마 인마. 너는 자유로운 여행가로서 기었지만 나는 이성적인 학자로서 기었어. 세상이 다 아는 A교수의 보약을 가지러 경동시장에 갔다 왔단 말이야. 알아?」

이건 옛날의 일인데, 그는 목하 여전히 비정규직 철학자이니 그가 운반한 보약의 약효가 신통치 않았던 모양이다.

김현은 이제 무릇 모든 철학자는 비정규직이어야 한다는 논리를 개발하여 익히는 중이다. 그래서 그는 해마다 돌아오는 저 유서 깊은 군주제적 세배 순례에 더 이상 참여하지 않는다.

그는 나를 위해서, 큰절하기라는 것은 변종 포복의 하나인바, 절하는 자의 실존이 절 받는 자의 발이 현존하는 바로 그 높이에 자신의 사유하는 머리를 놓음으로써 봉건적 가치를 온몸으로 찬양 개진하는 것으로, 절 받는 자의 튼튼한 발이 절하는 자의 사유하는 머리를 위하여 풍요로운 대지가 되어 주기를 바라는 유사 종교 행위라고 설명해 주었다.

　아무려나, 다른 시각으로 보자면, 물리적인 것이고 또한 정신적인 것이 포복이지만 말 그대로의 눈에 보이는 포복을 흔히 목격하기는 어려운 것이 작금의 현실인 듯싶다. 이것이 국력 신장에 비례한 발전인지는 모르겠지만, 어쨌든 이제 포복은 정신적 심정적 포즈로 좀 더 내면화되어 은밀한 문화적 위장 전술을 통하여 고차원적으로 실천되고 있다.

　물론 그래 봤자 속이 뻔히 들여다보이는 걸 피할 길은 없다. 하지만 바로 그처럼 속이 뻔히 들여다보이기 때문에 도무지 알 수 없는 것이기도 하다. 여러 바퀴 돌다 보면 뭐가 뭔지 모르게 되어 버리는 것이 인간의 일이 아닌가 싶다. 성경에도 쓰여 있다시피 처음이 나중 되고 나중이 먼저 되고 어쩌고 하다 보면 결국 원점이라는 것이 사라져 버리는 것이다.

　이 고민을 얘기했더니 며칠 전에 철학자 김현이 이렇게 말했다.
「모두가 고단수들이기 때문이야.」
「그런가?」

내가 묻자 그가 대답했다.

「그렇다니까.」

「하지만 왜 우리는 그토록 고단수들이지?」

「그야 우리가 날마다 학문을 닦기 때문이지. 너도 닦지?」

「아, 그럼. 하루에 한 번!」

「하루 한 번이면 아주 양호하지. 3, 4일에 한 번 닦는 사람들도 수두룩하니까. 일주일을 넘기는 자들도 수두룩하고.」

그래, 이번 여행에 대해서는 이렇게 생각하기로 하자. 우리는 모두 닦고 있다. 무릇 닦음이란 결국 모두 다 같은 것이다. 또한 닦기 위해서는 먼저 밑구멍을 정시(正視)하지 않을 수 없다. 제대로 보지 않으면 손을 더럽힐 테니까. 나는 내 친구 철학자의 황소처럼 커다란 두 눈에 비친 푸른 하늘과 하얀 구름과 먼 낮달을 바라보며 열렬히 그의 마음에 동감했다. 그래, 한번 닦아 보자. 계속. 손가락이 닳아서 없어져 버릴 때까지.

아버지 생각

「무슨 생각 해?」

김현이 물었다. 우리는 아버지 묘소를 찾아가는 길이었다. 우리는 기차에 실려 이동하고 있었다.

발목을 다치는 바람에 한동안 집에 있었더니 밖으로 뛰쳐나가고 싶어 견딜 수가 없었다. 나는 비정규직 철학자 김현이 2학기 강의를 마치자마자 즉시 달려들어 함께 떠나자고 졸랐다.

「하지만 어디로?」

그가 물었다. 나는 그에게 바닷가 나의 아버지 무덤으로 가자고 했다.

「좋아.」

그가 말했다. 내가 그를 내 여행의 파트너로 선택한 것은 그와 아주 친하기 때문이었다. 그 이상 무엇이 더 필요하겠는가.

「그런데 하필이면 왜 네 아버지 무덤이지?」

김현은 이렇게 묻지 않았다. 그는 오래전부터 우리는 아버지가 없는 존재들이라고 말해 왔으며, 2년 전에는 실제로 아버지를 잃었다. 그는 어느 날 문득 사라져 버린 아버지를 내가 틈만 나면 되짚어 보고 싶어 한다는 것에 전혀 불만이 없었다.

사실, 언제부터인가 아버지라는 말이 별난 용법으로, 그러니까 때론 어마어마한 상징으로 쓰이고 있기도 하지만, 나로 말하자면 그런 유행과는 무관하게 그보다 훨씬 전부터 자주 아버지를 생각해 왔다.

덜커덕덜커덕, 기차가 달려가고 있었다.

아버지와 형과 내가 야간열차를 타고 아버지의 고향 P시에 도착했던 그 옛날의 새벽 풍경을 나는 떠올리고 있었다. 기차에서 아버지는 딱 한 번 입을 열었다.

「네 형 좀 봐라.」

형은 기차에 오른 순간부터 줄곧 창밖을 내다보고 있었다. 바깥이 어두웠기 때문에 아마도 보인 것은 거울 같은 창에 비친 형 자신의 얼굴과 사람 속 같은 객차 내부의 풍경이었을 것이다.

「꼭 철학자 같다.」

아버지가 이어서 말했다. 그러나 형이 아무 반응을 보이지 않고 나도 아무 말을 하지 않자 아버지는 입을 다물어 버렸다. 아버지가 파산한 1년 뒤, 어머니를 화장한 다음다음 날 한밤중이었다.

아버지의 말소리에 떴던 눈을 다시 감자 외가 쪽 먼 친척 몇 분과 동네의 개 두 마리가 우리를 배웅하던 광경이 흐릿한 정물화처럼 떠올랐다.

「무슨 생각 하느냐니까?」

김현이 다시 물었다.

「음? 아, 별거 아냐.」

나는 김현의 물음에 대한 답으로, 집 마당에 무덤이 있으면 좋겠다는 평소의 생각을 꺼내 보았다. 정말이지 저마다 집에 무덤이 있으면 좋지 않을까?

「안 그래?」

「왜?」

그가 물었다.

「아이들이 묘 위에서 놀기도 하고 낮잠을 자기도 하고 그러다 보면 죽음과 친해지지 않겠어?」

내가 말했다. 그가 잠자코 있어서 나는 말을 이었다.

「일상적으로 말이야. 부잣집 저택 담 위로 젖처럼 솟아오른 커다란 무덤을 보는 즐거움도 있을 것이고.」

「젖이라.」

철학 박사 김현이 말했다. 황소 같은 그의 커다란 두 눈에 그리움이 가득 차올랐다. 젖을 생각할 때마다 남자들의 몸이 보이는 자동적인 반응의 메커니즘을 여자들도 가지고 있을까 하는 궁금증이 스치고 지나갔다.

똑같은 청바지에 똑같은 브라운 색 가죽점퍼를 입은 쌍둥이 사내아이 둘이 객차 통로를 오르내리며 장난을 치고 있었다.

「그러니까 저런 개구쟁이 녀석들이 자기 집 마당에 있는 젖 위에 올라가서 뒹군다 이거지?」

침묵에 잠겨 있던 김현이 말했다.

「그렇지. 아니, 젖이 아니라 무덤이지.」

내가 말했다.

기차는 완만하게 원을 그리며 철교를 건너기 시작했다. 유리창에 서린 김을 닦아 내자 전봇대들이 창을 뚫고 들어오려는 것처럼 확 다가왔다가 우리를 놀리면서 지나쳐 갔다. 다리를 건너자 파란 하늘 아래 펼쳐진 연갈색 들판이 적막한 휴지기의 오후 시간을 그리고 있었다. 모든 것이 맑고 차고 투명했다.

우리는 캔 맥주를 마시며 달걀을 까서 먹었다. 이전에도 이런 시간이 몇 번인가 있었다. 덜커덕덜커덕 달리는 기차에 실려 가면서, 아버지란 무엇인가에 대한 두서없는 이야기를 곁들여 캔 맥주를 마시고 달걀을 까먹는 시간.

　내가 아버지 이야기를 할 때마다 김현의 반응은 표현만 다를 뿐 대개 비슷했다.

「난 네가 너의 아버지를 만들어 가고 있다는 생각이 들어.」

그는 언제나 이런 식이었다.

「거짓말이라는 얘긴가?」

내가 물으면 그는 말했다.

「어떤 면에서는.」

　그래, 어쩌면 그럴지도 모른다. 아니, 그럴 수밖에 없는 것인지도 모른다. 어떤 면에서는 모든 게 다 거짓말일 테니까. 내가 쓰는 논픽션이라는 것조차도.

　사실, 나는 아버지를 생각하고 찾아오면서 내가 과거를 정리하고 있는 것인지 미래를 만들고 있는 것인지 분간할 수도 없었다. 이를 테면 아버지의 실종이 어머니가 자리에 눕게 된 날부터 조금씩 진행된 붕괴의 결과인지 모른다는 생각도 그렇다. 이건 결코 검증할 수 없는 것이다.

　내가 아주 어렸을 때, 그러니까 우리 어머니가 아직 길고 멀고 말 없는 환자가 되기 전에, 우리는 여러 그루의 감나무와 채소밭이 있는 도시 외곽의 낡은 기와집에서 살았다. 담 밖은 곧바로 들판이 펼쳐져 있는 아름다운 곳이었다.

　나는 봄이 오면 어머니가 어김없이 감나무 밑동 근처의 흙을 파내고 그곳에 고등어를 묻던 풍경을 기억하고 있다. 그리고 가을이 되어 형용하기 어려운 빛깔의 잎들로 대지를 덮어 주던 감나무의 감동적인 보답도.

나와 형과 어머니와 아버지는 열린 대문으로 황금빛 들판을 바라보면서 발갛게 익은 단감을 베어 먹곤 했다. 우리는 단감의 기막힌 맛뿐 아니라 단 한순간도 벗어나고 싶지 않은 가을 햇살에 취해 휴일 하루를 고스란히 마당에서 보낸 적도 있었다.

그러나 어머니가 말 없는 환자가 되어 자리에 누우면서 갑자기 모든 것이 쇠락해 버렸다. 고등어도 단감도 낙엽도 황금빛 들판도 가을날 오후의 알코올 같은 햇빛도 모두 빛을 잃어버렸다. 시간이 돌연 퇴폐와 파멸을 향해 방향을 튼 것 같았다.

그리고 지금, 나는 나의 뇌가 떠올리는 이 아련한 영상들의 얼마만큼이 사실이고 얼마만큼이 내가 꾸며 낸 허구인지 명확히 가를 수도 없다.

그날 새벽, 기차에서 내린 아버지와 형과 내가 조촐한 짐 보따리를 하나씩 들고 P시의 작은 역사(驛舍)를 빠져나갈 때도 그랬다. 나는 일순, 내 눈이 나의 뇌로 전달해 온 영상이 실물인지 허상인지 분간할 수 없었다. 강제로 이주당한 황량하고 낯선 별의 기착지 같은. 기이하게 넓고 텅 빈 광장.

아버지와 형과 나는 느릿느릿 걸어갔다. 높다란 시계탑이 그로테스크하게 솟아 있었고, 검은 형체의 군인들이 광장 한쪽 구석에서 굶주린 늑대 무리처럼 웅성거리고 있었다. 나는 어린 나이였지만 빨간 불빛이 흘러나오는 골목으로 외톨이 사내들을 잡아끄는 여자들이 창녀들임을 알아보았다.

우리는 아버지의 제안에 따라 길가의 조그만 리어카 국숫집에 붙어 서서 국수를 먹었다. 셋 모두 말없이 후루룩후루룩 소리를 내며 먹었다. 따스하고 눅눅한 김이 얼굴을 감쌌고, 콧물이 국수 사발에 떨어지기도 했다. 맛은 좋았지만, 서글픔이 마구 밀려왔다. 군인들의 점호 소리와 여인들의 웃음소리가 내 영혼을 뒤흔들고 있었다.

「제대로 못해, 이 새끼야!」

갑자기 들려온 군인의 외침에 형이 깜짝 놀라며 국물을 쏟더니 갑자기 딸꾹질을 하기 시작했다. 그 순간 나는 아버지의 얼굴에서 내가 한 번도 본 적이 없는 기이한 웃음기가 서렸다가 사라지는 것을 알아보았다. 그리고 시간이 흘렀고, 이번에는 그 아버지가 아버지란 원래 없다는 것을 웅변해 보이려는 듯 돌연 사라져 버렸다.

김현과 나는 달걀 껍데기와 빈 캔을 비닐봉지에 담아 객차 연결 통로의 더러운 쓰레기통에 버렸다. 그리고 앞뒤로 흔들리면서 차례로 소변을 본 뒤에 담배를 피웠다.

다시 객차 안으로 들어오면서 보니 쌍둥이 녀석들의 장난이 도

를 넘어서고 있었다. 한마디 해줄까 하다가 잠자코 막 자리에 앉았
을 때 줄곧 잠들어 있던 녀석들의 아버지가 깨어나 그들을 자리로
끌고 갔다. 아버지는 의자를 마주 보게 돌린 자리에 두 녀석을 앉
혔고, 아이들이 만화책을 꺼내 들여다보자 다시 눈을 감았다.

　그의 아내, 즉 쌍둥이의 어머니는 창가 자리에서 여전히 잠들어
있었다. 잠든 여인은 꽤 미인이었다. 김현의 눈길도 잠든 여자에게
머물러 있었다. 그는 한참 바라보다가 뭔가 기발한 것이 떠올랐다
는 듯 의기양양한 표정으로 입을 열었다.

「저 녀석들이 남자를 죽이고 저 아름다운 여자와 자고 싶어 할
　까?」

나는 살며시 옆자리에 앉아서 만져 보고 싶은 여자의 젖가슴을
바라보다가 말했다.

「오이디푸스처럼 말이지?」

「그렇지.」

김현이 볼펜을 돌리며 말을 이었다.

「교육받은 대로라면 그렇지 않겠느냐고. 우린 태아 때부터, 아니
난자·정자 때부터 이미 문명화된 동물이니까.」

문득 또 한 대의 담배를 피우고 싶었다.

「화장실로 유인해서 한번 물어봐.」

나는 입술을 동그랗게 오므리고 허파 속의 공기를 길게 내뿜은
뒤에 말을 이었다.

「응? 내가 망봐 줄까?」

「문제는 남자를 성공적으로 죽인다 해도 지네들끼리 2대 1이 된다는 거지.」

김현이 말했다. 그런 문제라면 나에게 해결책이 있었다.

「그건 걱정할 것 없어.」

「왜?」

김현이 눈썹을 추켜올리며 물었다.

「아마도 아버지가 숨겨 둔 애인이 해결해 줄 거야.」

「아하, 그럴 수도 있겠네.」

김현이 말했다. 그러고는 진지하게 고개를 끄덕이다가 하하핫! 하고 짧고 발작적인 웃음을 터뜨린 뒤 의자에 깊숙이 몸을 숨겼다.

「2대 1도 좋을 텐데.」

의자에 숨은 그가 속삭였다. 이번에는 내가 핫! 하고 웃다가 말았다. 그런 다음 우리는 짧은 웃음 뒤의 설명할 수 없는 묘한 허탈감을 공유한 채 잠시 침묵을 지켰다. 덜커덕덜커덕, 기차 바퀴 구르는 소리가 우리의 빈 귓속으로 파고들고 있었다.

「아버지가 말썽이야.」

마침내 내가 말했다.

「그래.」

김현이 말했다.

「그래도 넌 아버지 얘기를 듣고 싶겠지?」

내가 말했다.

「아, 그럼. 그럼.」

김현이 말했다.

김현은 나에게서 아버지 얘기를 자주 들었다. 그는 일부러 그 얘기를 해달라고 하기도 했다. 자신은 철학자이지만 이야기를 좋아한다면서 조르기도 했다. 특히 아버지가 사라지기 얼마 전에 있었던 기이한 산행 이야기를 좋아했다. 그가 나의 아버지 이야기에서 어떤 철학적 성찰을 했는지는 나도 알 수 없다.

아버지는 스스로 자취를 감추기 얼마 전에 P시의 뒷동산으로 가자고 했다. 왜냐고 물을 필요는 없었다. 형도 나도 묻지 않았다. 인생의 종장에서 가지는 자기 정리라고 생각되었기 때문이었다. 이런저런 궁리를 한 끝에 며칠 뒤 산행 날을 잡았다고 전하자 아버지는 흐뭇한 얼굴로 나를 바라보았다.

「어릴 때 말인데, 겨울이면 밥상 숟가락에 붙은 얼음을 뜯어 먹곤 했다. 우리 아버지와 함께. 네 할아버지 말이다. 너도 알지?」

쇳소리를 내면서 아버지가 말했다.

「그럼요. 알고말고요.」

내가 동의하자 아버지는 즐거워했다.

「그래. 알 테지.」

아버지가 말했다. 하지만 나는 할아버지와 할머니에 대해 아무것도 아는 게 없었다. 나는 그들의 사진조차 본 적이 없었다.

아버지는 갑자기 한숨을 푹 내쉬더니 새로운 추억이 떠오른 듯 다시 눈을 반짝였다.

「마당의 우물가에서 세수를 하고 나서 방에 들어가려고 문고리를 잡으면 손가락이 쩍쩍 달라붙었다. 넌 그런 거 모르지?」

「예.」

「그러고도 글쟁이 행세라니 참 한심하구나.」

「죄송합니다, 아버지.」

「아니야.」

아버지는 버럭 소리를 질렀다. 그러고는 고통스럽게 컥컥대더니 말을 이었다.

「죄송은 무슨 놈의 빌어먹을 죄송이냐? 정말 죄송한 놈들이 쌔고 쌨는데.」

「고맙습니다, 아버지.」

「고맙기는 빌어먹을.」

산행은 형과 형수와 나와 기사의 합동 작전으로 거행되었다. 기사는 운전석에, 형은 기사 옆에, 아버지는 뒷좌석 오른쪽에, 형수는 뒷좌석 왼쪽에, 나는 뒷좌석 가운데 앉았다. 나는 잘못 건드리면 터져 버릴 것 같은 흐물흐물한 곤죽 덩어리와 함께 있는 기분이었다.

아버지가 비대한 몸을 비스듬히 누이고서 뒷자리를 반이나 차지
하고 있었기 때문에 나와 형수는 본의 아니게 서로 반쯤 겹쳐져 밀
착해 있었다. 아버지는 그게 못마땅한 모양이었다.

「쳇, 요즘 애들은 장소를 못 가린다니까.」

아버지가 웅얼거렸다.

형수가 얼굴을 붉혔다. 형이 돌아보며 무슨 말인가 하려고 하자,
고맙게도 아버지는 얼른 다른 이야기로 넘어갔다.

「정치인 새끼들 하는 꼴 좀 봐라.」

「예.」

「인간사를 건축하겠다고 나선 놈들이 나 같은 싸구려 건축업자
보다 못하잖아.」

「예.」

「잘 먹고 잘 살라고 그래라.」

「예.」

「알게 되겠지만 세상만사 부질없는 것이다.」

「예.」

마침내 우리는 산 아래에 도착했다. 대나무가 무척 많은 산이었
다. 바람에 댓잎 스치는 소리가 끊이지 않고 들려왔다. 형수가 먼
저 올라가 정상의 일기를 확인하고 내려오자 형이 기사에게 운반
도구를 꺼내라고 말했다.

　우리는 바퀴가 달려 있고 한쪽을 세울 수도 있는 침대형 들것에 아버지를 옮겨 실었다. 거의 중노동이었다. 우리는 세 시간이 지나서야 정상에 올랐다. 그동안 아버지는 눈을 감은 채 자는지 생각하는지 조금도 불편한 기색이 없더니 다 왔다고 형이 말하자 끙! 하고 신음 소리를 토하며 눈을 떴다.

　시원한 바닷바람이 불어오고 있었다. 우리는 들것 한쪽을 안락의자처럼 세워 아버지가 편안하게 P시를 굽어볼 수 있게 해드렸다. 그리고 아버지와 형과 형수와 나와 기사는 다 함께 하염없이 아래를 내려다보고 있었다. 아무도 입을 열지 않았다. 바람에 댓잎 스치는 소리만 우리 사이를 빠른 물살처럼 바쁘게 오가고 있었다.

　나는 아버지가 처음 터를 잡았던 그곳을 찾아낼 수 없었다. P시는 이미 어디가 어디인지 알 수 없게 바뀌어 있었다. 나는 콘크리트 구조물로 가득 찬 회색 도시를 바라보다가 왼쪽으로 몸을 돌려 푸른 바다에 시선을 던진 채 어서 이 기이한 고행이 끝나기만을 기다리고 있었다.

「저쪽에 국민학교가 있었는데.」

　환청처럼 아버지의 목소리가 들려왔다. 모두들 저마다의 거리에서 시선을 거두어들여 아버지를 바라보았다. 아버지는 말만 그렇게 했을 뿐 어느 곳도 가리키고 있지 않았다.

「초등학교요?」

내가 물었다.

「그때는 국민학교였다.」

「예.」

「아침마다 이미자의 〈동백 아가씨〉를 틀었지.」

아버지가 말을 이었다.

「그래서 우리 아버지가, 네 할아버지 말이다, 학교로 가서 교장과
대판 싸웠다. 잘했지?」

「예.」

「그 인간도 지금쯤 천당에 있을 테지.」

「지옥이 아니고요?」

「이런 빌어먹을 놈을 봤나. 너는 내가 지옥에 갔으면 좋겠냐?」

「그게 아니라 그분이 아이들에게 〈동백 아가씨〉를 자꾸 틀었다
니까요.」

형이 손으로 나의 옆구리를 쿡 찌르며 입 다물라는 눈짓을 했다.
나는 입을 다물었다. 그리고 다시 침묵 속의 오랜 기다림이 있었
고, 마침내 우리는 하산했다.

2년 뒤, 형과 나는 바로 그 산에, 사라져 버린 아버지를 묻었다.
아버지를 묻고 돌아온 그날 밤에 아버지가 출현했다. 홀로 바닷가
백사장을 서성거리며 막연한 은둔을 꿈꾸고 있으려니, 산 위로 달
처럼 환한 아버지의 얼굴이 떠오르더니 호박이라 생각되는 커다랗

고 둥글고 딱딱한 것을 냅다 던져 나의 마빡을 갈겼다.

「왜 애는 안 낳아?」

비틀거리는 나를 향해 아버지는 그렇게 고함을 질렀다.

꿈이었다. 왜 부모들은 생식의 연속에 그토록 집착하는 것일까? 자기를 연장하려는 자아의 헛된 욕망인가? 유전 정보에 의한 생물학적 흉계인가?

「아버지를 떨쳐 내지 못하는 우리의 마음이 지어내는 허상이지.」

김현은 이렇게 말했다. 그럴까?

젊은 여승무원이 좌석을 체크하며 지나갔다.

「아직도 아버지를 자주 생각해?」

김현이 지나가는 투로 슬쩍 물었다. 그는 어느 사이에 다시 뿌옇게 김이 서린 창을 닦고 있었다.

「가끔. 알레고리로만.」

내가 대답했다. 텅 빈 알레고리. 외양만 있고 속은 없는 집과 같은 것.

내가 기억하는 P시 변두리에서의 삶도 그런 것이었다.

그곳에서 우리는 어떻게 살았던가? 아버지는 어린 시절을 났던 아름다운 해안 마을이 공단 조성으로 깡그리 사라져 버렸다고 분노에 차서 말했는데, 그 분노를 택지 개발이 한창인 신시가지 변두리에 무허가 집을 지을 수 있는 당당한 권리로 삼았다.

아버지와 형과 나는 그 무허가 가건물에 기거하면서 고물을 수집했다. 한여름을 빼고 마당에는 항상 폐타이어가 타는 시뻘건 불길이 활활 타올랐다. 아버지는 이따금 땅 주인이 나타나면 인간이 저럴 수 있나 싶게 미친개처럼 싸워서 내쫓았으며, 그다음 날 바로 술을 사들고 찾아가 또다시 인간이 저럴 수 있나 싶게 빌고 또 빌었다.

나는 별로 일을 하지 않았다. 그러나 철학자 형은 적극적으로 아버지를 도왔다. 야간열차를 타고 밤을 새워 달리면서 열정적인 생활인이 되기로 결단을 내린 모양이었다. 그러나 나는 틈만 나면 아직 개발의 손길이 미치지 않은 넓은 들판을 순례하러 나섰다. 처음엔 걸어서 다녔으나 이내 고물 자전거를 고쳐 그걸 타고 사방으로 돌아다녔다. 밤이 되면 멀리 바닷가 허공에서 악마의 혀처럼 날름거리는 공장 굴뚝의 불길이 보였다.

기차가 덜커덩! 하고 멈췄다. 동시에 김현이 내 팔을 툭툭 쳤다.
「저 친구들 내리는데?」
문득 눈을 떠 그가 손가락으로 가리키는 쪽으로 눈길을 돌리니 엄마 아빠를 따라 출구 쪽으로 걸어가는 쌍둥이의 뒷모습이 보였다. 나는 멍하니 그들을 보며 잠에서 깬 순간 막 사라져 버린 머릿속 잔상을 붙잡으려고 주의를 집중했다. 공장 굴뚝에 치솟은 불길을 언뜻 본 듯했으나 다시는 떠오르지 않았다. 선명한 녹색 불꽃.

「잤어?」

김현이 물었다.

「응.」

나는 입가에 흐른 침을 닦으며 말했다. 밖에는 어둠이 내려 있었다. 노란 조명 아래로 사람들이 서둘러 걷고 있었다.

「잠깐만.」

김현이 말했다. 그러고는 갑자기 벌떡 일어서더니 급히 출구 쪽으로 갔다. 눈에 보이는 어떤 바람의 뭉텅이가 암흑 속으로 빨려 들어가는 듯했다.

「야, 어디 가?」

내가 다급하게 묻자 그는 무슨 뜻인지 알 수 없는 손짓을 한 뒤 문을 열고 사라져 버렸다.

나는 창밖으로 눈길을 돌렸다. 어둠 속 저편의 신호기가 아스라한 빛을 발하고 있었다. 반사적으로 꿈에 본 공장 굴뚝의 선명한 녹색 불꽃이 떠오르면서 정체불명의 전율이 온몸을 덮쳤다. 하지만 그뿐이었다. 텅 빈 어둠만 이어지고 있었다. 나는 눈을 감고 기다려 보았다. 내 마음은 굴뚝에서 놓여난 연기처럼 마구 마구 하늘로 퍼져 나가는 연상의 물결을 갈구하고 있었다. 녹색 불꽃 뒤의 저 텅 빈 어둠 속에서. 그러나 아무것도 없었다.

나는 유리창에 얼굴을 가까이 대고 손으로 객차 안의 빛을 가린 채 밖을 내다보았다. 플랫폼의 불빛을 건너자 알루미늄 방음벽 너머에 시커먼 직사각형 건물이 있었다. 찌르르한 슬픔이 빈속에 털어 넣은 소주처럼 급속히 온몸으로 퍼져 나가기 시작했다. P시에서도 바로 그런 집이 있었다. 든든한 요새 같은, 싸늘한 시멘트 덩어리의 집.

덜커덩! 하고 기차가 움직이기 시작했다. 김현 생각에 내 심장도 덜커덩! 하고 뛰었다. 나는 움찔 몸을 일으켰다. 그때 객차 문이 열리면서 양손에 가락국수를 든 그가 싱글거리며 나타났다. 나는 길게 안도의 한숨을 내쉬며 그가 내미는 스티로폼 사발을 받아 들었다.
「그 여자를 따라갔나 했지.」
내가 말했다.
「이미 세 남자나 거느린 여자를 내가 왜?」
김현이 말했다. 우리는 나란히 간이 식판을 빼내고 거기에 국수 사발을 내려놓았다. 그러고는 누가 누가 빨리 먹나 내기라도 하듯 순식간에 국수를 먹어 치웠다. 하지만 그건 별것 아니었다. 아마도 내 아버지였다면 우리보다 훨씬 더 빨리, 냉수를 마시듯이 한입에 후루룩 마셔 버렸을 것이다.

그랬다. P시에서 아버지는 날로 속도를 더해 가더니 마침내 속도의 귀신이 되어 버렸다. 덩달아 형과 나의 삶도 목적 없는 속도전이 되어 갔다. 아버지는 고물을 팔아 모은 돈을 밑천으로 집 장사를 시작하면서 우리를 5분 대기조의 병사처럼 취급했다. 사실 도시 전체가 이미 거대한 엔진이 되어 있었으니 그건 아버지만의 별스러움도 아니었다.

집 장사가 본격적인 궤도에 오르자 아버지는 손수 지은 직사각형의 우리 집 3층에 형과 나와 아버지 자신을 위한 방을 한 칸씩 배당했다. 2층에 사무실이 있고, 1층에 식당과 체육 시설이 있는 튼튼한 회색 시멘트 덩어리였다. 아버지는 꿋꿋하게 살라고 자주 말했다.

「네 엄마는 절대로 생각하지 마라.」

아버지는 집안 살림을 꾸려 갈 여자 일꾼을 한 명 두었다. 뚱뚱하고 건장한 체구에 몹시 과묵한 50대 여자였다. 그 여자는 아버지가 계절별로 하달하는 명령서에 따라 아침마다 일정한 시각에 1층 주방의 식탁 옆 벽에 붙은 빨간 인터폰 단추를 눌렀다. 그러면 형과 나는 부드럽게 울려 퍼지는 짧고 차진 차임벨 소리를 들으며 벌떡 일어나야만 했다. 나는 벨이 울리기도 전에 이미 잠에서 깨어 초조하게 그 소리를 기다리며 입 안에 고여 드는 침을 꿀꺽꿀꺽 삼키기도 했다. 분명 어떤 합숙 훈련단의 멤버 같다고 생각되었지만, 내가 무슨 훈련을 받고 있는지는 도무지 알 수가 없었다.

아버지는 갈대밭이 집들로 완전히 들어찰 때까지 집 장사를 계속했다. 아버지는 너무나 열심히 일해서 영원히 멈추지 않을 기계 장치처럼 보일 지경이었다. 그러나 나는 아버지가 때로 술을 마실 때마다 그의 눈에서 가련한 미친 기가 내비치는 것을 놓치지 않았다.

아버지는 나에게 자주 이런 말을 하곤 했다.

「마립아, 집이 지닌 철학적 의미를 알겠니?」

나는 모르겠다고 고개를 내저었다. 그러나 아버지는 단 한 번도 대답을 들려주지 않았다. 그는 단지 시멘트 콘크리트로 분할된 텅 빈 방들을 자꾸만 늘려 나갔다. 두어 번쯤 그는 이렇게 말했다.

「건축은 정치야.」

나는 그게 무슨 소린지 알아듣지 못했다.

나의 10대는 그렇게 흘러갔다. 그리고 길이라곤 전혀 보이지 않는 황무지를 걷는 듯한 몇 년의 대학 생활이 있었고, 마침내 나는 격리된 나라로 떠나기로 했다. 입대 전날 밤에 나는 강둑에 서 있었다. 저편에는 밤이고 낮이고 와글와글 소리를 내는 기계들의 시뻘건 공장이 있었고, 이편에는 인간들로 바글거리는 아득한 회색 도시가 있었고, 내 옆에는 아버지의 술수로 군 복무를 면제받은 형이 있었다.

「잘 지내야 돼.」

형이 말했다. 나는 가능하다면 다시는 이곳으로 돌아오지 말자고 다짐했다.

기차가 멈춰 섰다. 마침내 우리는 P시에 도착했다. 김현과 나는 싸늘한 겨울바람이 물처럼 흐르고 있는 플랫폼을 걸어서 개찰구를 지나 역사를 빠져나갔다. 새벽녘의 그 풍경이 생각났다. 그로테스크하게 솟아 있던 시계탑과 늑대 무리 같았던 군인들, 그리고 리어카 국숫집과 남자들의 손목을 잡고 빨간 불빛이 흘러나오는 골목으로 속속 들어가던 슬픈 창녀들.

그러나 시계탑은 철거되고 없었으며, 군인들의 무리도 리어카 국숫집도 보이지 않았다. 몇 개의 골목길이 여전히 거기에 있었으나 빨간 불빛과 여자들은 보이지 않았다.

우리는 택시를 타고 시내를 우회하여 바닷가 산 아래로 달려갔다. 내가 옛날의 갈대밭을 애기하자 우리가 지금 그곳을 달리고 있는 중이라고 기사가 말했다. 내 순례의 길들은 단 한 뼘도 남아 있지 않았다. 아버지가 시작하고 나중에는 형이 가세하여 지어 올린 콘크리트 건물들만 빽빽이 들어차 있었다.

우리는 발기한 성기 같은 삐죽한 백색 콘크리트 탑과 복잡한 신호 체계를 거느린 교차로를 지나 야시장처럼 끝없이 이어진 유흥 업소의 행렬을 사열하듯 달려갔다. 한참 지나자 이윽고 네온 불빛이 뚝 끊어지면서 좌우로 소나무 밭이 이어지기 시작했다. 조금 뒤 우리는 차에서 내렸다. 그리고 담배를 붙여 문 채 소나무 밑동에 오줌을 갈기는 기사를 남겨 두고 산으로 들어섰다.

마치 어두운 물속으로 들어서는 것 같았다. 물은 물이되 끝없이 바스락거리는 소리가 들리는 검은 물속이었다. 바람과 마른 대나무 잎이 한순간도 가만있지 못하고 서로를 만지고 있었다. 만남들. 남자들. 여자들. 성기들의 만남과 이별. 그런 토막말들이 머릿속에 맴돌았다.

김현이 앞장섰고, 내가 조그만 랜턴으로 그의 발아래 어두운 흙 길을 비추어 주었다.

「귀신을 만나면 어떡하지?」

무서움을 쫓으려고 내가 말하자 김현이 대뜸 받았다.

「같이 놀지 뭐. 이왕이면 젖이 큰 글래머 귀신이 좋겠네.」

그런 귀신이라면 나도 환영이지만 그건 아무래도 지나친 기대라고 생각되었다. 우리는 중얼중얼 농담을 주고받으며 부지런히 산 길을 걸어 올라갔다.

「이상하지 않아?」

잠시 입을 다물고 있던 김현이 불쑥 말했다.

「뭐가?」

내가 물었다.

「지금 이 시간이.」

그가 대답했다.

「그래.」

내가 동의했다. 이상하다. 지금 이 시간뿐만 아니라 시간이란 것 자체가 이상한 것이다.

「아버지가 이상해.」

형은 그렇게 말했다. 대학을 마치고 회사 생활을 조금 한 뒤에, 멸시도 질투도 없는 삶을 살자며 글 쓰는 여행가가 되기로 작정한 그해 여름의 어느 날 밤이었다.

「아버지가 이상해.」

형이 반복했다.

「어서 내려와.」

그가 말을 이었다.

이상하다는 그 말이 정말 이상하게 들려왔다. 몹시 무더운 여름밤이었다. 수화기를 내려놓은 뒤 나는 벌거벗은 채 반지하에 드러누워 잠을 청했다. 세부는 생생하지만 전체 구도를 짐작할 수 없는 온갖 영상들이 나의 머리를 점령하고 있었다. 내가 잠들고 난 뒤에도 그 영상들은 내가 다시 깨어날 때까지 내 속의 어딘가에 깨어 있었다.

이른 새벽에 나는 P시로 가는 기차를 탔다. 간신히 객차에 올랐더니 앞서 탄 승객들이 모두 자고 있었다. 이윽고 기차가 덜커덕덜커덕 움직이기 시작했고, 나도 덜커덕덜커덕 합숙 훈련단의 멤버 같았던 어린 시절로, 영문을 모르고 소집된 듯했던 그 시간 속으로 다가가기 시작했다.

아버지는 붕괴 직전이었다. 나는 아버지의 그런 모습에 경악했다. 건설의 영원한 강철 기계 같았던 그는 이제 썩어 가는 거대한 생선 덩어리 같았다.

「아버지, 이게 무슨 꼴입니까?」

나는 그렇게 묻고 싶었다.

「치매야.」

나의 의문이 오히려 이상하다는 듯 형이 말했다.

「나도 알아.」

내가 말했다. 하지만 인생에 대해 내리는 의학적 진단이란 얼마나 순진한 것인가.

나는 아버지를 장식하고 싶었다. 나는 고독한 어떤 별의 성장과 죽음을 생각했다. 응축된 중심을 가진 강렬한 가스 덩어리로서 위엄과 존엄을 과시하며 광명의 세례를 사방으로 퍼붓다가, 마침내 힘을 잃고 부풀어 거대한 붉은 별이 되었다가 드디어는 분산되고야 마는 공허를.

실제로 아버지는 내가 대학을 마칠 무렵 이미 거대 돼지 뽑기 콘테스트를 준비해 온 불행한 돼지처럼 몸이 불어 있었다. 아버지는 더 부풀어 올라서 이제 어디에도 중심이 없고, 조만간 외계와 자신을 구별 짓고 있는 그 얇고 연약한 경계마저도 안개처럼 흐려져서 마침내 슬며시 증발되어 버릴 것처럼 흐물흐물한 젤리 덩어리 같아 보였다.

보름쯤 고행이 이어졌다. 형은 여전히 건설을 했고, 아버지는 낮에는 침묵과 잠에 빠져 있다가 밤이 되면 두 아들에게 참혹한 이야기들을 늘어놓았다. 그것이 허구인지 사실인지는 알 수 없었다. 그건 중요한 일도 아니었다. 아버지는 자기를 세우고 유지하기 위해 감춰 온 온갖 고통들을 우리가 고스란히 물려받기를 원하고 있었다. 그는 철없고 포악한 늙은 독재자 같았다.

그러던 어느 날 그 기묘한 산행 작전이 있었고, 며칠 뒤 밤에 아버지는 간신히 입을 열더니 이제 아버지는 없다고 조용히 말했다. 그 말은 일시적인 평화를 가져온 짧은 선언이었다. 날이 밝자 아버지는 뜻밖으로 온화하고 평화로운 미소를 얼굴 가득 머금고 있었으며, 그것이 일주일이나 지속되었다. 그리고 모든 것이 끝나 버렸다. 마침내 아버지는 증발해 버렸다. 법적으로 아버지는 실종이었다.

우리는 계속 구불구불한 산길을 올라갔다. 하늘은 맑았으며 별이 많았다. 김현은 또다시 가슴 큰 여자 귀신 얘기를 한참 하더니 내가 신통한 반응을 보여 주지 않자 묵묵히 생각에 잠겨 걸어갔다.

「아버지와 정자들의 관계에 대해 시험한 적이 있어.」

한참 뒤 그가 말했다.

「어떻게?」

내가 물었다.

「그 녀석들을 채취해서 수 킬로미터 떨어진 곳에 놓고 아버지에게 전기 자극을 가했대.」

「그런데?」

「그러자 같은 시각, 멀리 떨어진 비커 속에 있던 녀석들이 맹렬한 반응을 보였다는 거야.」

싸늘한 바람이 휙 불어와 오싹하게 했다.

「무시무시하군.」

내가 말했다.

「그렇지?」

김현이 말했다.

「그런데 왜 그런 실험을 했지?」

내가 물었다.

「묏자리 때문이지.」

김현이 대답했다.

「좋은 묏자리에 누운 아버지는 살아남은 정자들을 잘 돌본다?」

「그런 셈이지.」

그가 말했다.

「시체 주제에?」

「거기까지는 알 수 없어.」

「그럼 엄마와 난자는 어떻게 되지?」

내가 물었다.

「그것도 몰라.」

그가 말했다.

바람이 조금 강해진 듯했다. 조금 더 가면 정상일 것이다. 목적지를 코앞에 두고 잠시 쉬는 즐거움을 누리기 위해 우리는 걸음을 멈추고 담배를 피웠다. 파도 소리는 들리지 않았다. 귀에서 덜커덕 덜커덕 기차 소리가 들려오는 듯했다. 김현은 얼굴에 빨간 불빛이 비치도록 담배를 빨고 있었다.

문득, 육체의 감옥을 벗어나 자유로운 영혼으로 우주를 여행하겠다며 혜성이 올 때 스스로 목숨을 끊은 사람들이 생각났다.

「불멸을 꿈꾼 그들은 지금 어디에 있을까?」

내가 말했다.

「지금도 날아가고 있겠지.」

김현이 말했다.

「추울 테지?」

「그 정도야 감수해야지.」

「영원은 우습고 슬픈 관념이야.」

「관념이란 게 모두 얼마간 우습고 슬픈 것이지.」

철학 박사 김현이 말했다.

그렇다. 내가 무한한 미래와 무한한 과거의 망망대해에 손수건처럼 작은 불빛의 길을 만들며 부재하는 아버지를 찾아 위로 위로 걸어 올라간 그 여로도 우습고 슬픈 것이었다. 말할 것도 없이 아버지 자체가 우스운 것이다. 우습고 슬픈 관념이다. 그런 것은 애초에 없었던 것인지도 모른다. 토끼의 뿔처럼. 아니, 언젠가는 이 따위 헛된 이미지조차 생각할 필요가 없다고 생각하게 될 것이고, 그다음엔 그런 생각조차 사라질 때가 올 것이다.

마침내 우리는 산 위로 올라갔다. 무덤의 모습은 여느 무덤과 다름이 없었다. 건축가 형이 잘 관리하고 있는 덕분이었다. 금세 땀이 식으며 으스스 추웠다. 김현은 두 주먹을 꼭 쥐고 온몸을 부르르 떨더니 하늘을 향해 목소리를 죽여 외쳤다.

「춥다!」

그가 무덤을 둘러보며 말을 이었다.

「추우시겠다.」

「이 속엔 아무것도 없어.」

내가 말했다.

「그런데도 찾아왔어.」

그가 말했다.

「찾아왔지.」

내가 말했다.

「형상에 대한 욕구 때문일까?」

그가 말했다.

「어쩌면. 그리고 또.」

「또?」

「내가 잡문 작가여서 그럴 거야 아마.」

「그래, 그게 정답이다.」

김현이 말했다.

우리는 담배를 피우며 하늘의 별들을 올려다보았다. 왠지 차가운 물 밖으로 고개를 내밀고 있는 것 같았다. 뿌연 도시의 야경 너머로 멀리 공장의 불빛이 보였으며, 산 아래 바다는 온통 검은색이었다. 그 깨끗한 암흑 속으로 훨훨 날아가 보고 싶었지만 우리는 날개를 가지고 있지 않았다.

피로가 몰려왔다. 우리는 서둘러 산에서 내려왔다. 여자 귀신 얘기도 하지 않았다. 대나무 숲을 벗어나 어두운 소나무 길을 조금 걷자 창호지 등이 걸린 아담한 여관이 우리를 맞아 주었다. 김현은 씻지도 않고 이불 속으로 기어 들어갔다.

「오늘 일은 오늘로써 족하니.」

그가 말했다. 그리고 바로 잠들어 버렸다.

그러나 나는 오랫동안 잠들지 못했다.

이불을 빠져나와 조그만 창호지 창을 열어 보았다. 검은 하늘에 떠 있는 달이 보였다. 우주의 끝으로 통하는 아득한 구멍 같았다. 나는 걷기 시작했다. 기다란 소나무들이 쓰러져 있었다. 그것들이 아스팔트 길을 가로지르고 있었다. 넓은 터를 닦고 있는 해변 공사판을 지나자 조개껍데기들이 발아래서 부서지며 소리를 냈다. 포장마차가 있었다. 사람들이 북적대고 있었다. 그러나 내 귀엔 아무 소리도 들리지 않았다.

나는 백사장에서 양복을 입은 한 남자의 뒷모습을 보았다. 그는 무엇인가 열심히 하고 있었다. 그러나 군청색 양복을 입은 넓은 등에 가려 무엇을 하고 있는지 알 수가 없었다. 뒷모습을 가만히 바라보니 울고 있는 것 같기도 했다.

일을 하고 있는가, 울고 있는가?

그 질문이 아버지를 불러왔다. 돌연 그가 아버지라고 생각되었다. 그 생각이 걷잡을 수 없이 나를 초조하게 했다. 나는 군청색 양복에게 가까이 다가갔다. 아니, 가까이 다가가려고 했다. 그러나 내 몸은 도저히 그의 앞으로 갈 수가 없었다. 나는 그를 잡으려고 기를 쓰며 울먹이다가 깨어났다.

창으로 눈부신 햇살이 쏟아져 들어오고 있었다. 김현은 자고 있었다. 나는 생생하게 기억에 남은 꿈을 생각하며 물어보았다. 사라진 아버지는 내 안에서 살고 있는가? 내 안에서 다시 자라고 있는가? 대나무처럼, 마디를 하나씩 키워 가고 있는가? 시간 속에 끝나는 것은 아무것도 없는가?

나는 대답해 보려고 했다. 이제 그가 내 관념 밖에서는 전혀 존재하지 않는다는 것을 나는 잘 알고 있다. 그러나 나는 아무래도 그 관념을 벗어날 수가 없다. 그렇다면 나를 이렇듯 자신에게 묶어 두기 위하여 아버지는 스스로 사라져 버린 것인가? 내 대답은 금 세 이런 질문으로 되돌아오고 말았다.

쳇, 소비의 파시즘이야

장운성 시인이 이승을 떠난 지도 꽤 되었다. 그러고 보니 사람들은 거의 시인을 잊고 있다. 어쩌면 나를 포함해 서너 명만 기억하고 있는지도 모르겠다. 칭찬을 듣고 싶으면 죽어라, 라는 격언이 있지만 시인을 위해 마련된 칭찬은 생전에 다 소비되었던가 보다.

이게 세상의 이치일 것이다. 세월은 흐르고, 사람들은 쫓겨나거나 스스로 퇴장하고, 새로운 배우들이 등장하여 자신이 주인공인 양 착각하며 살아가는 것이다. 물론 그러고는 신속하게 잊혀 버린다. 총 백만 부의 시집을 팔고 여러 개의 광고로 엄청난 히트를 쳐도 무대를 떠나면 잊힐 뿐이다.

나는 노래한다
일시적이고 대중적이고
싸구려적인 것들을

나는 노래하고 외친다
섹시하고 싱싱하고
신나는 것들을
나는 노래하고 외치고 토한다
일회용적이고 임시적이고
대량 생산적이고
다국적 기업적인 것들을
랄라 트랄라
트랄랄라 랄라

이 정직하고 상투적이고 역겨운 시는 총 5집까지 발간된 장운성 시인의 《토템 피플》에 공통적으로 실려 있는 〈서시〉라는 작품이다. 시인은 정말 그렇게 살았다. 그는 날마다 파티를 벌이며 노래하고 외치고 토했다. 그리고 죽어 버렸다.

내가 시인을 처음 본 건 L문학상 시상식장에서였다. 물론 실물로 처음 보았다는 뜻이다. 경이적인 판매 부수를 기록한 시집의 저자에다 뛰어난 광고인이기도 했던 시인을 내가 어찌 몰랐겠는가. 그러나 실물을 대하기는 처음이었다. 그것도 순전히 계간 《로맨틱》의 불쌍한 편집자 B 때문이었다.

그가 어느 날 술을 마시면서 곧 있을 L문학상 시상식을 취재해 보면 재미있지 않겠느냐고 했다. 시상식의 이모저모와 시상식 이후의 뒤풀이 따위를 사실적으로 써보면 읽어 줄 만한 물건이 되지 않겠느냐고. 듣고 보니 그럴듯했다. 남의 이야기라면 무엇이건 구경거리가 되는 세상인 데다 저명인사의 사생활에 대한 세인들의 비상한 관심을 고려해 보면 그의 말이 틀린 건 아니었다.

그는 얘기 끝에 《로맨틱》에 실어 줄 테니 내가 한번 써보라는 제안까지 했다. 물론 나로서는 전혀 나쁠 게 없는 제안이었다. 아니, 진심을 말하자면 엄청 기뻤다. 왜냐하면 나는 여로라는 화두를 머리에 이고 여행 관련 글을 주로 쓰고 있지만 인생살이 온갖 잡사가 다 여행이 아닌가, 라는 관점에서 세상만사를 내 글의 소재로 삼고 있는 잡식성 논픽션 작가인데, 그 무렵 이제 또 무얼 쓸까 고민하고 있었으니 말이다.

하지만 너무 반가워하거나 고마워하면 그가 생색을 내게 될 것이므로 나는 일단 '뭐 그저 그런데요?' 이런 반응을 보인 뒤에 확실한 다짐을 받아 두기로 했다. 왜냐하면 아무리 그렇고 그런 잡문이라 하더라도 한 꼭지 쓰려면 제법 에너지가 소모되는 게 글쓰기인데, 기껏 고생하여 물건을 만들어 놓으면 옳지 너 잘 걸렸다 하면서 그걸 그냥 허공으로 날려 버리는 자들이 허다한 게 잡문의 세계이기 때문이다.

「아까 그 얘기 말인데요, L문학상 시상식…… 그 물건 만들면 정말 실어 줄 거예요?」

다른 소리를 한참 주고받은 뒤에 내가 슬쩍 묻자 그는 「당근이지!」 하면서 안주 접시에서 당근을 집어 우적우적 씹어 먹었다.

「당근이지, 당근!」

그는 당근을 꿀꺽 집어삼킨 뒤에도 또 한 번 그 소리를 했다.

「좋아요, 그럼 제가 한번 해보죠.」

그제야 나는 그렇게 말했다. 그러고서 취재 준비를 위해 관련 자료를 조금 뒤적인 끝에 극히 상식적인 취재 포인트를 설정했다. 그것은, 좋건 싫건 우리 모두가 상품의 시대를 살고 있는 만큼—이게 바로 장 시인의 주제였다고 생각되는데—문학상 시상식이라는 것도 신상품 광고를 위한 이벤트 행사 같은 게 아닐까, 라는 시각이었다.

빌어먹을. 하지만 다 쓸데없는 짓이었다. B가 판을 엎어 버렸다. 시상식 당일 혹시나 하는 생각이 들어 전화를 해보니 그는 자신이 그런 소리를 했었다는 것조차 깜박하고 있었다. 아니, 어쩌면 똑똑히 기억하고 있으면서도 나를 길들이려고 연기를 했을 것이다. 그는 내 설명을 듣고서야 「아, 참 그랬지」 하더니 아무래도 취한 골이 헛소리를 한 것 같다며 킬킬킬 웃기만 했다.

기분 참 더러웠다. 취재를 위해 이곳저곳 돌아다니다 보면 희한한 돌발 사태를 심심찮게 겪게 된다. 한번은 해변 소나무 숲 귀퉁이의 푸성귀 밭에 잠시 처박아 둔 나의 고물 자동차 지붕에 어떤 재주 좋은 자가 똥을 갈겨 놓은 적도 있었다. 무슨 소리냐 하면 그의 킬킬거리는 소리를 들으면서 나는 자동차 지붕의 그 황당한 똥을 또 한 번 마주친 듯한 기분이 들었다는 말이다.

그러나 나는 생존을 위한 너그러운 인내심을 최소한 B만큼은 갖춘 인간인지라 태연히 참아 넘겼다. 킬킬대는 그와 장단을 맞춰 함께 킬킬킬 웃어 주기까지 하면서. 그가 「당근이지!」 하며 당근을 우적우적 씹어 먹는 것을 무심히 보아 넘긴 내 불찰이기도 했으니까. 솔직히 말하자면 《로맨틱》 사무실로 달려가 그의 뺨에 마구 뽀뽀를 하며 엉엉 울고 싶을 정도로 울적했지만 말이다.

나는 오히려 홀가분한 마음으로 시상식이 있는 L빌딩으로 갔다. 이왕 작정한 걸음이니 취재 따위는 다 잊고 그저 한번 구경이나 해 두자는 심사에서였다. 바로 그렇게 해서 그 외로운 동시대인인 장 시인을 만나게 되었으니, 역시 여행이란 게 그런 것인가 보다. 수시로 기대를 배반하기도 하지만 전혀 엉뚱한 보상을 주기도 하는 게 여행인 것이다.

상이라는 것을 주고받는 풍경은 대개 비슷비슷하기 마련이다. L문학상 시상식도 그랬다. 지극히 일탈적이고 무질서한 삶을 살다가 떠난 L을 기리는 상임에도 불구하고 모든 것이 너무도 질서 정연하게 잘 배치되어 있었다. 절차에 따라서 때론 지겹게, 때론 웃음을 자아내며 부드럽게 진행되어 갔다. 예쁘게 차려입은 상당수의 여대생들이 자리를 차지하고 있다는 게 특이하다면 특이한 광경이었다. 보아하니 그들은 L문학상과 관계가 깊은 어떤 여자 대학의 늙은 교수가 선동해서 데리고 온 여자들이었는데, 거기까지는 쉽게 파악되었지만 그녀들의 역할이 무엇인지는 도무지 알 길이 없었다. 눈요기라도 하라는 것이었든지…….

나는 곧 지겨워졌다. 뒤풀이 술자리에서라면 과음으로 너와 나의 경계가 없어져 버린 문사들을 구경하는 한편 나도 마시고 하면서 재미를 좀 느낄 수도 있을 것 같았지만, 평소 지면을 통해서만 알고 있던 분들을 막상 실제로 그것도 떼로 접하고 보니 아는 사람이 거의 없는 내가 그들 틈에 끼여 내 멋대로 재미를 본다는 것은 너무도 무모한 모험일 것 같았다. 결과적으로 B가 취해서 헛소리를 한 것 같다고 말한 건 어쨌든 옳은 소리였다.

그래서 이제 나는 백 퍼센트 퇴장해야 될 존재에 지나지 않는구나, 하며 뭔가 손해를 보았다는 느낌에 사로잡혀 있었다. 그런데 바로 그런 기분이 머리 꼭대기까지 꽉 차올랐을 때 장 시인이 나를 발견했다. 홀의 뒤꽁무니 의자에 앉아 멍하니 전방을 바라보고 있는데, 그런 나를 시인이 바라보고 있었던 것이다.

집요한 눈길이 느껴져 그곳으로 얼굴을 돌렸더니 거기에 시인이 있었다. 시인은 나로부터 7, 8미터쯤 떨어진 곳에 서 있었는데, 나는 그저 우연히 눈길이 마주친 것으로 생각했다. 아니, 실제로 우연이었을 것이다. 하지만 시인은 그 우연을 재빨리 이용하여 내게로 다가와 말을 걸었다.

「저, 혹시…….」

시인은 몹시 진지한 얼굴이었다.

「네?」

나는 긴장하여—사람들이 그를 부러워하건 경멸하건 간에 하여간 유명 인사였으니까—시인을 처다보았다. 그러자 설핏 장난스런 미소를 머금는다 싶더니 내게로 상체를 기울이며 이렇게 속삭였다.

「담배 가진 것 있습니까?」

그 순간 나는 돌발적인 웃음을 터뜨릴 뻔했다. 딱히 어떤 종류의 말을 예상했던 것은 아니었지만, 진지한 몸짓에 이어진 '담배……'라는 말은 전혀 뜻밖이었으니까. 그래서 나는 터져 나오려는 웃음을 참기 위해 입을 꼭 다문 채 고개만 끄덕끄덕했다. 그리고 시인을 따라서 복도를 한참 걸어 구석 계단의 중턱으로 내려가 함께 담배를 피웠다. 그 참에 L빌딩을 떠나 집으로 철수하려고 말이다.

나는 그런 식으로 담배를 피우는 사람은 처음 보았다. 하도 세게 빨아들이고 내뿜고 해서 금세 꽁초만 남았는데 그 바람에 악성 비듬 같은 담뱃재가 부슬부슬 떨어져 내렸다. 그러고는 예의 저 장난기 어린 눈으로 나를 처다보더니 동냥하듯 손을 내밀었다.

「하나만 더…….」

나는 하나를 더 주었다. 그러자 시인은 불을 붙이고서 한 모금

빨더니 느닷없이 친구가 많으냐고 물었다. 내가 별로 없다고 대답하자 그는 그날따라 어쩌다가 꺼내 입은 말쑥한 양복 차림의 나를 아래위로 노골적으로 훑어보았다. 그러더니 좀 지저분하고 어수룩해 보여야 많이 꼬이는 법이라며 빙그레 웃었다.

「친구가 말입니까?」

내가 묻자,

「그렇죠. 인간도 파리도 다.」

라고 그가 말했다. B라면 틀림없이 박수를 치면서 이 말에 동의했을 것이다.

「옷에 흙이라도 좀 묻히고 다니세요. 정신이 말을 안 들으면.」

시인이 말을 이었다.

나는 이런 차림새는 1년 중 3, 4일뿐입니다, 라고 말하려다가 그만두었다. 옷 자체를 두고 한 말이 아니라 생각되었으니까. 그보다는 시인이 왜 내게 그런 말을 하는지 그게 궁금했다. 어쩌면 우발적으로 꺼내 입은 깨끗한 양복에 현혹되어 나를 영혼이 쓸데없이 너무 맑은 외톨이 사내로 오해하고 있는 게 아닌가 싶어 미안하기도 했다.

그래서 왜 내게 그런 말을 하느냐고 물어보려다가 문득 귀찮아져서 나는 주로 여행 관련 논픽션을 쓰는 이마립입니다, 라고 묻지도 않은 자기소개를 해버렸다. 그렇게 소개하면 내가 어떤 인간인지 자연스레 감이 잡힐 거라고 생각했기 때문이다.

그런데 시인이 뜻밖으로 반색을 했다.

「아아, 르포 작가시군요. 아이고, 이거 영광입니다.」

기분이 좀 그랬다. 쑥스럽기도 하고, 이 사람이 장난치나 싶기도 하고. 그래서,

「르포라고 해주시니 고맙지만, 흔히 잡문이라고 하지요.」

라고 하니 그가 또 재빨리 대꾸했다.

「뭐, 잡문 아닌 게 있나요 어디? 다 잡문이지요.」

그러면서 시인은 자신은 뻐꾸기시계의 똥을 치우며 하루하루를 산다고 말하여 나를 웃겼고 그 자신도 웃었다.

그렇게 돌발적으로 함께 웃다 보니 호기가 발동한 나는,

「장 선생님을 취재하고 싶어지는데요?」

하고 말해 보았다. 꿩 대신 멧돼지라는 심정으로. 물론 여기서 꿩은 B가 펑크 낸 문학상 시상식 풍경이었고, 멧돼지는 유명한 시인 장운성이었다.

그러자 시인은 눈을 반짝 빛내며 반가워했다.

「그래요? 그거 정말입니까? 아이고, 이거 영광인데요?」

이 사람이 도대체 진심인가 싶었다. 그의 입에서 두 번째로 터져 나온 '아이고, 이거 영광인데요?'라는 문장이 그를 의심하게 만들었다.

그래서 한 걸음 뒤로 빼면서,

「뭐, 반사적이랄까, 습관적인 거라고 할까, 일종의 직업병 같은 것이기도 하고…….」

라고 어떻게 맺을지 준비도 안 된 상태에서 중얼거리자 마치 그런 내 마음을 알아차린 듯 시인이 스스로 내 손에서 바통을 뺏어 갔다.

「예, 예. 이해할 만합니다. 무슨 소린지 잘 알겠습니다.」

시인은 웃음기가 가신 진지한 얼굴로 말을 이었다.

「만인이 다 직업이라는 병을 앓고 있지요. 아무래도 좋죠 뭐. 나도 취재를 당하고 싶군요. 나는 사람 만나는 걸 무지 좋아하니까 언제든 연락하세요. 공식적으로도 좋고, 그저 오다가다 만나는 인간으로서도 좋고, 우연히는 더욱 좋고.」

시인은 내게 명함을 주면서 계속했다.

「옷깃만 스쳐도 인연이라는데, 우리는 함께 담배와 대화를 나누고 또 마주 보며 웃기까지 했으니 지독한 인연인가 봅니다. 그것도 남들 몰래 빠져나와서. 연락 주세요. 꼭!」

담배를 피우려고 홀 밖으로 나온 것을 시인은 남들 몰래 빠져나온 것으로 표현했다.

「꼭 연락 주세요. 빌려 피운 담배도 갚아야죠.」

그가 한 번 더 말했다.

「예. 알겠습니다. 그렇게 하지요. 그날이 언제가 될지는 모르겠지만…….」

우리는 계단 중턱에서 악수를 나누고 헤어졌다. 그리고 시인은

계단을 걸어 올라가 시상식장으로 돌아갔고, 나는 계단을 내려와
건물 밖으로 나왔다. 그제야 나는 실물로는 처음 본 저 유명한《토
템 피플》의 시인 장운성의 외양을 머릿속에 떠올리며 인상적인 점
을 정리해 두었다. 반백의 회색빛 머리카락과 가무잡잡한 피부, 그
리고 쓸쓸함이 감도는 장난기 어린 미소와 손가락을 딱딱 꺾는 버
릇까지…….

내가 서른셋이었던 그해 3월 초순의 일이었다. 그 후 연말까지
장운성 시인을 세 번 더 만났지만, 두 번은 다소 의도적인 만남이
었고 마지막은 우연한 만남이었다. 의도적이었다고 말하는 두 번
의 만남도 실은 딱 부러지게 취재를 염두에 두고 이루어진 것은 아
니었다.

그해 3월 하순 어느 날이었다. 그날 나는 네 명의 젊은 여자들을
거느린 B와 함께 저녁을 겸하여 술을 마셨다. 그 여자들은 B가 데
리고 있는 친구들이었다. 그때 내가 L문학상 시상식장에서 장 시
인을 만났던 얘기를 하자 B는 그가 아낀다는, 갓 대학을 졸업한 여
기자가 인터뷰를 할 수 있게끔 다리를 놓아 달라고 눈에 불을 켜면
서 씨부렁댔다.

쳇, 자동차 지붕 위의 똥 같으니라고. 그는 내가 속도 없는 인간
인 줄 알았던 모양이다. 그가 아끼는지 데리고 노는지 알 수 없는
그 예쁘려다 만 듯한 새파란 여자에게 다리를 놓으라니, 인터뷰를

할 마음이 있으면 내가 직접 하지 왜 다리를 놓겠는가 말이다.

하지만 솔직히 말해서 나는 시인을 만나고 싶은 마음이 없었다. 나는 시인에 대해 양가적인 감정이었다. 굳이 말하자면 그를 경멸하는 편이었다. 그러면서 그 경멸보다 다소 약한 강도로 연민을 가지고 있었다. 그는 그가 욕하는 세상의 역겨운 꼴을 거울처럼 모방하고 있었는데 나는 그게 싫었다. 그러나 속임수 없이 자신을 완전히 내던지고 있다는 점 때문에 얼마간의 연민을 느끼고 있었다. 최소한 이중 삼중의 가면으로 얼굴을 가린 자들과는 달랐으니 말이다.

그런데 B가 나를 내몰았다. 다리를 놓아 달라고 하는 바람에 마음에도 없으면서 시인을 만났다는 말이다. 그가 여자들과 하하호호 하는 동안 나는 화장실 옆의 구석진 곳에 있는 공중전화에 달라붙어 전화를 걸었다. 정말 무얼 어쩌자는 의도는 전혀 없었다. 단지 최소한 B가 아낀다는 그 여기자가 나를 이용하는 걸 방지하기 위해서였다.

나의 그런 속사정을 모르는 시인은 몹시 반가워했다. 너무 환대하는 것 같아 미안한 마음까지 들었다. 그는 당장 자기 사무실로 오라고 했다. 이 사무실이라는 곳은 시인의 집이기도 했다. 그는 신촌에 있는 큰 평수의 오피스텔을 응접실, 사무실, 침실, 식당을 겸한 바, 이렇게 네 개의 공간으로 분할하여 사용하고 있었다.

장운성 시인은 거기서 시인으로서 시를 썼고, 광고인으로서 CF

시나리오와 카피와 상품 이름을 만들었고, 술꾼으로서 술을 마셨고, 또 생물학적 존재로서 잠을 잤다. 그 무렵만 해도 나는 몰랐는데 시인은 비록 온갖 사람들과 어울려 놀기를 즐겼어도 그 공간만은 좀체 개방하지 않았다고 한다.

내가 도착하자 시인은 집 안을 구경시켜 준 뒤 지하의 일식집으로 나를 데리고 갔다. 그리고 바로 이것저것 주문하고 나서 나의 여행지 취재 기사를 하나 읽어 보았다면서 좋더라고 칭찬을 했다.
「사실적이고…… 웃기고…….」
그는 술과 안주로 한 템포 간격을 주더니 사람살이의 터무니없는 우연성에 대한 유머 같은 것을 내 글에서 느꼈노라고 덧붙였다.
시인이 나를 잊지 않고 일부러 내 글을 찾아 읽었다는 건 참으로 황공한 일이었다. 나는 만나고 싶은 마음도 없었는데 말이다. 게다가 제법 괜찮은 칭찬까지 듣고 보니 뭔가 근사한 답례를 한마디 해야 하는 게 아닌가 싶었다. 그러나 나는 내보여 줄 만한 유별난 사연 같은 게 없는 사람이었으며, 지금도 그렇다. 그렇고 그런 이른바 잡문을 쓰면서 끝없이 세상을 떠돌고 있는 사람일 뿐이니까.
그래서 머리를 굴린 끝에,
「아내가 의자에 올라서서 벽에 못질을 합니다.」
하고 나는 입을 열었다.
「그러다가 의자 모서리를 밟으면서 나동그라집니다. 그러고는 그 즉시 뇌진탕으로 죽어 버립니다. 그런데 남편이라는 작자가 바로 곁에서 못 통을 들고 서 있다가 그 꼴을 목격하는 겁니다.」

시인이 놀란 눈으로 나를 쳐다보았다. 급속 냉각과도 같은 얼어붙는 전율의 흐름이 그의 두 눈에 가득 차오르고 있었다. 그래서 나는 찬물을 끼얹기 위해 얼른,

「제 얘기가 아니고, 어느 외국 남자의 사연입니다.」

하고 말했다.

「음? 아, 그래요?」

「네.」

시인은 젓가락을 집더니 눈길과 함께 안주 접시로 가져갔다.

「그래.」

하고 조금 뒤 그가 말했다.

「어느 외국 남자의 사연이라 이거죠?」

「예.」

「본인 얘기가 아니고요?」

「예.」

「흠…….」

시인은 오른손 새끼손가락을 꺾어 딱 소리를 냈다. 그러고는 맥 빠진 허허허 소리를 내더니,

「난, 또. 실망인데요?」

하며 고개를 젖혀 더 큰 소리로 웃어 댔다. 나도 큰 소리로 따라 웃었다. 그러자 한참 웃던 시인이 갑자기 뚝 웃음을 멈추며 아직 웃고 있는 나를 그윽이 쳐다보고 불쑥 입을 열었다.

「그래, 본인은 어때요?」

「네?」

「본인은 어떠냐구요.」

「글쎄요, 뭐…….」

「그냥 단도직입적으로 얘기해 보세요.」

「전 자주 지겹습니다.」

「지겹다구요?」

「네.」

「지겹다면……?」

「흔해 빠진 건데, 남아도는 느낌이랄까…….」

「아, 유식한 말로 잉여감. 그렇죠?」

「예. 아마도…….」

「그래요, 이해할 수 있어요. 견뎌 내려면 웃음이 필요한 것이고, 도처에 깔린 이상한 우연들로 존재 자체를 웃겨 보는 것도 한 가지 방법이겠죠. 밤낮으로 함께 뒹군 안방에서 뇌진탕으로 죽어 나자빠지는 마누라를 못 통을 든 채 곁에서 그저 바라볼 수밖에 없는 바보 같은 남편…… 잔인한 그림이군요. 웃음이 있는 잔인함.」

시인은 시선을 떨어뜨린 채 열 번쯤 고개를 끄덕이더니 술잔을 기울였다. B 일행과 전작이 있던 나는 시인보다 먼저 취해 버렸다. 그러나 시인도 곧 나의 뒤를 따라오더니 재빨리 나를 추월하여 급피치를 올렸다. 그는 영원히 달아나 버리겠다는 듯 술잔을 기울였다.

장운성 시인은 나보다 10년쯤 위였다. 하지만 그와 나의 대화에 나이 차이가 방해된다는 느낌은 전혀 없었다. 그는 내가 여러 번 말을 낮추라고 청했음에도 끝내 존댓말을 고집했다. 그리고 그의 시만큼이나 무척 말이 많았다. 그는 국내외 정치 경제 토픽에서부터 우리 문화의 온갖 현상에 대해서까지 바쁘게 뛰어다니며 시비를 걸었다.

「모든 것이 소비재가 되어 버렸어요.」

이 말은 어떤 대상에 대해 얘기하건 시인이 내리는 최종적인 결론이었다.

「추상적인 것이건 구체적인 것이건 우리는 다만 그것을 소비할 뿐입니다.」

그렇게 해서 나는 시집 《토템 피플》과 광고 회사 '광고방'의 대중적인 성공에 대해 장운성 시인이 스스로를 대단히 조롱하고 있다는 것을 분명히 알게 되었다. 내가 한편으로는 연민을 느끼면서도 경멸하지 않을 수 없었던 바로 그 점을, 다른 누구도 아닌 시인 자신이 정직하게 경멸하고 있었던 것이다.

「우리는 지금의 소비 체제를 벗어날 수 없어요.」

시인이 말했다.

「언젠가는 망하겠지만 최소한 그때까지는 말입니다. 우리는 빠른 속도로 뭔가를 소비하게 되어 있는 회로에 갇혀 있기 때문에 소비할 것이 없거나 속도가 느려지면 미쳐서 난동을 부릴 게 뻔해요. 그런 점에서 나는 소비의 언어를 제공하여 난동의 방어에 일조하고 있는 것이죠.」

그날 시인과 나는 꼭두새벽까지 마셨다. 그의 말처럼 시인과 나는 술과 안주는 물론 온갖 추상적인 개념들을 소화 불량이 되도록 소비했다. 그래서 나는 두 번 토했고 시인은 한 번 토했다.

「내 너를 해방시켜 주나니 대지로 돌아가라!」

하고 시인은 소화액과 알코올로 범벅이 된 자신의 구토물에게 말했다.

「너도 돌아가라!」

하고 나도 나의 구토물에게 말했다.

시인은 나를 자신의 집으로 다시 끌고 올라가 바둑을 두게 했다. 그는 인생이란 마치 바둑처럼 뭔가 있다고 생각하면 있는 것이고 아무것도 아니라고 생각하면 아무것도 아니라면서 가와바타 야스나리의 《명인》에 대해 마구 떠들었다. 시인과 나는 졸다가 깨다가 하면서 각자 자신의 돌이 죽는다고 생각하여 경쟁하듯 중앙으로 도망치기도 했다. 그리고 마침내 시인이 고꾸라져서 잠들자 시인의 집에서 탈출한 나는 천신만고 끝에 내 방에 도착하여 즉시 뻗어 버렸다.

시간이 흘러갔다. 시인과 나만을 위해서는 아니었고, 특히 B만을 위해서는 절대로 아니었지만, 어쨌든 시간이 흘러갔고 5월 중순에 나는 또 장운성 시인을 만났다. 그때도 내가 전화를 했고 시인은 쾌히 자기 사무실로 오라고 했다.

대낮이었기 때문에 술은 조금밖에 마시지 않았다. 대신 진지하게 바둑에 몰두했는데 시인은 별로 말이 없었다. 그는 3월 하순의 엉망진창으로 끝난 술판에 대해서도 전혀 언급이 없었다.

그러나 바둑을 한 판 두고 나자 시인은 처음부터 그렇게 짜놓았다는 듯 갑자기 다변이 되었다. 다변이라 해도 3월 하순의 술판에서처럼 중구난방은 아니었고 대상과 주제가 뚜렷했다. 그는 L문학상 시상식장에서 내가 취재하고 싶다고 말한 것을 얼마쯤 염두에 두고 있는 듯했다.

시인은 장운성(張彙星)이라는 필명의 진짜 유래라는 것을 얘기해 주었다. 사람들이 알고 있기로, 장운성이라는 이름은 고인이 된 어느 대가 시인이 죽기 얼마 전에 지어 준 것이다. 그때만 해도 그는 가난한 무명 시인이었다. 그는 그 이름을 고이 간직하고 있다가 《토템 피플》을 내면서 비로소 사용했다.

그러나 그 사연은, 시인의 고백에 따르면 새빨간 거짓말이었다. 시인은 무척 부끄러워하는 표정으로 분명 그렇게 말했다. 그는 비록 몸은 타락하여 망가지더라도 영혼은 달무리 너머에서 영롱하게 반짝이는 별이 되기를 기원했다고 말했다. 그래서 운성이라고 개명했다는 것이다. 그렇게 설명한 끝에 시인은 공허하고 쓸쓸한 미소를 지으며 허허허 웃었다.

「그런데 말이에요.」

그가 말을 이었다.

「달무리 너머에서 영롱하게 반짝이는 별이 아니라, 달무리처럼 흐릿하고 어질어질한 별이 되어 버렸어요.」

그는 《토템 피플》 1집이 성공을 거둔 뒤에 그런 생각을 하게 되었다고 덧붙였다.

사실 장운성 시인은 그야말로 무명 시인이었다. 평소 시집을 즐겨 읽던 나도 전혀 그를 알지 못했다. 하지만 대중의 눈길을 받기 전에 그는 이미 20년의 시작 경력이 있었다. 그러나 평론가들에게도 일반 독자들에게도 전혀 주목받지 못한 세월이었다. 그는 남들에게 거의 보이지 않는, 잘해야 몇몇 사람에게만 간신히 보이는 이름 없는 작은 별 같은 존재였다.

「난 그렇게 살다 죽을 생각이었지요.」

하고 그는 말했다.

「세속의 유행에 휩쓸리지 않기 위해서는 철저한 고립이 필수니까요. 정신을 지키는 시인으로서 정신을 파괴하기 위해 모든 역량을 다하는 사회라는 이 공동체에 휩쓸리지 않으려면 철저한 고립과 자기 집중이 필요하니까요.」

그러나 그는 결국 그 고립으로부터 도망치고 말았다. 자신이 천재가 아니라는 것을 깨닫고 난 뒤의 일이었다고 그는 말했다.

「천재가 아닌 내가 철저한 고독을 통해 얻은 것은 웬만한 성취에 이른 시와 극도의 고독한 빈곤과 저 앞에서 희미하게 들려오는 쓸쓸한 파멸의 나팔 소리뿐이었지요.」

정신적 자세 혹은 도덕적 열정, 이런 것들과 예술적 성취 사이의 복잡한 드라마에 대한 해설은 내 능력 밖의 문제이므로 그냥 넘어가겠다. 이런 것은 이런 일을 좋아하는 이 방면의 이른바 전문가들이 있으니 그들이 하면 될 것이다. 여행 전문 작가인 나에게 중요한 것은 시인과 내가 함께했던 그 우연한 여로의 부스러기들이 망각의 강물에 휩쓸려 흘러가 버리기 전에 건져 내어 붙잡아 두는 것일 뿐이다.

아무튼 어느 봄날 그런 자각에 이른 시인은 행려병자처럼 떠돌기 시작했다. 그는 그러다가 말라 죽을 생각이었다. 그러나 아침 일찍 출근하고 저녁 늦게 퇴근하는 사람들의 얼굴에 한결같이 배어 있는 고독감과 피로감을 보며 생각을 바꾸었다. 그는 일찍 죽은 어머니를 생각했다. 어머니의 젖을 빨고 싶었다. 그리고 회사라는 비정한 공동체에서 쫓겨나지 않기 위해 모욕적인 피로와 고독을 감수하고 있는 사람들에게도 젖을 먹이고 싶었다.

며칠 뒤 시인은 제약 회사를 찾아갔다. 그리고 '젖'이라는 민망한 이름의 건강 음료를 제안했다. 그것은 벌꿀이 든 그냥 비타민제였다. 그러나 시인이 상상한 이미지로 포장한 것이었다. '젖'은 대성공을 거두었다. 사람들은 '젖'의 CF에 빨려 들었다. 졸면서 출근하는 수만 명의 남자들과, 정신없이 일하는 수만 명의 남자들과, 기어서 퇴근하는 수만 명의 남자들을 보여 준 뒤에, 그런 남자들을 품에 안고 젖을 먹여 소생시키는―이건 상징적으로 처리했다―수만 명의 여자들을 그린 CF였다. 한동안 그가 만들어 낸 광고가 단 하루라도 신문과 TV에 보이지 않는 날이 없었다.

시인은 졸지에 엄청난 돈을 벌게 되었다. 불행하고 가난한 개인사를 가진 중년의 무명 시인에서 유능한 광고인으로 거듭난 것이다. 광고인으로 성공을 거둔 시인은 시 창작에 있어서도 대변신을 했다. 그는 고전적인 명상을 지향하던 시를 버리고 발랄한 자본주의적 교환을 정직하게 반영하는 시들로 채운 전작 시집 《토템 피플》을 출간했다. 시집은 곧바로 베스트셀러가 되었다.

하지만 많은 사람들이 찬탄했던 바로 그 찬란한 거듭남을 정작 당사자인 시인은 노골적으로 조롱했다.

「광고란 사람들을 불행하게 만들어서 자꾸만 뭔가를 사게 만드는 기술입니다. 아름다움과는 관계가 좀 있지만 진실과는 거의 관계가 없다고 봐야죠.」
라고 그는 말했다.

「어떤 철학자의 말대로 존재의 평안한 집이 되어야 할 내 언어가 아름다운 독버섯 같은 유혹자가 된 것이죠. 그러니까, 혹시 저 세상이 있다면 나를 위해 따로 마련된 지옥이 있을지도 몰라요. 거기서 무얼 하느냐? 뭐, 아주 아름다운, 정말 황홀하게 아름다워서 자꾸만 갈망하게 되는 기다란 집게에 혀를 잡아 뽑히며 살아가는 거지요. 지옥의 괴물들에게는 혀가 곧 언어일 테니까요.」

시인은 웅변 학원 원장처럼 확신에 차서 그렇게 내뱉더니 얼굴을 허공으로 쳐들고 공허한 웃음을 허허허 토해 냈다.

괴물이 기다란 집게로 사람들의 혓바닥을 잡아 뽑는 지옥의 그림은 나도 본 적이 있다. 내가 본 지옥도에서는 혀를 잡아 뽑히는 자가 동시에 하체도 지글지글 끓는 기름 가마솥에서 튀겨지고 있었다. 그 그림을 보면서 나는 먼저 거짓말쟁이들 예컨대 저질 정치인들과 사기꾼들의 말로가 아닐까 생각했으나, 곧이어 스스로 논픽션 작가라고 생각하면서도 언제나 꾸며 낸 이야기를 살짝살짝 가미하여 독자들을 속인 죄로 내가 가야 할 곳이 아닐까, 하고 생각했다.

시인은 《토템 피플》의 성공에 대해 시대정신에 열렬히 편승한

결과라고 말했다. 그러니까 세상의 빛깔과 흐름에 자신의 실존을
철저히 일치시켰다는 말이었다. 그런 점에서 나는 그가 철저히 자
기 파괴적인 길을 걸었다고 생각한다. 그건 아무나 선택할 수 있는
길이 아닐 것이다. 시로, 평론으로, 논문으로 자본주의의 물신성을
맹렬하게 비난하는 자야 많지만 스스로 물신주의의 극단으로 자기
를 몰아붙이는 자는 없으니 말이다.

「부자가 되니까 시끄러워지더군요. 그 이전에는 적막하기 그지
없었는데. 역시 인간은 사교를 하며 살아야 하나 봅니다.」
하고 시인이 말했다.

「한편에서는 언어를 팔아먹는 장사꾼 시인이라고 욕하는 사람들
도 있었지요. 내 돈으로 술을 마시면서. 허허허. 나보다 더 철저
하고 비교가 안 되게 전문적인 그 방면의 사람들에 대해서는 아
무런 관심도 없으면서, 시인인 내가 광고를 만드니까 이러쿵저러
쿵 손가락질하는 겁니다. 재미있지 않아요? 난 이렇게 생각해요.
그들은 시인이라는 존재와, 그게 무엇인지 뚜렷이 알지도 못하는
막연한 삶의 이상 같은 것을 연결시키고 있는 겁니다. 순전히 동
화적 망상이죠.」

《토템 피플》 이후 도처에서 시인을 모방하려는 변신자들이 생
겨났는데, 그들도 시인의 말처럼 시대정신에 편승한 자들인지라
각자의 희망대로 다소간 재미를 볼 수 있었다. 그리고 그런 세월

중에 시인은 유사한 변신자들을 규합하여 시대정신이라는 이름의
동인으로 묶고 그 자신이 멤버의 중심이 되었으며 계절마다 동인
지 《시대정신》도 발간했다.

그리고, 아니 시인에게 관심 있는 사람이라면 시인의 대외적인
삶에 대해서는 최소한 나만큼은 알고 있을 것이니 이런 공식적인
삶의 이력은 내가 굳이 더 얘기하지 않아도 좋을 것 같다. 더구나
시인이 사망한 뒤 '시인 장운성 특집호'로 막을 내린 《시대정신》
종간호에 실린 필자 미상의 글—이 사람들은 마지막까지 독자들
을 웃겼는데—'시인 장운성 시사'라는 흥미진진한 장문의 글이 있
으니 말이다.

그러니 그런 재미없는 소리들은 그만 접고 장운성이라는 이름의
유래와 더불어 시인에게 직접 들어 지금은 어쩌면 나만이 알고 있
다고 생각되는 시인의 아버지에 대한 언급을 증언하는 게 더 좋겠
다. 특히, 나와 더불어 아직까지도 장운성 시인을 기억하는 사람들
이 있다면 비록 서너 명밖에 안 된다 하더라도 바로 그 사람들을
위해서 말이다.

사연인즉 이렇다. 시인이 내게 해준 이야기에 의하면, 시인이 어
렸을 때 어머니가 사망했으나 시인의 아버지는 평생 재혼을 하지
않고 시인을 키웠다고 한다. 시인의 아버지는 양같이 순한 완전한
자유방임주의자로서 회초리로도 손으로도 한 번도 시인을 때린 적

이 없었는데, 오히려 시인을 괴롭힌 것은 그칠 줄 모르고 터져 나오는 아버지의 긴 한숨과 펴지지 않는 우울한 얼굴이었다고 한다.

「나는 아버지에게 한 대도 얻어맞지 않았는데도 아버지를 마구 때려 주고 싶었어요.」

하고 시인이 말했다.

「아버지들이 살아 있을 때 그들을 때려 주자고 서양의 어떤 못된 시인이 말했다지만 나는 그럴 수가 없었어요.」

이것은 순전히 나의 어쭙잖은 해석인데, 진실로 사랑하는 아내를 잃고 오로지 한숨만 쉬어 대며 살다가 떠난 아버지의 삶과, 대변신 이전 가난하고 볼품없고 천재가 아니라 남아돌아가는 독신자 명상파 시인이었던 시인의 삶은 동질 이종이 아니었던가 생각된다. 어쩌면 시인이 아버지의 이미지를 자신의 처지에 어울리게 각색을 했던 것인지도 모르겠지만.

시인의 아버지는 땅값이 오르자 집을 팔고 변두리로 이사를 해 거기서 돈을 까먹으며 평생을 살았다고 한다. 아무 일도 하지 않고 우울한 얼굴로 오로지 한숨만을 쉬어 대면서.

「그래서 아버지가 사망했을 때 통장에는 한 푼의 돈도 남아 있지 않았지요.」

시인이 말했다.

6월부터 나는 좀 바빴다. 또다시 코앞에 다가온 여름을 앞두고

B가 편집하는 《로맨틱》 같은 잡지로부터 몇 건의 원고 요청이 있었고, 또 그 당시 여름은 어쩌다 보니 내가 가장 많이 나돌아 다니는 계절이기도 했다.

나는 '은밀한 사랑을 위한 해변' '값싸고 인심 좋은 곳' 따위의 싸구려 여행안내 원고를 썼다. 그런 원고 쓰기는 우리 모두를 푹푹 삶아 대던 한여름에도 계속되었다. 그런 다음 여름의 열기가 한풀 꺾이자 나는 '피서지에 두고 온 사랑' '내 가슴에 바다가' 따위의 여행 후일담도 썼다.

그리고 여름의 마지막 열기를 몰아내는 태풍이 연이어 찾아왔고, 우리네 인심을 반영하듯 지난여름 인간 군상으로 뒤덮였던 강과 산과 바다는 쥐새끼 한 마리 없이 텅텅 비어 버렸다. 나는 그 풍경에 대해서도 썼다. '내년에 또' '실종된 사람들' 등등.

나는 그런 원고들 중 일부는 팔아먹었고, 일부는 없던 일로 하자는 B 같은 잡문 편집자의 말에 나 혼자 감상한 뒤 버렸고, 일부는 그냥 남겨 두었다. 그냥 남겨 둔 원고 중에는 시인의 시를 인용한 것도 있었는데 아무래도 좀 과장된 인용이었던 것 같다.

그 원고는 방학을 맞아 친구들이 모두 피서를 떠난 사이, 아스팔트와 시멘트의 대도시에 남아 성형 수술을 받는 여대생들에 대한 취재 기사였다. 그것도 일종의 여행이 아닌가, 하고 나는 생각했다. 시원하고 세련된 병원의 의자에 앉거나 드러누워서 의사로부터 현재의 자기 얼굴과 수술하고 난 뒤의 얼굴에 대한 설명을 듣고, 설레고 떨리는 마음으로 아름다움을 향한 여로에 몸을 맡기는 것이니까.

내가 인용한 시는 다음과 같다.

기도

아버지시여

우리의 신체를 우리의 뜻대로

디자인하게 해주소서

과학의 선지자들을 보살펴 주소서

DNA 관리자들에게도 일용할 양식을 주시고

거대한 세 개의 유방이 달린 여자와

두 개의 분홍빛 아가미를 가진 남자가

사랑하게 내버려 둬주소서

단백질과 마이크로 칩으로 탄생한 인간을

제발 좀 축복해 주시고

유전적 무결함을 과시하는

수박처럼 금메달 표딱지를 단 냉동 태아를 사랑해 주시고

유전학의 재단사들을 매일매일

실험에 들게 해주소서

오 나의 아버지시여

우리가 날마다 미지의 은하계로 날려 보내는

첨단 라면 박스에 담긴 인간 알의 앞날을

길이길이 축복해 주소서

그러던 중에 나는 우연히 B와는 비교가 안 될 정도로 문화계 잡사에 귀가 밝은 어떤 스포츠 신문 기자로부터 시인이 거의 매일 사람들을 만나 술을 퍼마신다는 말을 듣게 되었다.

「누구랑 그렇게 퍼마신다는 거야?」

내가 묻자 기자가 말했다.

「아무나.」

「아무나라니?」

「말 그대로지. 아무하고나.」

「그래도 어느 정도 종류는 있을 거 아냐?」

「아니야. 그야말로 아무나야. 아는 사람이건 모르는 사람이건 가릴 것 없이.」

그 말에 나는 좀 씁쓸한 기분이었다. 나야 뭐 고작 3일이었지만, 그러니까 365일 중에 고작 3일 걸려든 것이었지만 말이다. 하루는 함께 담배를 피웠고, 하루는 함께 고주망태로 취했고, 하루는 그의 인생살이를 브리핑 받았다. 그의 상습적인 365일 소비 캘린더에 어쩌다 걸려들어 시인의 말처럼 '소비된' 것이다.

하지만 나는 시인이 내게 그를 알고 있는 모든 사람들이 감쪽같이 속고 있던 장운성이라는 이름의 유래에 대한 비밀을 들려주었다는 데 남다른 의미를 두고 싶었다. 게다가 남들에게 웬만해서는 공개하지 않는다는 자기 거처를 내게는 두 번씩이나 아무 거리낌 없이 공개했으니까.

그리고 또,

「너도 장 시인이랑 퍼마셨어?」

라고 묻자 그 기자가 이렇게 대답했으니까.

「난 한 번도 만난 적 없어.」

그리고 이건 지금 와서 하는 생각이지만, 그 후 시인이 이 세상에 남긴 마지막 시를 가지게 되었으니 마구잡이로 사람을 만나고 떠들고 고주망태로 취한 것이 시인의 365일이었다 하더라도 나에 대해서는 조금이나마 유별감이 있지 않았을까 싶다. 그 이유가 무엇이었는지는 나도 도무지 모르겠지만 말이다.

가을이 깊어 가면서 나는 연례행사인 가벼운 우울증을 앓았다. 그것은 의지가 박약해지는 것으로 도무지 목적이 없다는 확신이었다.

세상은 억만년을 쓰고도 남을 것 같은 물건들로 넘쳐흘렀고, 맑고 푸른 하늘과 도처에 쌓인 낙엽이 가을의 아름다움을 더해 주고 있었지만, 그건 그것이고 내 몸에는 전류처럼, 나는 남아돌아가는 놈이라는 감각이 넘쳐흐르고 있었다.

그렇게 가을이 갔고 겨울이 왔다. 그리고 나는 마지막으로 장운성 시인을 만나게 되었다.

크리스마스이브였다. 그날 저녁 나는 신촌에서 한 여자를 만났다. 회사원인 대학 동창이 30대 진입 기념으로 소개해 줘서 알고 지내던 여자였는데, 자기 말로 아무것도 되고 싶지 않은 여자였다. 우리는 처음 소개받고 나서 석 달이나 지나 두 번째로 만났을 때부터 동침했으며, 그 후 만나는 둥 마는 둥 하면서 만날 때마다 체온을 나눠 온 사이였다.

그날도 나는 지금은 없어져 버린 어느 커피숍에서 커피를 마시며 이제 저녁을 먹고 술을 마시고 또 서로를 껴안겠지, 하고 생각했다. 그러나 그 여자는 자꾸만 카운터로 가서 어디론가 전화를 하더니 화장실에 다녀오겠다며 나간 다음 그대로 사라져 버렸다. 한 시간이나 기다렸지만 그녀는 돌아오지 않았다.

나는 햇수로 3년이 넘게 만나고서도 지금 막 우연히 만난 낯선 사람처럼 우리를 갈라놓았던 것의 정체가 무엇일까, 하고 생각해 보았다. 깊이 생각할 필요도 없었다. 우리는 우리 두 사람의 욕망을 즐겁게 배출시켜 줄 공동의 리듬을 만들어 내지 못하고 있었던 것이다. 스텝이 맞지 않는 춤을 계속 추면서도, 그 사실을 잘 알면서도, 스텝을 고칠 마음이 전혀 없었던 것이다.

쓸쓸한 크리스마스이브였다. 그녀가 완전히 떠나갔구나 생각하니 왠지 억울했다. 누군가를 만나거나 아니면 집에서 제때 밥이나 시켜 먹고 일찌감치 잠이나 잘걸, 하는 생각마저 들었다. 그러자 갑자기 엄청 배가 고팠다. 하지만 혼자서 처량하게 밥을 먹고 싶지는 않아 목표도 정하지 못한 채 터덜터덜 걸음을 옮겨 놓았다. B선배에게 전화를 해볼까 하는 바보 같은 생각을 하면서.

바로 그런 상황에서, 크리스마스이브를 즐기기 위해 거리를 쏘다니는 젊은 남녀의 무리에 끼여 있는 불쌍한 나를 시인이 발견했다.

「어이 이마립 씨, 이마립 씨.」

그는 마치 고함을 치듯 내 이름을 불렀다. 깜짝 놀라 어떤 놈인가, 하고 멈춰 서서 통행을 방해당한 행인들의 짜증스런 눈길을 받으며 돌아보니 하얀 형광등 불빛이 쏟아져 나오는 대형 약국 앞의 계단에 시인이 서 있었다.

그는 입김을 후후 뿜어내면서 얼굴 가득 철철 넘쳐흐르는 미소를 띠고 나를 바라보다가 내가 가까이 다가가자 두 손을 덥석 잡으며 미친 듯이 웃어 댔다.

「호하하하하…….」

제법 마신 기색이었다. 그의 입에서 뽀얀 입김을 타고 술 냄새가 풀풀 날아왔다. 내가 고개 숙여 인사하자 그가 말했다.

「와, 이게 몇억 년 만이죠? 안 그래도 해 넘기기 전에 한번 보고 싶었는데. 마, 긴말 말고 갑시다!」

그는 술친구들과 함께 술을 마시고 있으니 무조건 동참해야 한다고 큰 소리로 덧붙였다.

「어떤 분들인데요?」

「광고 사업 때문에 알게 된 놈들인데, 모두 마귀들이오.」

하고 그가 말을 이었다.

「왜 그 마귀들과 술을 마셔야 하느냐, 라고 의미를 부여해야 한다
면 직업별 망년회를 취재한다고 생각하세요. 자자, 어서어서 갑
시다!」

그러면서 그는 나의 외투 소매를 잡고 떼쓰는 아이처럼 잡아끌
었다.

우연히 만나 그처럼 열렬한 환영을 받고 보니 기뻤다. 365일을
매일 아는 사람 모르는 사람과 만나고 마시고 하는 시인이니―사
실 돌이켜 보자면 바로 그렇게 혼신을 다하여 소비 기계가 되기로
작정한 것이 시인의 후반기 인생이었는데―그가 「자자, 한잔합시
다!」라고 호탕하게 초청한다고 해서 그게 무슨 유별난 마음 때문
에 그러는 것은 아니었겠지만 말이다.

그리하여 나는 그 여자와 헤어진 뒤 한 걸음 한 걸음 떼놓을 때
마다 점점 강도를 더해 가고 있던 쓸쓸함을 떨쳐 내며 시인과 함께
'호두까기'라는 이름의 술집으로 갔다.

호두까기는 장식이 거의 없는 40평쯤 되는 대형 지하 카페였다.
천장 네 귀퉁이에 매달린 TV 스크린과 까만 벽마다 하나씩 아래위
로 짝을 지어 내걸린 석고 마스크와 불길한 그림자를 늘어뜨린 개

때 그림이 장식의 전부였다.

TV 스크린에서는 찰리 채플린의 특별히 웃기는 장면들, 예컨대 〈시티 라이트〉에서의 권투 시합 같은 것들만 모은 필름이 소리 없이 흐르고 있었고, 석고 마스크의 주인은 베토벤이었다. 베토벤 위에 걸린 그림은 나중에 화장실에 다녀오며 확인해 보니 앙리 쿠에코라는 화가의 〈계단을 오르는 개 떼〉라는 그림의 복사판이었다. 호두는 어디에도 보이지 않았다.

크리스마스이브인지라 지하 홀은 북새통이었다. 젊은 남녀 대학생들, 젊은 직장인들, 나와 같은 잡다한 인간들 따위가 시끄러운 팝 음악의 바다에 잠겨 핏대를 올리고 있었다. 네댓 명의 남녀가 서빙을 하고 있었고, 나보다 한두 살 많아 보이는 가슴 큰 주인 여자가 바 안쪽에 등대처럼 버티고 서서 그들을 지휘하고 있었다.

시인 일행들도 이미 취해 있었다. 장운성 시인은 그날의 술친구들에게 나를 직업별 망년회의 풍경을 취재 중인 르포 작가라고 소개한 뒤 이렇게 덧붙였다.

「지금부터 이 청년이 우리의 말을 엿듣고, 되묻고, 자세히 얼굴을 뜯어보고, 화장실에 따라와서 물건의 크기를 재보고, 오줌을 흘리는지 아닌지 감시하고 하더라도 꼭 친절하게 응해 줄 것! 알겠나?」

아무도 대답하지 않았다. 내가 나타나서 좋다는 것인지 싫다는 것인지, 시인과 비슷한 연배의 술 취한 광고인들은 그저 빙글빙글 웃기만 했다. 그들 중에 내가 사진으로라도 보아서 아는 얼굴은 딱 한 사람뿐이었다.

나는 그들의 취기를 따라잡아야 서먹함이 가실 것 같아 급하게 알코올을 섭취했다. 하지만 몸만 취할 뿐 정신은 오히려 더 말똥말똥하기만 했다. 그들은 취기에 있어 너무도 진보적으로 나를 앞서 있었다. 때문에 나는 개밥의 도토리처럼 겉돌면서 정말로 취재를 나온 구경꾼이 될 수밖에 없었다. 하지만 이것은 결코 불평으로 하는 말이 아니다. 왜냐하면 그들은 도토리의 입장에서도 절대로 심심하지 않은 개밥이었기 때문이다.

시인과 그의 동행자들, 즉 도토리인 내게 개밥이었던 그들의 언행에 대해 나는 시공간적 배치를 무시하고 또 내 멋대로 알파벳 이니셜로 지칭하면서 요약할 수밖에 없다. 왜냐하면 나도 결국 취했고, 연말 기분에 휩쓸려 정신이 없어졌기 때문이다. 쉽게 말해 어떤 인간이 어떤 장면에서 어떤 말을 했는지 도무지 분간할 수 없게 되어 버렸다는 소리다.

얼굴이 방금 탈수기에서 꺼낸 하얀 빨래 덩어리처럼 보인 O씨는 나무에 대해 각별한 집착이 있었다. 그 O씨에 의하면, 현대는 갈대밭이고 현대인들은 갈대들인바 하염없이 떨고 있으며, 따라서 우리 현대의 갈대들은 갈대밭 중심에 강철 빔처럼 튼튼하고 높은 우주 나무를 세워야 한다는 것이었다.

그런가 하면 P씨는 험악한 인상으로 일동 주목하게 한 다음 이런 이상한 제안을 했다.

「여기에 존재 X와 존재 Y가 존재한다고 가정해 보자. 그런 다음 일단 존재 X와 존재 Y가 존재한다는 가정을 Z로 놓자! 그리고⋯⋯.」

하지만 그는 말을 다 끝내지도 못하고 끅! 딸꾹질을 하고 말았는데 그게 그를 좌절케 했다. 왜냐하면 그가 딸꾹질하는 틈을 타서 일동,

「재미없다. 놓지 말자!」

하고 소리를 지르며 그를 외면해 버렸기 때문이다.

한편, D씨는 왼손 새끼손가락으로 코딱지를 파내서 내게 보여 주었다.

「시인의 코딱지. 음?」

「네?」

「출전,《율리시스》. 음?」

「아, 네.」

그리고 또 철학적 에세이집《자아여, 헤쳐 모여라!》로 제법 재미를 본 C씨는—그가 바로 내가 사진으로 얼굴을 알고 있던 사람인데—모든 비유 중에서 경제학적 비유가 가장 역겹다고 내게 털어 놓았다. 그러고는,

「안 그래요?」

하고 묻기에,

「글쎄요.」

라고 대답하자 그는 곧 죽어 나자빠질 것처럼 숨을 컥컥 들이켜며 웃어서 나를 불안에 떨게 만들었다.

나는 대학 시절에는 시를 썼다는 F씨가 시인에게 털어놓는 하소연을 엿들었다.

「장 시인!」

하고 그가 부르짖었다.

「한때 시는 만병통치 부적이었지. 그때 우리의 부적은 얼마간 효과도 있었어. 그러나 지금은 부적이 아니고 액세서리야. 강시들은 날마다 늘어나고 우리가 아무리 놈들의 마빡에 부적을 붙여도 그것은 놈들에게 새로운 장식이 될 뿐이야. 그렇지? 아니야?」

장운성 시인은 어리둥절한 얼굴로 F씨를 쳐다보다가 끄윽 하고 트림을 했다.

그런 다음인지 그 이전인지 나는 오줌을 누려고 화장실로 갔다. 가서 용도 폐기된 물을 빼내다가 무심코 아래를 보니 변기 구멍이 구토물로 막혀 있었다. 하지만 이미 방출한 물길을 되돌릴 수는 없었다. 나는 그저 물방울을 튀기며 변기에서 넘쳐흘러 아래로 낙하한 나의 오줌이 철망 덮인 하수구 구멍으로 빠져 들어가는 걸 지켜보기만 했다.

나는 내가 왜 거기에 존재하면서 그런 풍경을 목격해야 하는지
도무지 알 수가 없었는데, 그때 나무 편집증의 O씨가 들어왔다. 그
는 나를 보고,

「헤이, 당신?」

하고 외치더니 갈대처럼 앞뒤로 흔들거리면서 또 다른 막힌 변기
에 오줌을 갈겼다. 그러고는 다 갈기고 나자 다음 말을 기다리는
나를 남겨 두고 비칠거리며 나가 버렸다. 바보 같은 놈.

홀로 돌아오니 시인이 보이지 않았다. 혹시 남의 테이블 밑에 엎
어져 오징어처럼 밟히고 있는 게 아닐까 염려되어 찾아보니 구석
자리의 대학생 패거리에 끼여 있었다. 그는 입대를 앞두고 심란해
하는 어떤 휴학생에게 한 수 가르치려고 애쓰는 중이었다. 시인이
보기에 그 아이의 문제는 자신의 '현재'를 하찮게 여긴다는 것이었
다. 시인은 그 점을 질타했다. 그는 휴학생의 얼굴을 향해 고래고
래 소리를 질렀다.

「입대하는 날까지 자네의 시간을 일기 쓰기에 바치게!」

「왜 그래야 하죠?」

「자네의 현재를 영웅적으로 보존하란 말이야! 내 말 알아듣겠나?」

「보존해서요?」

「현재에 영광을 주는 것이지!」

「그래서요?」

「과거도 미래도 말살시켜 버려!」

「그런 다음에는요?」

「뭐?」

「그런 다음에는요?」

「그런 다음에?」

「예!」

「그야 이 사람아, 발랄한 군인이 되는 거지! 이제 알겠나?」

「모르겠는데요?」

「제기랄!」

「예?」

「이제 굿바이야, 이 사람아! 굿바이!」

아마 많은 사람들이 그날 밤 비슷한 곳에서 비슷한 꼴로 놀았을 것이다. B선배도 아끼는지 데리고 노는지 알 수 없었던 그 새파란 여자와 어울렸을 것이다. 조만간 닥치게 될 죽음을 앞에 둔 망명객들의 마지막 잔치판 같은 지하 카페에서. 하지만 B도 다른 사람들도 지금은 그게 그해 크리스마스이브의 일인지 이듬해 크리스마스이브의 일인지 그 전해 크리스마스이브의 일인지 기억도 못할 것이다. 마치 장운성 시인을 까맣게 잊어버린 것처럼.

나는 결국 많이 취했다. 시멘트로 둘러싸인 지하 카페에서 나는 중심을 상실한 우리 모두가 얼마간 가성 망명객이 아닌가, 하고 생각했다. 사람을 잡아먹고 소화 불량을 일으켜 기껏 삼킨 팔과 다리와 골반과 두개골을 애써 다시 반납하고 싶어 하는 거대한 괴물의 위장처럼 쿨럭거리는 대형 스피커를 바라보면서, 나는 모든 사물이 분해의 핵 연쇄를 일으켜 마침내 마른 똥 가루와도 같은 균질의 바다가 되어 버리는 종말의 풍경을 상상했다. 엔트로피 이론에서 말하는 열사(熱死)의 상태를.

C씨가 내 멱살을 잡고 늘어졌다.

「아니, 왜 이러세요?」

「이봐요, 형씨!」

「네?」

「나의 다음 저서 제목은 '자아여, 도주하라!'가 될 거요.」

「아, 네.」

그는 내게 자랑하고 싶었던 것이다. 그래서 그의 자랑을 완성시켜 주기 위해 질문을 던졌다.

「그런데 왜 도주해야 하는 거죠?」

그러자 그가 자랑스럽게 대답했다.

「그야 뭐, 이젠 대충 다 헤쳐 모였을 테니깐!」

「아, 그렇군요.」

나는 동의를 표해 주었다.

그런 다음 C씨는 어느 방향으론가 도주했다. P씨와 D씨는 알코올성 졸음으로 깜박깜박 졸면서도 뭔가를 열심히 주절대고 있었다.

나는 개밥 일행 중에서 가장 울적해 보이는 O씨에게 갈대들인 우리가 세울 우주 나무로 무엇이 가장 좋겠느냐고 물어보았다. 그러자 그는,

「마아…….」

하고 한참 생각하더니 마침내,

「이태리 뽀뿌라!」

하고 고함을 질렀다.

시인은 호두까기를 휘젓고 다니다가 원래의 테이블로 와서 나와 대작했다. 그는 지금 이 순간 자신에게 들려주고 싶은 말이 있으면 해보라고 했다. 그래서 기특하게도 취한 나의 뇌가 기억하고 있던 카프카의 주장을, 왠지 비감한 심정이 되어 떨리는 음성으로 들려 주었다.

「당신이 오르기를 멈추지 않는 한 올라갈 계단은 언제나 존재합니다. 그리고 또 당신의 발보다 더 높은 곳에 계단은 언제나 놓여 있습니다.」

그러자 시인은 갑자기 뚫어질 듯 나를 쳐다보더니 돌연 활짝 웃으며,

「크아, 감동적이다!」

하고 신파 배우처럼 외쳤다. 그러고는 개밥들에게 카프카의 그 주

장을 세 차례나 들려주었다. 하지만 O씨, C씨, D씨는 각자의 자아에 도취되어 반응이 없었고, 단지 P씨만이 한마디 했다.

「너나 올라가라!」

그런 다음 소통의 지옥이 도래했다. 무의미한 소음의 바다가 우리를 덮쳤다. 완전한 소통을 100이라고 한다면 우리는 겨우 5를 주고받기 위해 95의 쓰레기를 토해 내야만 했다. 시인과 개밥과 도토리만이 아니었다. 호두까기 전체가 지하 쓰레기 공장이었다. 그 점에 대해선 시인의 직접적인 논평이 있었다.

「쳇, 소비의 파시즘이야.」

하고 그가 시큰둥하게 말했다.

나는 수도 없이 화장실로 가서 오줌을 누어야 했다. 또 한 번 오줌을 누고 오니 시인과 C씨가 싸움인지 장난인지 경계가 애매한 동작과 표정과 말로 한창 겨루고 있었다.

「이것 봐!」

「네가 봐!」

「안 봤어!」

「봤어!」

그들은 이런 말을 주고받고 있었는데 나는 그것을 싸움으로 결론짓고 그들 사이에 끼어들었다. 그랬더니 과연, C씨가 주먹으로 나의 머리를 한 대 때리면서 말했다.

「당신은 보지 마!」

그 바람에 C씨의 손아귀에서 멱살이 풀려난 시인은 호두까기 밖으로 달아났다. 나도 C씨의 면상을 갈기고 싶어 하는 나의 주먹을 달래며 한마디 해준 뒤 유쾌한 고주망태 절망자들로 가득 찬 호두까기 밖으로 달아났다.

「너도 보지 마!」

나는 C씨에게 그렇게 말해 주었다.

자정이 훨씬 지나 있었다. 거리에는 크리스마스이브의 소비 열풍이 도도한 대하처럼 흐르고 있었다. 이제 집으로 가야지, 하고 나는 절실하게 생각했다. 헤매 봤자 결국에는 집으로 돌아갈 것을, 하고 피곤하고 끈적끈적한 감상에 젖어 들며 나는 중얼거렸다. 하지만 나는 결국 집으로 돌아가기 전에 또 한 번 하얀 형광등 불빛이 쏟아져 나오는 대형 약국 앞에서 시인에게 붙잡혔다. 그리고 골목의 포장마차로 끌려갔다.

내가 호두까기의 일행에 대해 묻자 시인은 다시는 꼴도 보기 싫은 지긋지긋한 왕걸신들이라며 손을 내저었다. 그러면서 시인은 사는 게 부끄럽다는 생각이 들더라도 절대 부끄러워하지 말라고 실천하기 어려운 충고를 들려주었다.

「정도의 차이일 뿐, 우리는 모두 봉두난발에 광인처럼 차려입고 발악적으로 외치고 있을 뿐이니까요.」

하고 그가 말했다. 그리고 덧붙였다.

「무어라고 외치는지 알겠어요?」

「글쎄요…….」

나는 어지러운 머리를 흔들었다.

「이거요.」

하고 시인은 나지막이 속삭였다.

「조용히 살고 싶어!」

그러고서 그는 씁쓸한 미소가 감도는 얼굴로 소주잔을 비웠다. 우리는 함께 소주 한 병을 나눠 먹었다. 그러자 도저히 더 마실 수 없는 지경이 되었다. 그도 나도 혓바닥이 마비되기 일보 직전이었다.

시인은 연말연시 잘 보내라고 몇 번인가 말했다. 그는 마치 먼 길을 떠나려는 오랜 친구처럼 굴었다. 그러다가 잊어버릴 뻔했다는 듯 다급히 주머니에서 종이쪽을 꺼내더니 내게 주었다. 그것은 펼친 담뱃갑이었는데, 거기에 내가 가지게 된 시인의 마지막 시가 실려 있었다. 길에서 나를 만나기 전, 호두까기에서 즉흥적으로 적은 것이라고 했다.

우리는 차들이 질주하는 차가운 대로변에서 갈대처럼 흔들리며 악수를 나누었다. 무슨 일인지 그는 허공을 쳐다보며 웃음을 터뜨렸다. 내가 아니라 허공을 보고. 마치 달을 보고 짖는 개처럼. 하얀 김을 폴폴 뿜어내면서. 행인들이 이놈 미쳤군, 하고 쳐다보게 만들면서. 시인은 한참 동안이나 그렇게 웃어 대더니 마침내 택시에 올랐다.

우리는 그렇게 헤어졌다. 그것이 내가 본 장운성 시인의 마지막 모습이었다. 그는 검은 외투 속의 어깨를 잔뜩 움츠린 채 연방 뽀얀 입김을 내뿜으며 택시 속으로 들어갔고, 이내 시야에서 사라져 버렸다. 내 가슴에 형언할 수 없이 쓸쓸한 찬바람을 남겨 놓고 말이다. 아마도 홀로된 외로운 개가 짖는 듯한 그 이상한 웃음 때문에 더 쓸쓸했던 것 같다. 컹컹컹.

시인은 이듬해 봄에 대장암으로 사망했다. 하지만 나는 조문을 가지 않았다. 나는 내가 오지 않기를 그가 바랄 거라고 생각했다. 어쩌면 B는 갔을지도 모르겠다. 나와는 아무 상관도 없는 일이지만. 솔직히 말하자면 나는 다시는 시인을 보고 싶지 않았다. 그런 마음을 품고 문상을 간다는 것은 역겨운 일이다.

나는 소식을 듣고 홀로 술을 마시면서 시인이 내 나이보다 훨씬 어린 젊은이였고—예컨대 한창 푸른 스물셋쯤—대장암이 아니라 차라리 조로병으로 사망했더라면, 《토템 피플》의 풍경에서 볼 때 시적으로 한결 그의 죽음과 잘 어울리겠다는 상념을 잠깐 가져 보았다. 리키 갤런트처럼, 압축된 시간을 가속도로 달려 순식간에 노쇠와 동맥 경화와 탈모와 주름투성이의 탄력 없는 피부 속에 여든 살 노인처럼 늙어서 죽어 버린 《토템 피플》의 시인 장운성. 그의 나이 이제 스물셋…….

그러나 우리의 자본주의적 자연은 시인의 죽음을 별로 시적으로
만들어 주지 않았다. 대장암과 중년 시인의 죽음, 이 둘은 시적으
로는 분명 좋은 요리 재료가 되지 못하는 것 같다.

아무려나, 이상으로 장운성 시인과 나의 우연한 여로에서 생겨난
삽화들은 대충 다 말했다. 이것은 하나의 작은 각주에 지나지 않지
만, 잊혀 가는 시인의 전체를 그리고 싶어 하는 사람들에게는 흥미
로운 자료가 되리라 본다. 그래 봤자 전체 따위는 손에 넣을 수도
없을 것이고, 원래 사람들은 그런 것에는 전혀 관심이 없는 데다가
이제는 그를 기억하는 사람도 서너 명밖에 없겠지만 말이다.

자, 그럼 이제 크리스마스 날 꼭두새벽 시인이 담뱃갑에 써서 내
게 준 시를 처음으로 공개하면서 나의 독백을 마치기로 하겠다. 이
게 인생이라고 생각되긴 하지만 장운성 시인을 얘기하기 위해 B선
배를 다소간 악용한 것에 대해 B선배에게 이해를 구한다. 이해해
주십시오, B선배.

작 별

찬란한 황금빛 햇살을
나는 늘 그리워했다네

한때는 좋은 사이였던 사람이여
사라져 가는 빛을 뒤따르는 새까만 어둠을
자갈과 낙엽과 안개의 빈 뜰을
너는 이제 곧 보게 되리라

푸른 목장의 그림 같은 산책을
나는 늘 꿈꾸어 왔다네
이제는 영원히 떠나갈 사람이여
시든 풀잎 사이로 바람처럼 스미는 독을
내가 끌고 가야 할 무거운 나의 발목을
너는 아마도 모르는 척하리라

로이 리히텐슈타인풍의 여자

내 이름은 이미미야, 라고 나는 쓴다. 지하철에서 대학생으로 보이는 두 여자가 얘기하는 걸 들었을 때, 내가 정말 내 생각을 실천에 옮기게 될 줄은 몰랐어. 그런 생각이 떠오른 것도 신통했지만.

접선 장소 카페 팝아트, 오후 3시, 거기서 남자를 만난다는 거였어. 로이 리히텐슈타인의 복사판 〈SWEET DREAMS, BABY!〉 아래에서, 탁자 모서리에 이마립의 《다른 길을 따라》라는 책을 놓아두고 남자가 기다리고 있다는 거야. 스파이처럼.

난 후끈 달아올랐어. 정말 재미있을 거 같았으니까. 그렇잖아? 상대는 날 모르고, 난 상대를 알지. 거기다 마치 스파이처럼 원래 접선하기로 되어 있는 여자를 따돌리고 내가 그를 가로챌 수 있다니. 이 멋진 봄날에.

뭐, 마음에 안 들면 그냥 나와 버리자고 생각했지. 그러나 마음에 들면 정말 재미있을 것 같았어. 그런 식으로 만나서 끝까지 간다면 정말 환상적일 거 같았지. 아기자기한 스케줄을 짜서 풀코스를 달려가는 거야. 여행 같은 거. 서로의 냄새를 느끼고, 몸이 스칠 때의 조그만 쾌감. 그렇게 뒤로 뒤로 미룬 뒤의 마지막 결정적 만남!

그래, 그는 정말 거기 있었어. 카페 팝아트에, 내가 엿들은 접선 암호 그대로, 로이의 그림 속 남자처럼 고개를 약간 숙인 채. 그는 내가 맞은편에 앉자 으아악! 하고 비명을 질렀어. 아니, 그렇다고 소리를 낸 건 아니고 입만 벌렸던 거지. 소리를 삼키면서.

오, 그 순발력. 내가 마음에 든다는 뜻이겠지? 그는 재빨리 탁자 모서리의 책을 치웠어. 접선 성공이었으니까 당연하지. 그는 긴장이 되는지 약간 더듬었어. 난 그런 그를 빤히 바라보면서 콜라가 담긴 길쭉한 유리잔에 꽂힌 빨대를 입에 물고 장난을 쳤지.

김철수, 이게 그의 이름이야. 좀 웃기지만 뭐. 하여간 그렇게 두서없는 대화로 그럭저럭 성공적인 신상 조사가 마무리되었을 때, 걘 나의 체액을 모두 빨아 먹어 버리겠다는 듯이 나를 뚫어져라 쳐다보았어. 난 살며시 미소를 던지면서 남은 콜라를 단숨에 쫙 빨아 먹어 줬지.

그가 말했어.
「이제 무슨 말을 해야 되죠?」
「어머, 얘는, 반말하기로 하지 않았니?」

「아 참, 그렇지.」

「아무거나 좋아. 부담 없는 프리 토킹.」

「프리 토킹?」

「응.」

「시범을 보여 봐.」

「음.」

나는 생각에 잠기는 척하다 물었어.

「나를 보고 떠오르는 게 뭐야?.」

「예쁘다, 때리지 않아도 되겠다 등등.」

「호호호.」

정말 우스운 대답이지 뭐야. 아니, 내 마음에 꼭 들었다는 얘기야. 난 목을 뒤로 젖히고 제법 화끈하게 웃었는데, 그 틈을 이용해 그가 나의 목젖이며 솟아오른 가슴을 훔쳐보는 걸 놓치지 않았지. 뭐랄까, 견디기 어려운 시련을 그에게 안겨 주는 기분이었다고 할까?

「그건 비트겐슈타인이야.」

근처 테이블에서 어떤 남자가 떠드는 소리가 들려왔어.

「비트겐슈타인이 뭐야?」

내가 물었어.

「철학자 이름이야. 암으로 죽었어.」

「그래?」

그때 개 전공이 철학이라고 했던 게 떠올라서 물어보았어.

「철학을 하면 좋은 게 뭐야?」

「글쎄 우리가 지금 지루하다면 그건 순수 시간에 가까이 다가가 있기 때문이야.」

「응?」

「그런 걸 배워. 지겨움은 순수 시간에 가까워진 결과지.」

「그래?」

「응.」

「알 것 같아. 원래 재미있고 맛있고 짜릿한 건 조금씩 불순하잖 니?」

「네 미모도?」

「난 순수.」

난 틈틈이 입가에 빨대를 끼운 채 목을 뒤로 한껏 젖히고 호호호 웃어서 개가 나의 가슴을 마음껏 바라보게 해주었어.

「지금 떠올랐는데 내가 한 단어를 말할 테니까 연상 퀴즈처럼 좋 다 나쁘다, 라고 말해 봐.」

그가 말했어.

「좋아.」

「나 군대 가. 휴학했어.」

오, 그 순간 숨이 턱 멎는 것 같았어. 정말 탁월한 가로채기잖아?

「좋아.」

「정말?」

「응. 피차 자유롭게 즐길 수 있을 테니까. 내 말 무슨 뜻인지 알지?」

「음? 아, 그럼. 당연히. 뒷일은 너와 나의 자유 그리고 역사의 심판에 맡기는 거고.」

우린 함께 웃었고, 난 화장실에 갔어. 돌아오니 그가 허공을 멍하니 보고 있었어. 그 모습이 꽤 분위기 있었어. 걘 어쩌면 나 혼자 열을 냈다간 비참해질 수도 있겠는데, 하고 걱정했을지도 모르지.

「왜 나랑 계속 앉아 있지?」

내가 맞은편에 앉자 그가 물었어. 거봐, 그는 걱정되었던 거야.

「체격이 마음에 들어서.」

그건 준비해 둔 대사였는데, 그도 그걸 알고 있었어.

「그건 《러브스토리》에 나오는 말인데?」

「어머, 그러니? 호호호, 난 몰랐네.」

재미있는 일이 또 하나 있었어. 내가 화장실에 다녀오는 사이에 걘 카운터 책꽂이에서 빼온 여성지를 보았었나 봐. 글쎄, 그걸 갑자기 내게 펼쳐 보이는 거야. 후훗. 브래지어 대탐구. 브래지어로 당신의 속마음을 읽는다. 패드인형. 스트랩피스형. 와이어폼형. 롱라인형. 심리스컵형.

이번엔 내 얼굴이 좀 달아올랐어. 그래도 내색하지 않고 태연하게 물어 주었지.

「재미있었니?」

「응. 그런데 내 취향은 노브라야.」

「어머, 앤!」

그가 많이 흥분한 게 분명했어. 난 이제 여로의 깃발을 올릴 때가 되었다고 판단했지.

난 ×여대 앞 상점가로 그를 이끌었어. 거기서 쇼핑을 하고, 영화를 보고, 수지의 생일 파티에 참석하고, 칵테일을 마시고, 마침내 나의 조그만 공간으로 골인하는 거야.

난 정말 즐거웠어. 인도를 따라 상점들이 이어졌고, 내 눈엔 옷가게와 약국과 카페와 CD 가게의 간판들이 흘러갔고, 그리고 후훗, 진 스커트에 핑크 빛 셔츠를 입고, 발목까지 올라오는 운동화를 신은 내 종아리를 훔쳐보는 남자가 있었으니까.

「그림이라도 감상하는 것 같네?」

그가 물었어.

「음? 아, 이 간판들, 보는 것만으로도 즐거워.」

「뭐가 즐겁다는 거야?」

「그냥 이 상점들이 있다는 것 자체. 상점을 선택하고, 선택한 상점에 들어가서 물건을 선택하고.」

「내 마음대로?」

「그래. 바로 그거야. 내 마음대로.」

난 그의 호위를 받으며 해피데이스에서 그린파크로(그곳에선 음악이 흐르고 있었는데 블랙 사바스의 그녀는 가버렸어, 라고 그가 가르쳐 줬지), 그린파크에서 블랙진으로, 블랙진에서 카사블랑카로, 카사블랑카에서 빌리지로, 빌리지에서 에이프릴로, 에이프릴에서 카신느로, 카신느에서 크리스탈로 나아갔어. 걘 시종처럼 나를 즐겁게 해줬지. 흐르는 음악에 대해 얘기하거나 벽에 장식된 사진이나 그림에 대해 유쾌한 정보를 내게 착착 제공하면서.

쇼핑이 끝나자 그가 말했어.

「와, 이건 그냥 쇼핑이 아니라 상점 순례인데? 해피데이스는 그린파크를 낳고, 그린파크는 블랙진을 낳고, 블랙진은 카사블랑카를 낳고, 카사블랑카는 빌리지를 낳고, 빌리지는 에이프릴을 낳고, 에이프릴은 카신느를 낳고, 카신느는 크리스탈을 낳았더니라. 하하.」

오, 대단해. 그걸 다 외고 있었다니.

「미미?」

「음?」

「넌 쇼핑을 정말 좋아하네?」

「그렇지?」

「난 너 같은 인간은 처음 봐.」

「그래. 난 아무래도 중독되었나 봐.」

「아, 씨발 재미있는 세상이다.」

아니, 정말 욕을 한 건 아니야. 얼굴 가득 매력적인 미소를 띠고 사랑 가득한 눈길로 나를 쳐다보았으니까.

난 스케줄에 따라 영화를 보기로 했어. 그런데 영화 선택에 약간 차질이 생겼어. 내가 마음에 찍어 둔 분위기 있고 에로틱한 걸 얘기하기 전에 그가 선수를 쳤던 거야. 뭐 그것도 괜찮다고 생각했지. 결국 분위기가 좀 구겨졌지만. 왜냐하면 영화가 좀 이상했거든. 웃기면서 음울하고, 섹시하면서 씁쓸했어.

이런 장면을 말하면 어떤 영화였는지 쉽게 짐작할 수 있을 거야 아마. 미국의 소도시야. 거리는 텅 비었고, 둥글게 공처럼 말린 마른 나뭇가지들이 먼지를 일으키며 굴러다니고 있어. 사람들이 사는 곳이라기보다 귀신들이 살고 있는 도시라고 하면 딱 어울릴 그런 풍경이지.

그런 도시의 어느 조그만 은행에서의 일이야. 강도들이 습격했어. 탕탕! 하고 총을 쏘면서. 경비원 두 사람이 응사를 해. 그러다가 총격을 받아 피투성이가 되지. 그런 다음이 기묘해. 쓰러진 한 사람이 간신히 몸을 일으키며 이렇게 말하는 거야.

「이봐, 내 손목 하나 어디로 갔지?」

하지만 고꾸라진 다른 경비원은 말이 없고, 대신 개 한 마리가 무언가를 입에 물고 재빨리 달아나는 뒷모습만 화면에 잡히는 거야.

　으윽. 난 구역질이 날 것 같았어. 하지만 철수는 미친 듯이 킬킬킬 웃었어. 눈물까지 흘렸다니까. 몇몇은 씨발씨발, 하면서 영화가 끝나기도 전에 극장을 떠났지만, 철수는 끝까지 눈을 떼지 못했어. 극장에 환하게 불이 들어오자 그때까지 남아 있던 사람들도 일제히 에이 씨발! 그랬어. 그게 꼭 킬킬거리며 웃은 걔를 보고 그러는 거 같아 내가 좀 난처했지.

　뭐, 그래도 좋았어. 그건 영화일 뿐이니까. 눈으로 들어올 때처럼 그냥 휙 떨쳐 없애 버리면 되잖아? 하지만 걔가 내 쇼핑백들을 뭉쳐 배낭처럼 만들어 둘러메고 극장을 나서면서 또 막 웃었을 땐 나도 기분이 좀 상했어. 화가 팍 치밀었어.

「왜 그래?」

쌀쌀맞게 말했어.

「뭐가?」

「왜 웃냐구?」

「재밌잖아? 넌 아니니?」

그리고 내 눈을 똑바로 들여다보는 부드러운 그 미소. 어쩔 수 없었어. 난 그의 한쪽 손을 슬쩍 잡는 듯 마는 듯 스치는 것으로 마음을 바꾸고 말았지.

「밥 먹으러 가.」

거리에는 이미 어둠이 내려 있었어. 우린 저녁을 먹었지. 가볍게. 오, 한데, 영화 장면이 떠올라서 맛이 없었어. 내가 원하지 않는데도 그게 자꾸 머리에 떠오르는 거야. 으윽, 정말 밥맛이었어. 왜, 그런 경우 있잖아? 아무리 떨쳐 내려 해도 자꾸만 제멋대로 떠오르는 CM송 토막 같은 거.

「에이! 정말 뭐가 그렇지?」

난 참지 못하고 말해 버렸어. 아니, 내가 말해 버린 게 아니고, 말이 내 입에서 툭 튀어나왔어.

「뭐가?」

「그 영화 말이야!」

그러면서 난 포크로 접시를 챙, 하고 치기까지 했어. 아니, 아니, 친 게 아니고, 뭐랄까, 그래, 포크가 내 손을 끌고 가서 접시를 들이받은 거야, 맹세코!

철수가 나를 빤히 바라보았어. 좀 민망했지. 신경질 내는 꼴을 현장에서 잡혔으니까. 그는 한참 말이 없었어. 찌꺼기만 남은 접시를 내려다보고 있었지. 그 모습이 꼭 생애 처음으로 나에 대해서 진지하게 생각하는 것처럼 보이는 거야. 난 걔가 일어나서 가버리면 어떡하나 걱정이 되었어. 난 걔가 마음에 꼭 들었거든. 걔가 나를 마음에 들어 하는 것처럼.

아, 하지만 그는 떠나지 않았어. 굳어 가던 얼굴을 부드럽게 바꾸며 이렇게 말했어.

「안 좋았나 보지?」

「응.」

난 솔직하게 대답했어, 온순하게. 그리고 혓바닥과 얼굴에 애교를 가득 담아서 물었지.

「뭐가 좋다는 거야?」

「뭐가?」

「응. 난 그걸 알고 싶어.」

「그건 불협화음의 미학을 추구한 영화야.」

잠시 생각에 잠겨 있던 그가 말했어. 목소리에 힘을 잔뜩 넣어서.

「우리 시대의 본질이지.」

「그 영화가?」

「불협화음의 미학이.」

「음, 조금은 알 것도 같아.」

「뭐, 몰라도 상관없어.」

「왜?」

「우리 모두 몸과 마음으로 실천하고 있으니까.」

그러면서 걘 일어섰어. 화장실에 가려고. 휴, 다행이었지 뭐. 더 길게 이어지면 내 몸과 마음이야말로 한계를 넘어서 버릴 것 같았으니까. 뭔가 삐걱거렸지만, 아무튼 그쯤에서 좋게 생각하기로 했어. 좋은 게 좋은 거니까. 아, 그러고 보니, 이게 바로 불협화음의 미학인가?

후훗. 근데 말이야, 그때 철수가 의자에 걸어 놓고 간 점퍼의 안 주머니에 꽂혀 있는 뭔가가 보였어. 인쇄한 이메일이었지. 뭐랄까, 그냥 막 신이 났다고 할까? 그러니까, 불협화음이니 뭐니 하는 영화로 날 괴롭힌 걜 놀려 줄 기회라고 생각했던 거지.

그래, 난 그런 찬스를 외면할 여자가 아니야. 난 그걸 아예 훔쳐 버릴 생각으로 핸드백에 넣었다가, 나중엔 어떻게 하든 말든 일단 읽어 봐야지, 하는 생각으로 일단 읽어 보았어.

뭐, 별 재미는 없었어. 좀 이상했는데, 하여간 묘한 스릴은 있었어. 내가 걜 놀려 줄 찬스라고 느꼈던 것도, 그런 스릴을 두고 한 말이니까.

'친구.'

편지는 이렇게 시작했어.

4월이 가고 있어. 지금은 한낮이고, 캠퍼스 풍경은 작년과 같아. 도처에 널린 시멘트 건물들, 언덕과 길들, 나무들, 하늘에는 눈물겹게 푸른 공허, 학생 회관 로비에는 커피 자판기, 영양 만점의 빵들, 다리들, 두개골들.

나는 학생 회관 3층 로비에 있는 PC 앞에 서서 해변을 꿈꾸며 이 글을 써. 불가능하겠지만 한번 들어 봐. 숲으로부터 미친 괴성이 계속 들려오고 있어. 아침에 시작해 지금까지 저러고 있어. 장례 행렬. 그래, 괴물들의 길고 긴 장례 행렬 같아.

나는 저 괴성이 서로 귀를 자르는 여자 애들과 혓바닥을 잡아 뽑는 남자 애들이 질러 대는 소리였으면 좋겠어. 아, 물론 헛된 공상이야. 저들은 어리벙벙한 신입생들과 맛이 간 왕년의 신입생들일 뿐이야. 우리 부족의 승리를 기원하는 응원가와 율동을 배우고 있는 거지. 끔찍한 주술이야. 아무도 혼자서는 응원가를 부르지도, 율동을 하지도 않아. 밴드가 있어야 하고, 무리를 지어야만 가능해. 그러면 입이 찢어져도 개의치 않지.

친구, 우리의 뇌 속에는 자기 상실의 장치가 1분 대기조처럼 장착되어 있나 봐. 작년 가을에 라이벌 대학과의 농구 시합이 있었어. 그때 나는 우유 팩과 콜라 캔이 코트 안을 떠도는 반이성의 축제에 휩쓸려 들었어. 우유 팩과 콜라 캔은 현대적인 정령들이었지.

나도 흥분했었어. 나는 스탠드 앞자리에 앉은 어떤 여학생의 머리통을 뽑아 코트에 내던져 버렸어. 오, 그 머리통에 꽂혀 있던 은빛 머리핀이여, 너는 지금 어디 있는가!

친구, 이 수치스런 고백과 함께 내가 아직 여기 이곳에 존재하고 있다는 소식을 전하면서 지난 20여 년간 내가 탐독해 온 모든 책들을 네가 볼 수 있는 권한을 부여하마. 내가 군대에 있는 동안 네가 나의 책들을 읽으면서 내가 뇌 속의 괴물들에게 속아 넘어가지 않도록 매일매일 기원해 준다면, 나는 무사히 자유를 다시 찾게 되겠지.

제발 좀 도와주렴.

거기까지 읽었을 때 철수가 왔어.

「뭘 읽는 거야?」

난 태연히 대답했어.

「친구 편지. 불협화음을 좋아하는 애야.」

그러면서 편지를 접어 내 핸드백에 다시 집어넣었어. 아, 스릴이야, 바로 이게 내가 말한 스릴이란 거야. 난 기분이 너무너무 좋았어. 정말, 째지게.

「나가지 않을래?」

걔가 말했어.

「오, 가야지.」

난 한껏 가슴을 내밀며 말했어.

「근데 어디로 갈까?」

어둠이 내리는 거리를 지나, 철수는 전통 찻집으로 나를 데려갔어. 지난 2년간 침묵이 그리울 때마다 찾은 공간이었다나? 아무런 장식도 없는 하얀 회벽, 맨땅에 펼쳐 놓은 멍석, 옛날에 쓰던 낡은 밥상, 이런 게 있다는 거야. 음악도 없이. 난 내심, 뭐 그런 곳이 다 있나 싶었지.

「내가 떠난 뒤 많이 애용해 줘.」

그가 말했어.

　후훗. 한데 애석하게도, 아니 나 말고 철수가 말이지, 그곳은 완전히 바뀌어 버렸나 봐. 장식 없는 하얀 회벽, 맨땅에 펼쳐 놓은 멍석, 옛날에 쓰던 낡은 밥상, 이런 거 대신, 쟁기, 요강, 나무 등잔, 통나무 원탁, 이런 게 숲을 만들고 있었던 거지. 졸리는 가야금 선율에 묻혀서 사람들은 동동주를 마시고.

　철수의 눈이 휘둥그레졌어. 걘 우릴 반기는 한복 입은 뚱뚱한 여주인을 째려보기까지 했지.

「쳇, 1년을 못 버티는군.」

그가 말했어.

　난, 뭐 그냥 재미있었지. 좀 고소했다고 할까? 걔가 폼 잡으며 나를 모셔 간 곳이 그 모양이었으니까. 그나마 다행인 건 철수가 좋아한다는 녹차가 있었다는 것이었지. 그게 왜 다행이었느냐, 그건 그러니까, 철수가 기분을 너무 망쳐서 우리의 여행까지 방해를 받아서는 곤란하니까. 음, 예를 들면 막 애무를 하다가 갑자기 떨어져 나가 버리는 것처럼.

　근데 웃기는 일이 생겼어. 화장실에 다녀오던 술 취한 중년 넥타이가 우리의 원탁에 앉은 거야. 그러고는 우리 얼굴도 보지 않고 말했어.

「아까 그 문제 말이야.」

「예. 듣고 있어요.」

철수가 그렇게 태연히 받아 주자 넥타이는 눈을 거의 감고서 주절주절 늘어놓기 시작했어.

「상품이라는 거 말인데. 눈깔사탕, 콘돔, 아이스크림, 스타킹, 휴대폰, 또 뭐지? 하여간 그런 거, 네 말은, 그건 한마디로 자학이랄까, 적어도 누워서 침 뱉기인데, 극히 자해적이라는 건데, 그런 고민은, 그게 고민이기나 하다면 말이지만, 그러니까 우리 모두가 열심 노예, 가솔린, 교환 가치, 비밀경찰, 씨발.」

그는, 그러니까, 완전히 자기 머릿속에 대고 지껄이는 거 같았어. 자기 말대로 극히 자해적으로. 한참 그렇게 떠들더니 비밀경찰이라는 말에서야 철수의 얼굴을 알아보고 씨발이라고 했어. 그리고 입을 다물더니 철수를 빤히 쳐다보았어.

「어, 그런데 당신 누구지?」

「저는 입대하려고 휴학한 김철수라고 합니다.」

「음?」

「설명이 필요하다면 말인데, 저는 휴학생으로서 저의 두 다리와 기분이 시키는 대로 떠돌다가 여기 이 예쁜 여자와 오늘 밤.」

음? 오늘 밤? 오늘 밤 뭐지? 아, 근데 넥타이가 말을 잘랐어.

「잠깐! 이거 번지수가 틀렸잖아?」

「그렇습니다.」

넥타이는 절망에 빠진 듯 바닥으로 흘러내리려 하더니 간신히 중심을 잡고 우리에게서 달아나 구석의 큰 원탁으로 가버렸어. 부끄러움의 표시로 뒷머리를 긁으면서.

「죽여주는군.」

철수가 말했어.

「신경 쓰지 마.」

내가 말했어.

난 솔직히, 철수가 이 예쁜 여자와 오늘 밤, 하고 말했을 때 오싹
해져서 주먹을 꼭 움켜쥐었어. 으, 바로 그거야. 오늘 밤 그걸 위해
우리가 우연한 이 여행을 함께하고 있는 거야. 내가 좀 흥분했나
봐. 난 그냥 바로 침실로 가도 좋다고 생각할 정도였어.

「나갈까?」

내가 말했어.

「좋아. 하지만 여기 있는 것도 좋지.」

「그게 뭐야?」

「말 그대로지 뭐. 가만.」

철수는 손가락으로 넥타이들을 가리켰어. 그들은 자꾸만 떠돌고
있었어. 원탁에서 화장실로, 화장실에서 원탁으로, 원탁 주위를 뱅
글뱅글 돌면서, 마치, 뭐랄까, 마치, 그때 철수가 말했어.

「마치 키를 잃어버린 배 같아.」

「그래, 바로 그거야.」

「뭐가?」

「그게 내가 하고 싶었던 말이야.」

어휴, 방해꾼들이라니. 그때 문이 벌컥 열리면서 젊은 넥타이 하나가 들어왔는데, 재수 없게 그 넥타이가 철수와 아는 사이인 거 있지. 그는 서류 봉투를 들고 있었는데, 꼭 무슨 폭탄이라도 운반하는 것처럼 보였어.

근엄한 얼굴로, 그러니까 바짝 얼어붙은 얼굴로, 그는 큰 원탁의 넥타이들에게 갔어. 그 폭탄 같은 서류 봉투를 전달하려고. 그러면서 허리를 90도로 꺾어 인사를 했지. 하지만 젊은 넥타이는 서류 봉투를 바친 순간 바로 쫓겨나고 말았어. 본인은 몹시 끼고 싶어 하는 듯했지만.

「씨발! 봤지, 철수?」

그가 우리에게 와서 말했어.

「아, 그럼요. 봤죠.」

철수가 말했어.

그러고는 둘이서 알아들을 수 없는 말을 주고받는 거야. 귀신 씻나락 까먹는 소리가 뭔지 몰랐는데 이런 걸 두고 하는 말이구나 싶었어. 난 슬슬 지겨워지기 시작했어. 아까 그 열기, 철수가 이 예쁜 여자와 오늘 밤, 하고 말했을 때 피어올랐던 열기도 사그라지고. 그리고 조금 뒤, 분위기는 이상하게 흘러갔어.

「나는 곧 군대로 갑니다.」

「왜?」

「도망치는 거죠. 저 구석에 계신 저런 교수님들은 이걸 통과 제의라고 하더군요. 변기 속으로 빨려 들어가서 태평양으로 빠져나갈 수 있다면 진짜 멋진 통과가 되겠지만, 법적 기술적 어려움으로 그건 포기했죠. 그리고 오늘 밤 난 이 여자와.」

「잠깐!」

아, 또 넥타이가 말을 잘랐어. 그리고 나를 아래위로 핥듯이 훑어보더니 갑자기 굶은 개처럼 으르렁거리기 시작했어.

「그래, 넌 도대체 어떤 악몽을 꾸고 있는 거야?」

「난, 그러니까 존재의 이유를.」

「뭐야? 빨리빨리 말해! 빨리빨리!」

하, 정말 웃기는 인간 아냐?

「빨리 말해, 빨리! 어떤 악몽이야?」

「음, 실존적 악몽이라고.」

「뭐? 실종적 악몽? 이런 씨발.」

「이 사이코가 드디어 본색을 드러냈어.」

그때 철수가 재빨리 내 귀에 속삭였어. 우, 뜨뜻한 그 입김.

넥타이가 말했어.

「이 녀석아, 너의 고민은 고고학적으로 케케묵었어. 알아들어? 빌어먹을.」

「고고학적으로요?」

「그래, 인마!」

그런 다음 사이코는 분을 못 이겨 쟁기를 끌어안고 토했어. 정말 죽여주더군. 떨어진 피투성이 손목을 물고 가는 개가 나오는 그 영화보다도 훨씬 더 지독했어. 난 조그맣게 꺅, 하고 소릴 지르며 철수의 팔에 매달렸고, 한복 입은 주인 여자가 달려와 소리쳤어.

「이게 뭐 하는 짓이에요?」

「난 가난한 시간 강사로서.」

「닥쳐요.」

그때 철수가 나를 잡아끌었어. 걔 눈짓을 보니 튀자는 신호였어. 좋아, 한번 달려 보는 거야. 어둠과 불빛이 행복하게 춤추는 거리를. 난 서둘렀어. 쟁기를 끌어안고 토한 남자 때문에 수지 생일 파티에 늦어 버렸거든.

수지는, 그러니까 걘 내 단짝 친구였지만 지금은 좀 서먹한 사이인 애야. 왜냐면, 음, 내가 마음에 품고 있던 S와 애인 관계가 돼버렸거든. 우린 고등학생 때부터 친하게 지냈지. 남자 여자 일곱 명이. 한데, 그게, 뭐랄까, 이런 단어 쓰기가 좀 우습지만, 그래 세월이 흐르면서 이리저리 흩어져 버렸어. 어떤 앤 짝을 찾아 떠나고, 어떤 앤 우리들 중에서 짝이 되고. 남자 여자 사이라는 게 그런 거지만, 하여간 난 수지에게 S를 빼앗겼어.

난 뛰면서 말했어.

「철수.」

「응?」

「우리 생일 파티 하러 가자.」

「네 생일이야?」

「내 친구.」

「좋지.」

「뛰어.」

「이미 뛰고 있어.」

아, 스피드의 이 쾌감. 뛰거나, 차를 타고 가거나, 언제나 스쳐 지나가는 것들은 나를 기쁘게 해. 이마에 솟아나는 이 예쁜 땀방울들과 함께.

도착하니 파티는 막 시작되고 있었어. 출입문 밖에는 휴업 팻말이 붙어 있었고. 주인은 카페를 떠나 버렸던 거지. 통째 빌렸으니까. 하루 매상보다 더 주겠다는데, 당연하잖아?

그러지 않으려고 했는데, 금방 취해 버렸어. 큰 글라스에 담긴 흑맥주를 원샷으로 삼켜 버렸거든. 뛰어와서 목이 마른 데다, 까불거리는 수지와 언제 봐도 멋있는 S를 보니 속이 뒤집혔던 거야. 상관없어. 이제 밤도 밤인 만큼, 슬슬 몸을 달궈야 하니까.

철수는 신이 났나 봐. 갠 나보다 더 취했어. 처음 보는 애들과 마구 떠들었어. 아, 난 그게 좋았다는 뜻이야. 기죽지 않고, 특히 S에게 시비 걸듯 막 얘기하는 게 좋았어. 애초에 철수를 생일 파티에 잠깐 끌어들이려고 생각한 것도 그런 목적 때문이었으니까.

「만약 생면부지의 제3자가 우리를 구별하려 한다면 각자의 상의 가슴팍이나 목덜미에 붙은 상표만으로도 그 일은 가능하겠지. 하지만 그가 조금이라도 생각 있는 존재라면 그따위 무의미한 구별은 그만두겠지.」

철수는 이런 식으로 떠들었어. 그런 다음 큰 소리로 혼자 막 웃었지. 나는 우습지 않았지만, 그래, 철수와 같은 편이라는 생각에 억지로 마구 웃었어. 근데, 웃음엔 전염성이 있다더니 정말이었어. 억지로 막 웃으니까 정말 우습더라구. 철수가 재미있다고 한 그 불쾌한 영화의 장면들도 막 떠오르고 말이야. 아, 그래, 그러고 보니 이런 게 불협화음의 미학인가?

해피 버스데이 투 유를 부르고, 케이크의 촛불을 끄고, 플라스틱 칼로 케이크를 자르고, 샴페인 병뚜껑이 천장을 퉁긴 뒤 카운터 너머로 떨어지고. 그리고 난 수지에게 《젊은 베르테르의 슬픔》을 선물했어. 글쎄, 그냥 그걸 주고 싶었어. 사랑, 정열, 슬픔, 권총으로 탕! 그런 풍경을 그려 보면서. 그리고 취기를 좀 가라앉히려고 DJ를 자청하여 카운터 안쪽으로 들어갔어. 철수가 이상한 소리를 자꾸 늘어놓아서 파티를 망쳐 주면 좋겠는데, 하고 은근히 응원하면서.

우린 취향에 따라 위스키, 맥주, 흑맥주, 샴페인 등을 마셨는데, 난 CD에 갇혀 있던 외국 가수들을 불러내면서 흑맥주를 홀짝홀짝 했어. 그러다가 다시 CD를 고르려고 돌아서 있는데, 수지와 S가 카운터 바에서 오징어를 찢으며 이런 소릴 주고받았어.

「장미꽃 세 송이의 의미를 알지?」

「안다고 대답하고 싶어.」

「실제로 그건 아무도 알 수 없어.」

「오, 그래도 좋아.」

윽, 정말 밥맛이야. 짜증. 정말이지 난 그냥 집으로 가버리고 싶 었어. 오징어를 찢으면서 장미꽃 세 송이의 의미가 뭐가 어째? 그 건 나를 괴롭히려는 악의적인 행동이 분명했어. 난 돌아서서 그들 을 바라보았어. 또 장미꽃이 어쩌고 하면 주먹으로 카운터를 쾅! 내려친 뒤 떠나려고 말이야. 그러자 수지가 찢어진 오징어를 뒤적 이며 S에게 말했어.

「이거 오징어 눈이니?」

바로 그때 나의 구세주 철수가 끼어들며 외쳤어.

「그건 눈이 아니라 입이야, 바보야.」

「눈 맞지?」

못된 인간 같으니. 수지는 S에게 또 물었어, 철수와 나는 안중에 도 없다는 듯 눈길 한 번 안 주고.

그러자 S가 대답했어.

「맞아. 입이야.」

「정말 입이야?」

난 철수에게 묻지 않을 수 없었지.

「이 바보들아. 이건 사실은 암오징어의 섹스야, 하하.」

철수가 말하고는 웃었어.

나도 웃음을 터뜨렸어. 사실 그건 좀 우스웠거든. 그래서 억지웃음이 아닌 정말 웃음을 터뜨렸어. 그러면서 수지와 S의 얼굴에 스치는 어두운 그림자를 놓치지 않았지. 후훗. 그 일을 계기로 난 기분이 좀 풀렸어. 그래서 그들이 영화 이야기를 시작했을 때 나도 끼어들었어. 철수를 내 옆에 거느리고.

뜻밖에도 철수는 옛날 영화를 많이 알고 있었어. 걘 자기가 고른 CD에서 엘비스 프레슬리의 노래가 흘러나오자 소리를 지르기까지 했어.

「바보들아. 이건 '브레드레스'야. 이거 정말 죽여주지. 리처드 기어가 홀랑 벗고 나와. 물론 여자도 홀랑 벗고 나오지. 하하.」

「앤 바보라는 말을 좋은 뜻으로 써.」

내가 수지에게 말했어. 그리고 걔가 어떤 반응을 보일 틈도 주지 않고, 환호성을 지르며 춤을 추기 시작한 철수에게 달려갔지. 우린 의자와 테이블을 옆으로 밀쳐서 춤출 수 있는 공간을 만들었어.

「다시 한 번 더 틀어.」

철수가 외쳤어.

난 아예 엘비스 프레슬리의 그 노래를 계속 반복되게 해버렸어. 수지와 S는 화가 나서 위스키를 홀짝홀짝 삼키더니 다른 사람들도 철수처럼 춤추기 시작하자 어쩔 수 없다는 듯 합세했어. 통쾌했지 뭐.

철수는 꼭 옛날 괘종시계의 불알처럼 굴었어. 순간적으로 나를 껴안았다가 떨어졌다가, 다른 여자들에게로 바짝 다가갔다가 다시 돌아왔다가, 그렇게. 그러면서 끊임없이 떠들어 댔어.

「오, 획일주의여, 만세. 난 이미 군인의 길을 걷고 있어. 살려 줘. 흠흠, 향기가 좋은데, 후로랄? 오늘부터 바꿨어? 오후에 샤워한 뒤부터? 오, 무스크. 우울해 보인다구? 오, 노. 입대한다고 그런 건 아니야. 언제나 배는 부른데 머리는 텅 비었어. 아니, 책을 너무 읽어서 그럴지도 몰라. 넌 광고에서 존재 의미를 찾도록 해. 책 따윈 흘겨보지도 마. 군인이 되거나.」

우린 모두 춤 속으로 녹아들었어. 각자의 기분 따윈 다 녹아 버렸어. 춤이란 게 그런 거잖아? 체취와 화장품 냄새들이 가득했어. 저마다 다 달랐으니까.

한데 좀 외로웠어. 독한 냄새 속에 한 덩어리로 섞여 마구 흔들다 보니 모두가 외톨이라고 생각됐어. 그런 느낌이 들자 당장 그곳을 떠나고 싶었어. 어서 빨리 그와 껴안고 체온을 나누고 싶었어. 그래서 다시 내게로 다가온 철수를 붙잡으려고 했는데, 그때 「나

취했나 봐」 그러면서 수지가 화장실로 갔고, 우연의 일치인지 철수가 뒤따랐어. S는 음악을 갈려고 카운터에서 돌아서 있었고.

　정말 웃겨 줬어. 화장실로 가보니 수지와 철수가 변기 위로 머리를 나란히 떨군 채 함께 토하고 있는 거야. 철수는 그 순간에도 떠들었어.
「바보야. 시간의 역류를 느껴 봐. 늘 뭔가를 배울 수 있다는 건 좋은 거야.」
　철수는 자기 일을 마치자 그녀의 등을 두드리기 시작했어. 난 잠자코 지켜보았지.
「자, 자. 열심히 토해야지, 아가씨. 자, 자. 열심히, 열심히.」
「그만둬!」
　그때 S가 나타났어. 그는 멋있게 쭉 뻗은 팔을 내밀어 철수를 낚아챘어.
「뭣들 하는 거야?」
「이봐. 네 애인이 위장을 꺼내고 싶은가 봐. 지금 식도를 지나고 있어. 내가 도와주고 있었지. 곧 나올 거야.」
「미친놈.」
「난 미치지 않았어.」
「넌 이제 좀 꺼져 줘.」
「아, 그건 처음부터 내가 바라던 거야.」

「미미 너도.」

「아, 그건 나도 바라던 바야. 가자, 자기.」

그러면서 난 철수의 팔짱을 꼈어.

철수가 말했어.

「오, 그래, 가자. 가려거든 끌려가지 말고 우리가 가자.」

난 뒤도 돌아보지 않고 나와 버렸어. 멋진 끝장이었다고 생각했어. 정말 멋졌어. 두 사람, 기분 팍 구겼겠지?

밖에는 이슬비가 내리고 있었어. 난 기분이 너무너무 좋았어. 이슬비가 아니고, 아니, 이슬비도 그렇고, 우리가 달려가는 이 사랑의 행진이 말이야. 난 걜 잡아끌었어.

「철수, 우리 가.」

「난 이미 가고 있어.」

「그래. 좋아. 계속 가. 분위기 있는 곳으로. 그리고 함께 떠나 보는 거야.」

「오, 분위기. 거 좋지. 우리의 일용할 양식. 이 밤의 끝까지 가보자.」

난 철수를 칵테일 바로 데리고 갔어. 밤으로의 기나긴 여행을 위한 마지막 정거장이랄까? 근데, 막 문을 열려는 찰나 어떤 여자가 나오면서 나와 부딪쳤어. 못생긴 게, 철수야, 하고 외치기까지 하면서. 어깨가 아파 죽겠는데 난 안중에도 없이.

「야, 철수, 너 뭐 해?」

그 여자가 말했어.

「나?」

철수는 나를 쳐다보더니 말했어.

「보면 모르니?」

살다 보면 순간이란 게 있어. 찬스라고 할까, 바로 지금, 이런 느낌. 그러니까, 난 철수가, 보면 모르니, 하고 조롱하듯 말한 순간, 보란 듯 개의 팔짱을 끼어 주었지. 응원이라고 할까, 그런 거지. 그러자 그때서야 여자가 나를 쳐다보았어.

「어서 가.」

내가 말했어.

「오, 그래, 미미. 안녕 말희.」

말희? 마리? 웃기고 있네. 근데 그때 또 문이 열리면서 껑다리 남자가 나왔어. 음, 꽤 멋있었어. 그건, 그러니까, 음, 끌림 같은 거야. 첫 순간의 끌림. 그런 느낌을 주는 남자, 드무니까. 솔직히, 뭔가 이상한 징조처럼 느껴지면서 약간 맥이 빠졌어. 마리인지 말희인지, 그 못생긴 여자와 팔짱을 끼는 걸 보니 더 그랬어.

「어제 나랑 헤어졌는데 기특하게 그새 새 파트너를 구했네.」

그들이 떠나자 철수가 독백처럼 말했어.

난 가슴이 서늘해지며 어지럽게 흩어지려 하는 마음을 추스르고 그의 머리에 앉은 뿌연 이슬비 가루를 털어 주었어. 그리고 이번 여행은 참 방해꾼도 많다고, 하지만 뭐 그걸 좋게 보면 좋은 거니까, 등반처럼, 정상에서의 기쁨은 더 클 테니까, 그렇게 생각하며 힘차게 칵테일 바의 문을 밀쳤어.

「오, 어서들 오세요. 멋쟁이 미스 앤드 미스터.」

바텐더 아저씨가 날 보고 윙크를 던졌어. 그는 우리를 기억자로 꺾인 옆쪽 카운터로 안내했어. 그리고 단 1초도 허비하지 않고 내가 남자랑 올 때마다 선택하는 칵테일을 준비하기 시작했어. 철수의 얼굴을 뜯어보면서.

「자, 아름다운 연인들, 지금부터 칵테일을 마시도록 하지요. 멋진 밤을 위해서.」

그래, 이제 향기로운 그곳으로 가는 거야, 하고 난 속으로 외쳤어.

「키스 오브 파이어!」

바텐더 아저씨가 말했어.

「흔히 정열의 키스로 알려진 이 칵테일은 이름이 갖는 의미 때문에 남자 혹은 여자가 혼자 마시면 처량해 보이지요. 그러니까 이 칵테일은 연인끼리 마셔야 제격이라는 거죠. 두 분처럼. 미스터?」

「네? 아, 김!」

「음? 아, 미스터 김?」

「예스.」

「이것은 1953년 일본인 이시오카 겐지 씨가 창조한 것으로 보드

카 15밀리리터, 슬로 진 15밀리리터, 드라이 버머스 15밀리리터, 레몬주스 10밀리리터로 만들죠. 자, 이제 다 되었군요.」

오, 근데, 그러니까 내 귀가 말이야, 몰래 바닥에 침을 뱉으며 철수가 중얼거리는 소릴 듣고 말았어.

「좆같이 도량형적인 술이네.」

걘 이렇게 말했는데, 참 이상한 순간이었어. 처음엔 화가 팍 치밀었어. 그리고 백분의 1초 차이로, 바로 이어서, 온몸이 감전된 듯 확 달아올랐어. 그게, 그러니까, 음 이런 기분 전달될까 몰라, 마구 욕을 퍼붓고 싶게 에로틱했던 거야. 난 얼굴이 빨개지고 말았지.

난 임무가 끝난 바텐더를 손가락으로 내쫓으며 말했어.

「철수. 자, 행복한 밤을 위하여. 아름답고 기억에 남을 여로를 위하여. 밤의 끝까지의 여행을 위하여.」

「아아, 그거 죽여준다.」

걘 칵테일 잔을 쥐고 내 눈을 들여다보았어. 나를 빨아 먹어 버릴 듯이. 난 미소를 띠고 마주 쳐다보았지.

그가 히죽 웃으며 말했어.

「칵테일도 건배하는 거야?」

「그럼. 오늘 같은 밤엔 특별히.」

「좋아.」

우린 잔을 치켜들어 우리들 머리 위에서 부딪쳤어.

「모든 도량형의 영구 혁명을 위하여.」

그가 말했어.

멋있는 구호 아니니?

「아름다움을. 행복을. 멋진 추억을.」

내가 화답했지.

아, 그리고 철수의 말을 이용하자면 씨발, 그게 마지막이었어. 치솟아 오르던 내 오르가슴의 꿈은 거기서 급정거를 당하고 말았어. 왜냐면 철수가, 위태위태하긴 했지만 그래도 색다른 즐거움, 그게 개 말로는 불협화음의 미학이겠지, 그걸로 가득 찬 그가 키스 오브 파이어를 홀라당 마신 뒤, 미쳤는지, 아니면 속에서 불이 났는지, 잔을 바닥에 팍 내던져 박살 내고는 씨발이라는 한마디를 남겨 놓고 밖으로 튀어 버렸거든.

깨진 꿈, 아니, 그런 건 아무것도 아니야. 꿈은 흔히 깨지는 것이고, 가장 잘 깨지는 것이니까. 그보다도, 그래, 난 창피했어. 그런 경우는 정말 없었거든. 안됐군 아가씨, 하고 쳐다보는 털보 아저씨의 눈빛과 조용히 속살거리는 남녀의 신난 눈알들.

난 밖으로 나갔어. 이슬비는 그쳐 있었어. 이건 분명해. 골목에서 그를 찾았던 건 미련이 아니었어. 한 대 때려 주려고 그랬어. 라스트 신으로서 말이야. 에잇! 하며 한 대 픽!

철수는 골목으로 쭉 들어가서 낡은 2층 건물이 철거되는 현장에 있었어. 크레인 끝에 매달린 커다란 쇠공이 벽과 천장을 깨부수고 있었지. 내가 봤을 땐, 타일 장식이 붙은 바깥 시멘트 벽이 주춤하다가 산산조각이 나며 무너져 내렸고, 안쪽의 회벽이 떨어졌고, 판자가 부서졌고, 먼지가 피어올랐어.

공터에서는 구멍을 송송 뚫은 드럼통에 부서진 재목으로 화톳불을 피우고 있었는데, 붉은 불길이 활활 소리를 내며 이따금씩 한 무리의 불똥을 어두운 하늘로 날려 보냈고, 어떤 나무토막의 페인트는 선명한 녹황색 불꽃을 퍼뜨렸어. 철수는 바로 그 불 근처에 있었어.

「오, 나를 철거하고 다시 세울 수 있다면.」

내가 다가갔을 때 그가 말했어.

나를 보고 한 말이 아니야. 저 혼자, 아니 불을 보고, 아니 부서져 내린 건물을 보고 말했겠지. 그러고서 어둑한 구석으로 비실비실 걸어가더니 수지 생일 파티에서 너무 마신다 싶었던 술을 죄다 토하기 시작했어. 웃기는 건 토하면서도 사이사이에 뭐라고 주절주절거렸다는 거야.

나는 노래한다, 라는 게 처음에 내가 들은 거였어. 그래서 난 노래를 하나 보다, 별 악취미 다 보겠네, 하고 생각했지. 하지만 이어지는 걸 들으니 시 같기도 했어. 노래인지 시인지 하여간 기를 쓰고 그걸 읊어 댔어. 우웩우웩, 주절주절, 우웩우웩, 주절주절 이런 식이었지.

글쎄, 무슨 마음으로 그걸 끝까지 다 들었는지, 그건 나도 모르겠
어. 어쩌면 알 수 없는 어떤 슬픔 때문이었는지도 모르지. 활활 타
오르는 불길, 무너져 내린 건물, 우왝우왝 토하는 입대를 앞둔 방황
하는 남자, 그런 게 한 덩어리로 어울려서 나를 슬프게 했어. 노래
인지 시인지, 철수는 이렇게 우울하게 읊었어.

나는 노래한다
일시적이고 대중적이고
싸구려적인 것들을
나는 노래하고 외친다
섹시하고 싱싱하고
신나는 것들을
나는 노래하고 외치고 토한다
일회용적이고 임시적이고
대량 생산적이고
다국적 기업적인 것들을
랄라 트랄라
트랄랄라 랄라

하지만 마지막에 랄라 트랄라 트랄랄라 랄라, 하고 읊을 땐 다시
발랄함을 회복했어. 끽! 하고 딸꾹질까지 했지. 그런 뒤에야 나를

알아보았어.

「오, 미미!」

그는 오물 묻은 얼굴을 내 가슴에 묻으려 했어. 난 손바닥으로 그의 이마를 탁! 쳐버렸어. 난 이젠 정말 미련을 버렸으니까. 토한 남자의 입이 내 몸을 핥게 할 순 없으니까.

철수는 뒤로 벌러덩 넘어졌어. 내 가슴에 피어오른 슬픔과 함께, 이 밤의 끝까지 달려가고 싶었던 내 보라색 꿈과 함께.

그때였어. 어떤, 솔직히 말하지 뭐, 굉장한 글래머 여자 하나가 땅바닥에 드러누운 철수를 유심히 살피며 다가왔어.

「철수, 어떻게 된 거야? 입대한다더니?」

「오, 강 마담. 오, 원수는 외나무다리에서 만나는군요.」

「여긴 그냥 골목이야. 바보야.」

「오, 그렇다면 우린 폐쇄 회로 속에 갇힌 게 분명해요.」

「도대체 뭘 먹었기에 이 모양이야?」

여자가 나를 쳐다보았어.

「저 사람, 친구예요?」

나이가 많아 보였지만 내가 물었어. 불협화음의 미학을 떠올리면서.

「후훗.」

그 여잔 웃었어.

「조심하라고 하세요.」

난 짜증 난다는 듯이 말했지. 그리고 돌아섰어.

「오오, 강 마담.」

철수가 말했어. 갠 그때 이미 나를 잊고 있었어. 그렇지 뭐, 상관없어. 그게 우리들의 사랑이지.

「오오, 도량형이 날 미치게 했어요.」

철수의 외침이 어깨 너머로 들려왔어. 난 걸음을 빨리 하여 골목길을 걸어 나왔어. 쇼핑백을 연인처럼 등에 지고서. 안녕, 바보 미남. 군대 가서 고생 많이 하고 튼튼한 '싸나이' 좀 돼봐. 우린 멋진 밤의 파트너가 될 수 있었을 텐데. 하지만 이젠 정말 안녕이야.

「김철수, 일어나 제발. 이게 도대체 무슨 꼴이야.」

「오, 강 마담, 오오오 난, 난.」

그게 내가 들은 철수의 마지막 목소리였어.

그래, 삶은 웃기는 거야. 하지만 뭐, 어떡해? 지금 여기가 아닌 다른 때 다른 곳에서 무슨 일이 벌어지고 있건, 내가 알 게 뭐야? 난 지금 여기 있으니까. 어쩌면 나 대신 강 마담이 철수와 사랑을 나누겠지. 낡은 한옥을 개조한 마담의 아늑한 카페에서, 입대를 축하해 주면서. 한번쯤 철수가 내 몸을 떠올릴 수도 있겠지만, 아니어도 전혀 상관없지.

난 골목을 빠져나왔어. 그리고 편의점 앞에서 미친 듯이 웃었어.

읽다가 만 철수의 편지를 마저 읽었던 거야. 이메일을 인쇄한 거. 난 순간적으로 죽는 줄 알았어. 우스워서. 오, 세상에 이런 일도 있다니.

갠, 친구, 친구, 하며 계속 떠들더니 문득 이렇게 말했어.

'시간이 됐어. 난 떠나야 해. 미지의 여자 스파이를 만나러 가야 해. 바보 녀석들이 짜놓은 스파이 소개팅을 내가 가로채기로 했거든. 복사품의 소굴, 카페 팝아트에서. 접선이 성공하면 사연을 얘기해 주지. 자, 그럼, 잠시 안녕히.'

그러니까 철수도, 나처럼, 다른 아이들의 말을 엿듣고 끼어든 거였어. 정말 우습지 않아? 후훗. 그래, 난 미친 듯이 웃었어. 지나가던 사람들이 이상한 눈으로 날 쳐다볼 정도로 크게 웃었어. 원래 접선하기로 한 남자가 누구였을까? 철수는 나의 정체를 알았을까? 원래의 스파이들은 어떻게 되었을까? 이런 생각을 하면서.

그때 머리 한쪽에 번쩍 불이 켜지면서, 로이 리히텐슈타인의 그 그림이 떠올랐어. 바보들 놀고 있네, 하고 비웃는 것 같았지. 아니, 부끄러웠다거나 그런 건 전혀 아니야. 누가 누굴 가로채든, 그게 그것일 테니까. 모든 게 복사품이지 뭐. 카페의 그림들처럼. 제때에 나타나 철수를 인수해 간 강 마담처럼.

사실, 난 그런 걸 깊이 따져 볼 필요도 없었어. 그때 철수와 데이트를 시작하면서 꺼둔 휴대폰을 켰는데, 전원을 넣자마자 벨이 울렸으니까.

「나야, S! 어디야? 좀 만날 수 있을까? 나, 혼자야.」

내 심장이 다시 뛰기 시작했어. 다른 누구의 것도 아닌 내 심장이. 후훗. 정말이지, 이게 우리들 인생이라니까. 뭐, 난 갑자기 나타난 그 갈라진 낯선 길로 들어섰지. 접선 때 보았던 책 제목처럼 다른 길을 따라서 말이야.

그런데 이마립이 누구지? 유명한 사람이야?

생활이 그대를 속일지라도

미스 황, 그날 엄청 황당했지? 발가벗은 그대를 호텔 방에 남겨 놓고 도망쳐 버렸으니 말이야. 뭐, 그대에게 물을 필요도 없는 일이지. 그대의 옷 뭉치가 담긴 쇼핑백을 껴안고 호텔을 빠져나오면서 나도 내가 참 황당한 짓을 하고 있다고 생각했으니까.

하지만 일은 그렇게 되었어. 이제 돌이킬 수 없다구. 시간은 비가역적인 거야. 그러니 사과 따위는 하지 않겠어. 그럴 마음도 없지만. 그래도 내가 왜 그랬는지 그건 얘기해 보기로 하겠어. 내가 이러쿵저러쿵 늘어놓아 봤자 미스 황이 할 수 있는 건 욕밖에 없겠지만 말이야.

그런데 그걸 설명하자면 한참을 빙빙 돌아야 해. 아니 설명이 안될지도 모르겠어. 어쩌면 미스 황과는 아무 상관도 없는 얘기만 하게 될지도 몰라. 하지만 우리 인생이란 게 그런 거야. 미스 황에게는 여전히 끔찍할 정도로 심플한 게 인생일지 모르겠지만, 나에

겐 고약하게 콤플렉스하고 전혀 엉뚱한 것들의 합종연횡이 인생이라구.

아무튼 차가운 빗방울이 뚝뚝 떨어지던 그해 2월 하순, 나는 두 번째로 손학도를 만나러 일등아카데미로 갔어. 거 왜 그대한테도 얘기를 한 적이 있잖아, 스스로를 총장이라 부르는 웃기는 대입 학원 원장 말이야. 내가 그 말을 해주자 그대는 피식 웃었지? 그러다가 그 괴짜가 굉장히 부자인 데다 잘생겼다고 하자 눈빛이 달라지면서 소개시켜 달라고 아양을 떨어 내 욕정에 불을 붙였지. 기억하지?

그날 나는 손 총장에게 나를 강사로 써달라는 청탁을 하러 갔어. 물론 전혀 마음에 없는 구실이었지. 뭔가 용건이 있어야 했으니까. 취재를 하러 간 것도 아니었어. 취재는 첫 번째 방문 때 이미 접어버렸지. 그럼 무엇 하러 그놈을 찾아갔느냐? 쉽게 말해서 내가 다시 그를 찾은 건 속이 아파서였어. 그놈이 꽉 쥔 주먹이 되어 내 위장 속에 턱 버티고 있는 것 같았으니까.

나는 이전처럼 대문의 접견실에서 신분 조회를 당한 뒤 여비서의 검문에 응했어. 그 말라깽이 비서는 역시 웃기더군. 도무지 웃음기라곤 없는 얼굴로 나를 처음 보는 사람인 양 대하더라구. 두 번째 만남인데도. 그 여자 앞에는 심리학 박사라는 명패가 있었는데, 아무래도 사람을 그렇게 다루는 게 심리학적으로 자기에게 이익이라고 믿는 듯했어.

손 총장도 웃기긴 마찬가지였지. 전화로 이미 화기애애하게 한

바탕 퍼부어 준 탓인지 앉으라는 말조차 하지 않더군. 나를 힐끗 한 번 쳐다보는 시늉만 하고 나서는 이내 김이 모락모락 피어오르는 찻주전자 뚜껑을 열더니 정체를 알 수 없는 주홍색 통에서 꺼낸 마른 찻잎을 넣고 대나무 꼬챙이로 휘휘 젓기만 하더라구. 마치 아주 힘든 일을 하는 사람처럼 이마에 빨래판 같은 주름을 잔뜩 만들고서 말이야.

정말이지 그는 나를 힐끗 쳐다본 그 순간 바로 잊어버린 것 같았어. 그러니까 현상학적으로 말하자면—미스 황은 이런 표현을 무지 싫어했지?—나는 그에게 존재하면서도 전혀 존재하지 않는 존재였지. 그가 나를 조금도 의식하지 않고 있으니 나는 그에게 아무것도 아니었던 거야. 미스 황과 나도 그랬잖아? 우리가 서로 가까워지기 전에는 서로가 서로에게 아무것도 아니었지. 내가 그의 이름을 불러 주기 전에는 그는 다만 하나의 어쩌고저쩌고 이런 시도 있다시피.

나는 툭 불거진 반짝이는 광대뼈와 좁은 빨래판 이마와 속눈썹이 긴 황소 같은 눈알과 신경질적으로 얇은 입술 등으로 이루어진 손 총장의 얼굴을 피카소적으로 뜯어보며 함께 침묵으로 투쟁했어. 그러면서 두 달 전 인터넷에서 우연히 대입 학원 일등아카데미 광고를 보았던 때를 생각했지. 전원 합숙, 남학생들만, 최고의 선생님들…… 등등.

그때 나는 일등아카데미란 말에 뭐 이런 개떡 같은 게 다 있나

하고 비웃다가, 총장이라는 말에 쿡 웃음을 터뜨린 다음, 그 총장이
란 자의 이름이 손학도라는 걸 알고 깜짝 놀랐어. 흔한 이름이 아
니어서 바로 내가 아는 그 손을 떠올렸고, 동시에 거의 백 미터 달
리기 선수처럼 스타트를 끊을 뻔했다니까. 맹세코 현장에 밥이 있
다는 나의 구호 때문이 아니었어. 세월이 어떻게 그를 총장으로 만
들어 놓았는지 너무너무 알고 싶었던 것이지.

　취재 대상은 보통 취재에 호의적이거나 취재를 거부하거나 둘
중 하나야. 다른 잡문 작가들은 모르겠지만 내 경험으로 중간은 별
로 없었어. 그런데 손 총장이 어느 쪽일까 생각해 보니 아무래도
후자일 것 같았어. 그래서 나는 다음 날 그대와 자주 탔던 그 고물
차를 몰고 일등아카데미로 가는 동안 그를 나에게 우호적인 인간
으로 만들어 줄 소품이 없을까, 하고 내 추억의 앨범을 샅샅이 뒤
져 보았지.

　결과는 실패였어. 오락실의 두더지처럼 머리를 내민 것들이 모
두 내 기대를 좌절시키는 편에 서 있었으니까. 하지만 그래도 나는
그가 나를 옛 친구로서 반갑게 맞아 줄지 모른다고 낙관적으로 생
각했어. 어쨌든 우리는 한때 친구였고, 또 세월이라는 것은 세월
그 자체의 힘으로 사람을 너그럽게 만들기도 한다는 점에서 말이
야. 하지만 역시 막연한 기대보다는 사실에 근거한 추정이 옳더군.
그가 나를 벌레처럼 대하지는 않았지만 적어도 귀찮은 이웃집 개
처럼 대하기는 했으니까.

미스 황과는 아무 상관이 없는 얘기지만, 손학도와 나는 고교 시절 문학 동아리 '은하수'의 동기였어. 우리는 신입생 때부터 그 동아리의 회원이었지. 그는 가정 형편이 대단히 어려운 학생이었는데, 공부를 아주 잘하는데도 형편이 안 되어 진학을 포기해야 하는 그런 아이는 아니었지만 하여간 집안이 어려운 건 사실이었어.

그런데 손에게는 특이한 점이 있었어. 그건 자신의 현실을 인정하지 못하는 사납고 외로운 자존심을 먹여 살리기 위해 시를 이용했다는 거야. 그는 날마다 도무지 알 수 없는 아리송한 시를 써 와서 동기들에게 보여 주고는, 뭐가 뭔지 모르겠다는 반응을 보이면 그 즉시 도대체 시를 모르는 인간들이라며 나무라곤 했지. 그는 시와 예술이 없는 인간은 개돼지와 다를 바 없으며, 시와 예술만이 인간에게 진정한 행복을 줄 수 있다고 역설했어.

정말 멋져 보였지. 부끄러운 얘기지만 광기 어린 고물상의 어수룩한 아들이었던 나는 녀석을 거의 숭배했어. 한때 매끄럽고 오동통한 그대의 육체를 거의 숭배했듯이 말이야. 나는 사춘기 소년으로서 막연하나마 세상의 무의미에 분노하고 있었는데, 나보다 더 지독한 분노를 품은 그가 눈알을 부라리며 개돼지, 라고 내뱉는 걸 황홀하게 바라보았어. 반항 정신이 충만한 영웅으로 떠받들었던 거지.

하지만 동아리 아이들은, 특히 선배들은 그의 아리송한 시를 못마땅해했어. 그들은 어떤 속임수가 있을지 모른다고 의심하기까지 했지. 거의 매일 시를 쏟아 냈으니까. 설사 밤마다 발가벗은 늙은

뮤즈가 찾아와 분기탱천한 소년 손학도와 사랑을 나누고 그 대가
로 가난한 그의 머리통에 시를 쑤셔 넣어 주고 간다 해도 의심받아
마땅할 정도로 많은 양이었거든.

　그러나 윤리적인 인간형이었던 나는 전혀 그를 의심하지 않았어.
오히려 그들의 의심을 지적하며 부끄러운 줄 알아야 할 부도덕이라
고 항의했지. 나는 그들이 손을 질투하는 게 틀림없다고 생각했던
거야. 그러면서 점점 더 그의 시와 전투적인 예술 찬양을 지지하게
되었지. 그를 질투하는 아이들의 죄를 대신 씻기 위해 그의 시 작품
과 개돼지론의 열렬한 지지자이자 대변인이 되었던 것이야.

　당연한 결과이겠지만, 학도는 나를 상대로 시를 낭송하고 떠드는
걸 몹시 즐겼어. 한때 그대가 그대의 육체에 매달리는 나를 가지고
놀았듯이 말이야. 그는 다른 아이들이 의심하면 의심할수록 자신
을 지지하는 나를 물고 늘어졌어. 그는 나를 상대로 자신을 과시하
면서 나의 정신이 치열하지 못하고, 따라서 그런 정신에서 나오는
나의 시 또한 형편없다고 호통을 치기도 했어. 한번은 「똑바로 살
아, 인마」 하고 빽 소리를 지르기까지 했다니까.

　그러나 가면은 벗었다 썼다 하는 거야. 항상 쓰고 있을 수는 없는
거지. 그래서 가면이라고 하는 거야. 그날 내가 그대의 옷을 훔쳐
들고 도망쳐 버림으로써 내 가면을 벗었듯 말이야. 어느 초가을 날
이었는데 손학도도 가면을 벗었어. 아니, 스스로 벗은 건 아니고 우
연히 벗겨진 거야. 불행하게도 전날 밤 내가 본 외국 시를 녀석이

바로 다음 날 베껴 와서 자기가 간밤에 쓴 시라면서 내놓았으니까.
그녀는 예쁘게 걸어, 나는 정열의 노예 어쩌고저쩌고 하는 시였지.

사실 그런 모방과 절도는 소년 문사에게 흔히 있는 일이야. 하지
만 나는 참을 수 없었어. 속이 다 울렁거렸으니까. 실제로 뭘 잘못
먹은 것처럼 토할 것 같았어. 내가 숭배하던 녀석이 어느 날 자기
면상에 똥칠을 하고 나타난 격이었으니까. 나는 내 믿음을 배반한
그가 너무 미웠어. 하지만 그 사실을 도저히 인정할 수 없어서 그
가 사용했음 직한 외국 시집 백 권쯤을 모아 놓고 그가 보여 준 시
들을 모두 대조해 보았지. 결과는 절망이었어. 그가 우리에게 보여
준 시들은 모두가 이것저것 뒤섞은 칵테일 시였어.

부끄럽더군. 대부분의 아이들이 의심하는데도 나는 바보짓을 했
으니까. 그래서 일주일을 고민한 끝에 그를 매점으로 불러냈어. 그
는 아마도 뭔가 맛있는 것을 사주려나 보다고 생각했을 것이야. 물
론 맛있는 것을 사기는 했어. 나 혼자 먹었지만. 그건 내가 선택한
복수였지. 도넛이니 뭐니를 아귀아귀 먹으면서 끝내 주지 않았거
든. 싱글거리던 그의 얼굴이 굳어져 가는 걸 지켜보면서.

마침내 그가 장난치지 말라고 했어. 결정타를 날릴 순간이었지.
나는 접시를 치운 뒤에 그가 그동안 어떤 시를 베끼고 뒤섞었는지
세세히 지적해 주었어. 그러자 창백해진 녀석이 나를 노려보았어.
아이들이 떠드는 소리로 왁자지껄했는데도 마치 끔찍한 정적 속에
갇혀 있는 것 같았지. 계속 그렇게 있으면 녀석이 주먹으로 내 면

상을 갈기고 말 것 같더라구. 그래서 용기를 내어 내가 먼저 한마디 했어.

「왜 말이 없어, 이 새끼야?」

그러자 그가 부르르 떨더니 짓씹듯이 음울하게 말하더군.

「바보같이, 넌 인간을 모르는 놈이야!」

그런 다음 그는 그 말이 무슨 뜻인지 아무 해설도 덧붙이지 않고 일어서서 나가 버렸어. 그리고 그때부터 그는 더 이상 나에게 말을 걸지 않았어. 그러면서 그는 오히려 더 자주 베낀 것이 틀림없는 시를 가져와서, 나를 완전히 무시한 채, 아이들을 놀리다가 1학년을 마치고 전학을 가버렸어. 인간을 모르는 바보 같은 놈이라는 고민거리를 나에게 남겨 놓고 말이야.

그 후 길다면 길고 짧다면 짧은 인생의 여로에서 손학도와 나는 30대 중반 어느 가을날 다시 만났어. 내가 지배욕과 복수심의 끝없는 쌍곡선을 타게 하는 회사에서 이 인간 저 인간에게 시달리며 도대체 인간이란 무엇인가, 손의 말처럼 정말 나는 인간을 모르는 놈인가 고민하다가 마침내 사표를 쓰고 내 편한 대로 소박한 여행을 다니며 글을 쓰기 시작한 지 3년쯤 지났을 때였지.

어수선한 바람이 불던 어느 날이었는데, 그날 나는 한 번도 본 적이 없는 고등학교 7년 선배라는 자의 변호사 개업 축하연에 끌려 갔다가 나를 거기에 끌고 간 은하수 선배 김동찬에게서 손의 소식을 들었어. 회사원인 그 선배는 욕구 불만과 외교적인 미소가 절묘하게 배합된 아리송한 표정으로 손이 참선방을 운영하고 있다더라는 얘기를 해줬어. 그러면서 선배는 마치 흥얼거리기 좋은 노랫가락처럼 계속 손을 한번 만나 보고 싶다고 했어.

내가 손의 칵테일 시를 떠올리며 만나서 뭐 하려 하느냐고 물었더니 그가 말하더군.

「나이야 내가 많지만 참선방을 한다니 혹시 젊은 도사가 되어 있을지 모르잖아. 나에게 인생길을 가르쳐 줄 수도 있을 거고.」

듣고 보니 바로 이해가 되었어. 미스 황이 이해할 수 있을지는 모르겠지만, 그건 메시아에 대한 그리움 같은 것이야. 고대로부터 현재까지 그리고 미래에도 그렇겠지만 크고 작은 메시아를 끝없이 기다리는 게 인간이고, 바로 그런 과정이 인생이지. 언제나 〈고도를 기다리며〉의 거지들처럼 '선생님은 못 오세요'라는 소리만 듣게 되더라도 인간은 그렇게 생겨 먹은 존재야. 그래서 거대한 환상을 품고 미스 황도 한 시절 나랑 놀았던 거겠지. 그렇지?

그 선배도 자기 입으로 그렇게 말했어.

「아, 너무 지겨워. 너무 심심해. 마누라도, 회사도, 저놈의 변호사 새끼도. 정치도. 미국 놈들도. 북한 놈들도. 일본 놈들도. 다 심심해. 재미없어. 미치겠어. 뭔가 확 뒤집어졌으면 좋겠어. 야, 이마립.」

「예?」

「내가 알아볼 테니까 같이 가보자.」

「같이요?」

「그래. 너하고는 아주 친했잖아, 안 그래?」

「네, 친했죠.」

나는 애매한 웃음을 머금은 채 고개를 끄덕여 주었어. 그러고는 바로 잊고 있다가 며칠 뒤에 다시 생각이 났는데, 맹렬한 호기심이 발동하는 거야. 인간을 모르는 놈이라고 나를 비난했던 그 불쌍한 소년 문사가 어쩌다가 참선방을 하고 있는지 정말 알고 싶더라구. 그래서 일주일간 한심한 취재 솜씨로 악전고투를 벌인 끝에 마침내 그의 가게를 찾아내 김동찬 선배 몰래 혼자서 방문했어.

참선방의 이름은 '아름다운 빈집'이었는데, 4층 건물의 옥상에 지은 정사각형 철제 조립 구조물로 겉보기에는 아름답기는커녕 수상한 창고 같았지만 안에 들어가니 꽤 아늑한 공간이었어. 하얀 창호지를 바른 사방 벽과 천장, 다다미를 깐 바닥, 여기저기 걸려 있는 창호지 등(燈)이 꽤 고풍스런 분위기를 자아내고 있었던 거야.

학도는 나를 몹시 반겼어. 내가 무안해질 정도로. 사실 나는 아름다운 빈집에 가까워지면서 조금씩 긴장하고 있었거든. 고교 시절의 그 사건도 있고 하니 녀석이 나를 불편하게 대하지 않을까 해서. 하지만 손은 그런 나를 부끄럽게 만들었어. 마치 꼭 만나고 싶었으나 소식을 몰라 애를 태웠던 그리운 옛 친구를 만난 것처럼 대해 줬던 거야.

손은 머리를 중처럼 깎고 까만 물을 들인 삼베 바지저고리를 입고 있었는데, 아닌 게 아니라 김동찬 선배의 말대로 얼마간 젊은 도사처럼 보이기도 했어. 내가 약간 기가 죽을 정도였지. 그는 옛날 서당에서 훈장이 사용했음 직한 조그만 앉은뱅이 나무 책상 앞에 앉아 까만 눈알로 광채를 내뿜으며 내가 어떻게 살아왔는지 시시콜콜 물었어. 하지만 고등학교 시절이나 그의 집안 사정, 그리고 자신이 어떻게 살아왔는지 따위에 대해서는 전혀 얘기하지 않더군.

그러다가 내가 회사를 그만두고 여행을 하며 글을 쓰고 있다고 하자 책상을 치며 좋아했어. 그는 우리가 눈으로 보기에는 다른 길을 걷고 있지만 속을 알고 보면 결국 같은 길을 걷고 있는 존재의 도반이라고 했어. 그러면서 이 사회는 인간을 미망과 광기에 빠지게 하는 마약으로 가득 차 있다는 취지의 얘기를 열정적으로 늘어놓았는데, 얼마나 열정적이었던지 갑자기 개돼지론을 역설하던 고등학교 시절로 돌아간 것 같았지.

그렇게 혼자서 열을 내던 그는 마침내 나를 똑바로 바라보며 동의를 구했어.

「넌 아니라고 생각해?」

「응?」

「아니라고 생각하느냐고.」

「아, 그래. 나도 그렇게 생각해. 동감이야.」

그러자 그는 잔뜩 힘을 주었던 눈알에 미소를 띠며 다시 말했어.

「하지만 사람들은 아무 잘못 없어.」

「그런가?」

「우리를 황홀하게 하는 것들이 밤낮으로 우리 눈앞에 어른거리는데 어쩌겠어?」

「그래서 이런 걸 하는 거라는 얘긴가?」

「그렇지.」

그는 또 손바닥으로 책상을 쳤어.

「조용히 명상을 하면서 마음의 상석을 차지하고 있는 헛것들의 정체를 보게 하는 거지. 네가 사람들을 피해 조용히 여행하고 그걸 글로 써서 내놓는 것도 나는 같은 일이라고 봐.」

내가 수첩을 꺼내 메모를 하자, 손은 화요일부터 일요일까지 오전에는 주부들이, 오후에는 다양한 남녀노소가, 저녁에는 남자 직장인들이 찾아오며, 토요일 밤과 일요일 낮에는 마음의 평화를 원하는 동아리들이 단체로 올 때도 있고, 이따금 대학생들이 세미나 자리로 이용하기도 한다고 했어. 나는 어쩔 수 없이 그걸 다 적어야 했지.

내가 그곳을 찾은 건 쉬는 날이라는 월요일 오후였는데, 그는 월요일마다 하루 종일 홀로 명상하며 마음을 다스린다고 했어. 사람들의 고통스런 사연을 엿새 동안 듣다 보면 마음에 울화통이라고 해야 할 만한 거친 풍랑이 생기는데, 그걸 다 걷어 내야 한다고. 그래야 다시 타인들의 고통과 대면했을 때 흔들리지 않고 길을 열어 줄 수 있다는 것이었어.

들고 보니 그럴듯해서 나는 그것도 수첩에 적었어. 그러고 나서 홀짝홀짝 녹차를 마시며 그곳을 소개하는 글을 쓰겠지만 지면에 실릴 기회를 얻을 수 있을지 어떨지는 모르겠다고 말하자, 손은 그런 것에는 전혀 개의치 않는다는 듯 입을 꾹 다문 채 고개만 보일 듯 말 듯 끄덕이더라구. 정말 도사처럼.

그래서 나는 마음속에서 계속 피어오르고 있던 의심을 잠시 옆으로 접어 두기로 하고, 책상 앞에 앉은 젊은 도사 손과 은은한 창호지 등(燈)과 다다미가 분할하고 있는 방바닥을 중심으로 텅 빈 공간의 여유를 느끼게 해줄 만한 사진 몇 장을 찍었지. 잡지에 싣는 쪽으로 최선을 다해 보자고 다짐하면서 말이야.

그런 다음 다시 그를 마주하고 앉자 그런 내 마음이 이심전심으로 전달됐는지 손 도반이 누리끼리한 창호지 종이에 사인펜으로 어느 선승의 가르침이라며 슥슥 적어 주었는데—선물로 주는 것이라면서—나는 복채 같은 거라도 내놓아야 하는 게 아닌가 생각하며 두 손으로 고맙게 받아 들었어.

春有百花秋有月

夏有凉風冬有雪

若無閑事桂心頭

便是人間好時節

갑자기 마음이 복잡해지더군. 아는 한자와 모르는 한자를 헤아리며 훑어보고 있노라니 그가 외국 시를 베끼고 뒤섞어 만든 칵테일 시로 날마다 나를 속여 먹었던 고등학교 문예반 시절이 바로 어제 일처럼 떠올랐거든. 그러자 신뢰 쪽으로 쏠리던 마음의 시소가 순식간에 의심 쪽으로 기울기 시작하더라구. 그래서 미스 황이 전혀 알지 못할 게 분명한 이 글이 무슨 뜻인지 그에게 물어보려던 마음을 접고 그만 일어서려고 했어. 왠지 더 머물러 있으면 돌연 불편한 단계로 들어갈 것 같았으니까.

바로 그때 문이 열리면서 여자가 들어왔어. 30대 후반의 예쁘고 잘 차려입은 글래머였는데 그대처럼 풍만했어. 남자라면 누구든 쉬 눈을 떼기 어려울 정도의 외모를 가진 여자였는데, 아마도 그런 풍모 때문이었겠지만 나는 순간 알 수 없는 혼란의 물결이 밀려오는 듯한 강한 느낌에 떠밀려 구원을 청하듯 손학도를 돌아보았어.

그런데 고개를 돌리니 마침 검은 삼베옷을 입은 손학도가 벌떡 일어서고 있었어. 그의 이글이글 타오르는 눈길은 이미 나를 지나서 그 예쁜 글래머에게 꽂혀 있었고 몸을 일으키면서 거의 동시에 한쪽 다리가 이미 그 여자를 향해 걸어가고 있더라구. 그리고 그 여자를 향해 다른 쪽 다리를 옮겨 놓으면서 이미 허리를 굽혀 깍듯이 인사하고 있었고.

「아이고, 사모님, 이 시간에 어떻게……」

그가 말하자 여자가 바로 말했어.

「오, 마음이 아파서요.」

그러면서 순식간에 연인처럼 얼굴을 맞대는 거야. 나는 이것들이 뭐지, 하며 멍하니 둘을 바라보았어. 그러다가 손학도가 여자의 한 손을 잡고 그가 방금 떠난 앉은뱅이책상 쪽으로 다가오고 있다는 것을 알아차렸을 때에야 후다닥 일어서며 가방을 어깨에 둘러 맸어. 그리고 나를 보는 둥 마는 둥 하는 손학도에게 손을 흔들어 주고는 진한 향수 냄새를 풍기는 여자를 스쳐 밖으로 나왔지.

솔직히 나는 그가 그 방면으로 자격을 갖춘 사람인지 아닌지 판단할 수 없었어. 예사롭지 않은 광채를 뿜어내는 눈알만 보면 뭔가 있는 인간 같으면서도, 아이고, 사모님, 하고 절을 할 때는 아무래도 교양 있는 미남 제비 같아 보였지만, 그건 못돼먹은 내 마음 때문일 수도 있었으니까. 게다가 그 글래머 여인이 아픈 마음을 치유받으러 왔다고 제 입으로 말했으니 말이야.

그로부터 한 달 뒤였어. 나는 손의 소식을 알려 준 은하수 선배 김동찬과 함께 다시 그곳을 찾았어. 좋은 기회라고 생각했지. 단순히 옛 향수를 달래기 위해 소년 시절 문예반 후배를 만나려는 게 아니라 인생 상담을 받고 싶어 하는 김 선배인 만큼, 그가 어떤 가르침을 얻게 될 것인지 옆에서 지켜보노라면 손에 대해서도 제대로 된 어떤 판단을 내릴 수 있지 않겠는가 하고.

하지만 다 소용없는 짓이었어. 내가 경험해 본 바로는 바로 이런 기대의 배반이 여행의 묘미인데—나와 그대가 함께했던 시간도 여행이었다는 걸 알고 있겠지?—손학도는 이미 그곳에 없었어. 아름다운 빈집은 그야말로 빈집이었어. 철문에 채워진 소불알만 한 녹슨 자물통과 거기에 얽힌 거미줄을 본 순간 나는 웃음을 터뜨릴 뻔했지. 김 선배는 자물통의 거미줄이 무엇을 의미하는지는 미처 생각하지 못한 채, 마치 꼭 타야 할 기차를 놓친 사람처럼 난감한 표정을 짓고 있었고. 그는 1층 돼지 갈비 식당 여주인과 대화를 나누고서야 일이 어떻게 된 것인지 짐작하고는 이상하게도 기뻐하면서 웃음을 터뜨리더군.

「아, 그 머리 빡빡 깎은 사람 말이지요? 글쎄, 이런 말을 해도 괜찮을지 모르겠지만…….」

「괜찮으니까 하세요. 우린 고등학교 동창이니까 상관없어요.」

「그렇다면 뭐, 하여간 이건 어디까지나 소문이니까 새겨들어요. 그 사람…….」

「아, 그 아줌마 참, 후딱 얘기해 보세요.」

「그 사람 이 건물 안주인하고 떠났다는 말이 있어요.」

「건물 안주인이랑 떠나요?」

「이건 어디까지나 소문이긴 하지만…….」

「어디로 떠났다는 거죠?」

「둘이 살러 떠났겠죠. 뭐 그럴 수 있는 거 아니겠어요?」

「그렇죠. 그럴 수도 있죠. 하하하. 씨발.」

그런데 그런 통속 애욕의 주인공이 된 그가 어떻게 이른바 일류

대 입학에 실패한 뒤 우르르 몰려드는 잘 차려입은 마담들과 그 수험생 아들들을 맞이하며 기뻐서 발기하는—이건 내가 지어낸 과장이지만—사내가 되어 돈을 마구 긁어 들이는 일등아카데미 총장이 된 것일까? 미스 황도 궁금하지?

나는 그의 변신이 너무 놀라웠어. 물론 이해할 수 없는 일은 아니었지. 대한민국 방방곡곡을 찾아다니며 수도 없이 느낀 바지만 세상만사는 변하는 것이야. 산은 깎여서 택지가 되고, 한때 번창했던 해수욕장은 시궁창이 되기도 하지. 여행의 존재론이라고 할까, 내가 세상을 떠돌고 취재를 하고 사진을 찍고 논픽션 잡문을 쓰면서 터득한 개똥철학에 의하면, 만물은 변하고 결국엔 사라져 버린다는 것이야. 이건 진심으로 하는 말인데, 그래도 아직은 젊고 아름다운 글래머일 미스 황도 이 점을 명심했으면 좋겠어.

경기도 산골에 있는 일등아카데미는 어른 키보다 높은 담과 갖은 운동 기구가 갖춰진 백 평가량의 정원이 딸린 지하 1층 지상 4층의 아담한 붉은 벽돌 건물이야. 대문에서 경비에게 신분증을 제시한 뒤 잠시 기다리면 건물로 들어갈 수 있는데, 거기서 다시 키가 크고 마른 데다 안경을 꼈으며 테이블에 심리학 박사 아무개라는 명패를 세워 둔 비서가 주관하는 통관 절차를 거쳐야 하지.

처음 찾았을 때 대기실에는 한결같이 모피 코트를 걸치고 입을 꾹 다문 네 명의 부유층 마담들이 총장을 만나기 위해 기다리고 있었어. 그들은 마치 교주의 접견을 기다리는 것 같았는데, 나는 네 사람이 차례로 총장실로 들어가고 또 이후 들어온 세 명의 여자가 모두 사라진 뒤에야 그 인간을 배알할 수 있었어.

자식, 정말 거만하게 굴더군. 시종일관 근엄한 표정을 짓고 있었는데 말을 거의 하지 않는 것은 물론 나와 제대로 눈길 한 번 맞추지 않았어. 나를 제대로 상대하는 일이 자신의 품위를 손상시키거나 나를 자신과 같은 급으로 상승시켜 주는 부당한 결과를 가져온다고 생각하는 듯 말이야.

그는 그동안 어떻게 지냈느냐는 따위의 내 말을 묵묵히 듣다가 비서의 인터폰을 받더니 처음으로 나를 똑바로 바라보면서—그것도 3초 정도—아주 바쁜 날이니까 그만 돌아가라고 했어. 그러면서 더럽게 복잡하게 생긴 전화기 버튼을 누르자 총장실 뒷문이 열리면서 나를 바깥으로 퇴장시키는 임무를 맡은 남자가 나타났어.

「이쪽으로 오십시오.」

검은 양복 차림의 그가 정중하게 말하더군. 거부할 수 없었어. 버티다간 한 방 얻어터질 것 같았으니까. 그렇게 해서 나는 채 3분도 안 되는 총장과의 대면을 끝내고 쫓겨나고 말았는데, 나를 인계받은 퇴장 비서는 지하 주차장으로 끌고 가서 허리를 굽히며 잘 가라고 말했어. 내가 멋대로 퇴장 비서라고 이름을 붙인 과묵하고 예의 바른 그는 언제라도 상대를 후려갈길 수 있는 무지막지한 주먹을 내장하고 있는 듯 보였지. 그래서 나는 나도 모르게 고개를 푹

숙이며 인사하고 말았어.

그리고 이제 두 번째로 나는 그를 마주하고 있었던 거야. 역시 거지 취급을 당하면서. 손 총장은 대나무 꼬챙이 젓기를 멈추고 옥빛 사기잔에 차를 따라 천천히 마셨는데 나에게는 권하는 시늉조차 하지 않았어. 나는 그런 그에게 세월이 많이 흘렀음에도 불구하고 기특한 내 머리가 쓸데없이 간직하고 있던 그의 시 한 편을 들려주었지. 그것은 1학년 봄 시화전에 발표하여 나를 비롯한 신입생 문예반 동기들을 주눅 들게 한 〈봄의 풍경〉이라는 시였는데 이런 것이었어.

　개나리는 노랗고

　진달래는 빨갛고

　태양은 근일점을 지났고

　지금 나는 여기에

　아, 누가 알았던가

　개나리는 노랗고

　진달래는 빨갛고

　태양은 원일점으로 달려가고

이게 무슨 소린지 미스 황은 알겠어? 손 군이 개돼지를 비난하며 늘어놓은 해설에 따르면, 누구의 시를 베낀 것인지 알 수 없는 이 〈봄의 풍경〉은 존재론적인 시야. 장차 머리를 빡빡 깎고 검은 삼베옷을 걸친 명상가가 되었다가, 소문에 의하면 부잣집 글래머 유부녀와 눈이 맞아 달아난 뒤 고액 합숙 대입 학원 원장이 되는 소년 문사 손의 주장에 의하면, 존재론적인 시란 자명해 보이는 존재를 의문의 몽둥이로 때려 줌으로써 존재가 깨갱거리게 만드는 시야. 이해가 돼?

「어때? 음?」

「…….」

「이봐, 손 총장. 너 이 시 기억하겠지?」

「…….」

「존재를 깨갱거리게 하는 시라고 네가 말했잖아, 안 그래?」

그는 도무지 반응을 보이지 않았어. 다시 한 번 현상학적으로 말해서 나는 그에게 완전히 무 그 자체였어. 그는 나를 완벽하게 밀어내는 견고한 벽이었어. 인내심이 대단한 인간인 나도 화가 치밀어 폭발할 지경이었지. 나는 그 무감각한 존재를 두드려 패서 깨갱거리게 만들고 싶어 미칠 지경이었다구.

「야, 이런 식으로 애들 가르치면 애들이 행복해지나?」

「…….」

「넌 시와 예술만이 진정한 행복을 줄 수 있다고 말했는데, 기억 못해?」

「…….」

「그래서 말인데, 내가 입시에 지친 소년들에게 시와 예술을 가르쳐 줄 테니 나에게 강사 자리를 달란 말이야.」

「…….」

「다시 말해 너의 소년 단원들이 개돼지가 되지 않도록 날마다 시를…….」

그때 묵묵히 듣고 있던 총장이 마침내 반응을 보였어. 그는 자기 이마에 준비해 둔 빨래판을 써먹었어. 그는 나에게 강사 자리를 제공하는 행위가 담보할 수 있는 경제적 교육적 의미에 대한 내 주장의 서두를 빨래판으로 팍 두들겨 버렸어. 그러고는 리어카를 끌고 다니는 배추 장수처럼 버럭버럭 소리를 질렀어.

「시끄러 인마! 바보야! 인간들은 그런 행복을 원하지 않아! 사람들이 원하는 건 그런 게 아니야. 그들이 원하는 건 유치찬란한 거야. 그게 바로 그들의 행복이야. 나는 그들이 그 행복을 달성하는 데 도움을 주려고 이 학교를 만들었어. 넌 일등아카데미라는 간판이 웃긴다고 생각하겠지? 야, 이 멍청한 놈아. 그러니까 넌 인간을 모르는 놈이라는 거야. 인간을 모르는 놈! 알아들어?」

나는 그에게 은하수 시절 칵테일 시의 정체를 알게 된 나를 보고 내뱉었던 그 인간을 모르는 놈이라는 말을 또 듣게 되어 무척 놀랐어. 너는 인간을 모르는 놈이다! 그런가? 나는 인간을 모르는 바보인가? 미스 황은 인간을 알아? 나한테 당하고 나서 이젠 좀 알게 됐어? 그런데 도대체 인간이 뭐지? 고상한 말과 옷으로 포장하고 있는 유치찬란한 욕망의 덩어리일 뿐인가?

성명전은 없었어. 그렇게 소리 지르며 나를 물어뜯을 기색이던 손 총장이 밖으로 나가 버렸거든. 아마 그는 내 얼굴에서 그가 기대한 효과를 읽었던 것 같아. 사실 그의 말은 해머 무게로 내 머리를 갈겼어. 그가 내 앞에 계속 있었다 해도 나는 아무 말도 못했을 거야. 그러니까 그가 나를 홀로 두고 나가 버린 건 나한테 잘된 일이었지.

나는 자다가 몽둥이세례를 받은 사람처럼 멍청하게 앉아서 그의 말을 입속에서 반복했어. 사람들은 그런 행복을 원하지 않아, 이 멍청한 놈아! 그러니까 넌 인간을 모르는 놈이라는 거야! 그런데 그런 행복이란 게 뭐지? 개돼지가 아닌 행복을 말하는 건가?

조금 지나자 나 자신에게 욕을 하고 싶어졌어. 그의 말이 옳다고 생각되기 시작했거든. 그에게 어떤 기이한 일들이 있었는지 모르겠지만, 어쨌든 그에게는 어떤 일들이 있었을 것이야. 그리고 그 과정을 거쳐 그는 지금과 같은 교육 철학을 가진 인간으로 거듭나 부자가 되고 있으니 그것으로 족한 게 아닌가 말이야.

따라서 그가 그것으로 끝냈다면 나는 곧바로 그를 잊어버리고 다시는 떠올리지 않았을 것이야. 나는 그의 인생철학을 존중해 주는 의미에서 두 번 다시는 떠올리지 않았을 거라구. 하지만 손 총장은 쓸데없이 나의 가슴에 총알 한 발을 더 쏴버렸어. 식식대며 나간 녀석이 말라깽이 심리학 박사 비서를 시켜 내가 찾아가겠다고 전화했을 때 이미 준비해 둔 게 분명한 돈 봉투를 전달케 했거든.

「이게 뭐죠?」

「총장님이 드리라고 하셨습니다.」

봉투 안에는 천 원짜리 열 장, 그러니까 만 원이 들어 있었어.

「왜 이걸 나한테 주죠?」

「총장님은 아무 말씀 없으셨지만, 제가 생각하기엔 기름 값으로 주신 듯합니다.」

박사 비서가 나를 그윽이 바라보았어. 나를 걱정해서가 아니라 나가 달라는 뜻을 담은 자신의 고학력 눈알을 보여 주기 위해서 말이야. 나는 마지막 역공을 취했어.

「좀 나가 주시겠어요?」

「네?」

그녀의 고학력 눈알이 부풀어 오르더군.

「잠깐만 있다가 나가죠. 3분만 있다가.」

그녀는 손목시계를 보았어.

「3분만, 오케이?」

그녀는 다시 손목시계를 보았어.

「아, 벌써 10초가 지났네요.」

「2분 50초 뒤엔 꼭 나가셔야 합니다.」

「당근이죠.」

그제야 그녀는 밖으로 나갔어. 나는 만약 3분 안에 손 군이 나타나면 반드시 면상을 한 대 때려 주겠다고 다짐했어. 그가 코피를 흘리게 한 다음 혹시라도 사망하면 들쳐 메고 보신탕 집에 팔아 버리겠다고 다짐했다구. 3분 안에 나타날 리가 없는데도 말이야. 물론 그건 그가 보여 준 그 고약한 대접을 나름으로 소화시키려고 해본 헛된 공상이었지. 그래도 그러고 있으니까 굴욕감 때문에 순간적으로 호두 알맹이처럼 찌그러졌던 나의 뇌가 서서히 제 용적을 회복해 가더군.

그래서 이제 떠나자, 하고 일어서며 손 군에게 거창한 작별 인사를 남기고 싶었지만 마땅히 떠오르는 아이디어가 없었어. 도둑놈처럼 똥을 갈겨 둘까 하다가 너무 비참한 짓이라고 생각되어 이내 포기하고 천 원짜리 열 장을 주머니에 뭉쳐 넣으며 책장으로 다가갔지. 기념 삼아 책이나 한 권 훔쳐 가자는 생각으로 말이야.

그런데 온통 사전류들만 꽂혀 있는 책장을 뒤적이다 보니 책 너머에 숨겨져 있는 비디오테이프가 보였어. 그러자 뭔가 진기한 구경거리일지도 모르겠다는 느낌이 확 왔는데, 그때 예상을 깨고 나타난 손 총장이 얼굴이 빨개지며 나를 덮치려는 걸 보고는 정말 제대로 하나 건졌다는 확신이 들었어. 제목도 제조 회사 딱지도 없이 홀랑 껍질이 벗겨진 테이프의 꼬락서니도 나의 믿음을 강화시켜 주었고, 그가 퇴장 비서는 물론 심리학 박사 비서조차 부르지 않고, 도둑놈 잡으라고 고함도 지르지 않는 걸 보니 정말 경천동지할 내용이 담겨 있음에 틀림없을 것 같았지.

머리털이 곤두섰어. 나는 손 총장이 나를 향해 뛰어온 그 급박한 몇 초 사이에 그가 심리학 박사 마른 장작과 벌인 벌거숭이 열전이 담겨 있을지도 모르겠다고 생각했어. 만약 그렇다면 나중에 손 총장이 국회의원이나 교육부 장관이 되려고 할 경우 그것을 공개할 수 있지 않겠어? 따라서 그것은 반드시 탈취해야 할 물건이었어. 그래서 나는 악착같이 빼앗으려 드는 그의 명치를 갈겨 존재가 깨 갱거리게, 그러니까 꼬꾸라지게 만든 다음 사과의 뜻으로 그가 비서를 시켜서 준 천 원짜리 열 장을 남겨 놓고 즉시 퇴장해 버렸지.

하지만 미스 황, 그 여로는 실망의 연속이었어. 애석하게도 껍질이 홀랑 벗겨진 그 테이프는 내가 기대했던 그런 게 아니었어. 그러나 지독한 음란물이긴 했지. 푸슈킨의 시가 자막으로 떠오르면서 시작되는 그 테이프는 일등아카데미에 우주보다 귀한 아들을 맡긴다는 동의서에 도장을 찍기 전에 마마들이 봐야 할 학원 생활 안내로서 혹시라도 발생할지 모르는 불상사로 인한 법적 분쟁을 막기 위한 장치였으니까.

테이프는 손학도 아카데미의 물리적 효율성과 첨단 기계처럼 운용되는 수험생의 24시간 군대식 생활에 대한 열렬한 찬양으로 채워져 있었어. 한마디로 말해 대단히 잘 만들어진 한 편의 음란한 다큐멘터리였지. 손 총장의 소년 단원들은 규칙을 어기거나 기대되는 학습 성취에 이르지 못하면 빨랫방망이 같은 몽둥이로 손바닥과 엉덩이를 마구 얻어맞게 되어 있는데, 바로 그게 동의서를 받기 전에 마담들에게 그 테이프를 보여 주어야 하는 핵심적인 이유지. 당신 아들을 이렇게 두들겨 팰 테니까 나중에 딴소리하지 말라는 거야.

나는 미스 황의 벌거벗은 몸을 바라볼 때처럼 흥분해서 부르르 떨었어. 금방 사정을 해버릴 것만 같더라구. 그렇게 얻어터지면서 굴욕감을 느끼지 않는 소년이라면 이미 시체일 테니, 죽음 같은 산고를 치르며 자신을 낳아 준 여인까지 동의한 그런 굴욕과 수학 점수, 영어 점수 몇 점을 바꾸면서 그들이 무엇을 배울지는 뻔한 일 아니냐구. 그들은 아마 극도의 변태적인 사정 욕구로 부글부글 끓게 될 것이야.

나는 너무 즐거워서 TV를 박살 내고 싶었어. 그 소년들은 어린 나이에 일찌감치 우리 시대의 사정 방법을 아주 전문적으로 교육받고 있는 것이었단 말이야. 그들은 구타를 당하면서 때로 변태적인 희열을 느낄 것이고, 그 에너지를 안에 꼭꼭 쌓아 두었다가 나중에 기회가 왔을 때 회심의 미소를 지으면서 이번엔 변태가 무엇인지 가르쳐 주는 입장이 되어 피교육자들에게 고약한 맛을 보여 줄 수 있지 않겠냐고.

아, 얼마나 훌륭한 놈인지, 나는 이 젊은 총장을 존경하기로 했어. 생활이 그대를 속일지라도 슬퍼하거나 노하지 말라는 푸슈킨의 시를 소년들에게 가르친다는 것은 정말 잘하는 짓이 아니냐구.

고액의 연봉을 받는 선생들에게 날마다 음란하게 얻어맞으며 복수심으로 가득 찬 성욕을 키우는 건 정말 훌륭한 일이 아니고 뭐냐고. 슬픔의 날을 참고 견디면 머지않아 반드시, 기필코 기쁨의 날이 올 테니 말이야.

빌어먹을, 나는 정말 기뻐서 춤이라도 추고 싶었어. 손 군이 나에게 천 원짜리 열 장을 준 것도 시들어 가고 있는 나의 야수적 음란성을 일깨워 마지막으로 한 번 더, 예를 들면 미스 황 같은 환상에 빠진 여자와 정욕의 화염에 휩싸이게 하려는 교육적 계산에서 한 행동일 것 같더군. 정말이지 나는 그에게 고마움을 표하고 싶었어. 어떤 식으로라도 뭔가를 되돌려 주고 싶었다구. 가능하다면 너무나 변태적이어서 냄새를 맡거나 그저 한 번 보는 것만으로도 온몸이 비비 꼬이게 되는 그런 것으로 말이야.

얼마 뒤에 좋은 기회가 왔어. 내가 미스 황과 맨살로 만난 지 세 계절쯤 지난 뒤였지. 그대가 악몽처럼 생생하게 기억하고 있을 그날 대낮에, 우리가 호텔에 있을 때 말이야. 미스 황, 고백하건대 나는 글래머 출판 디자이너인 그대가 머릿속에 온갖 사랑의 망상을 키우면서, 그 실현 불가능한 사랑의 대용으로 주기적으로 남자를 바꿔 가면서 섹스를 남용하는 사람이란 걸 잘 알고 있었어. 그래서 그대가 새로운 환상을 위한 섹스 파트너로 나를 찍었을 때 전혀 나쁠 게 없다고 생각했지. 교환하다가 떠나면 될 테니 말이야.

그날 즐겁게 서로를 악용한 뒤에 담배를 피우며 TV를 켰을 때,

나는 지금이 바로 떠날 때다, 하고 결론을 내렸어. 되는대로 마구 리모컨 버튼을 누르다 보니 어느 순간 손 총장이 나타난 그 경이로운 순간에 말이지. 그건 교육 관련 케이블 채널이었는데, 그놈의 총장이 빨래판 이마로 열변을 토하고 있었거든.

그 모습을 본 순간 나는 너무 우스워서 거의 미칠 뻔했어. 숨이 막혀 죽을 뻔했다구. 기억하겠지만 실제로 마구 웃었잖아? 그러다가 천식 환자처럼 캑캑거린 다음 영문을 몰라 무슨 일이냐며 내 물건을 쥐고 흔드는 그대를 끌어안고 그 예쁜 젖을 빨다가 딸꾹질을 하면서 침대 위를 한 바퀴 돌아 바닥으로 쿵 소리를 내며 떨어졌지. 그러고서 나는 말했어.

「우리 한 번 더 하자, 아주 변태적으로.」

기억하지? 그래, 기억할 거야. 그대가 이렇게 대꾸한 것도.

「좋아요, 좋아. 그런데 어떻게 할 건데?」

「일단 찬물로 샤워하고 와. 깜짝 놀라게 해줄게.」

「알았어. 까무러치게 해줘요, 변태적으로.」

「물론이지. 변태적으로.」

그래서 그대가 욕실로 들어가자 나는 재빨리 옷을 입고 그대의 팬티, 브래지어, 청바지, 긴소매 스웨터, 바바리코트, 구두 따위를 챙기기 시작했어. 계속되는 손 총장의 변태적인 열변을 들으면서 말이야.

「……다시 한 번 요약합니다. 우리는 현실을 냉정하게 인정해야 합니다. 우리는 홀로 살고 있지 않습니다. 대한민국은 세계 체제에 속해 있습니다. 세계 체제는 자연계에 속해 있습니다. 자연은 약한 존재를 보호해 주지 않습니다. 인간은 약한 자를 보호해야 하지만, 그러나 처음부터 약한 자로서 보호받으려 해서는 안 됩니다. 모두가 최강자가 되겠다는 의지로 충만해 있어야 합니다. 이것이 바로 내가 젊은 친구들을 강인하게 가르치는 이유입니다…….」

젊은 친구들이라고? 변태 자식. 지하에 머물러 있던 엘리베이터가 움직일 생각을 하지 않아 나는 계단을 뛰어 내려갔어. 그리고 헐떡거리며 프런트로 가서 쇼핑백을 달라고 하자 남녀 둘이 기이한 동물을 만난 듯 이상한 얼굴을 하고 나를 바라보더군. 나는 험상궂게 인상을 쓰며 다그쳐서 쇼핑백을 받아 거기에 한 아름 안고 있던 그대의 팬티, 브래지어, 청바지, 긴소매 스웨터, 바바리코트, 구두 따위를 집어넣었어. 그리고는 한걸음에 우체국으로 달려가서 규격 종이 상자에 넣은 다음 소포로 손 총장에게 보내 버렸지.

미스 황, 나는 손 총장이 그 소포를 열어 본 순간 바로 격렬한 사정을 했을 거라고 믿어 의심치 않아. 호텔 방에 남겨진 그대도 사태를 파악한 순간 아마 생애 최고의 격렬한 오르가슴에 도달했을 거라고 봐. 복수심에 불타는, 거의 까무러칠 것만 같은 증오의 오르가슴에. 틀림없이 그랬을 것이야. 그렇지? 틀림없이, 음?

자, 그럼 일이 어떻게 된 것이었는지 이제 대충 설명된 것 같으니 마지막으로 그대에게 보너스를 하나 제공하고 나의 독백을 마치기로 하지. 손학도가 내게 써준 그 한시 말인데, 내가 생고생 끝에 알아낸 바에 의하면 그건 도가 무엇이냐고 조주가 묻자 평상심이라고 남전이 대답했다는 일화를 얘기하면서 무문 혜개가 덧붙인 게송이었어. 그 뜻을 대충 풀이하자면 이런 것이야.

　봄에는 온갖 꽃이 피고

　가을에는 달이 뜨고

　여름에는 시원한 바람이 불며

　겨울에는 눈이 있으니

　마음에 잡스런 것들만 없다면

　나날이 참으로 기쁘지 않겠는가

그래, 그렇겠지. 아름답고 풍만한 그대도 언제나 그렇기를 빌 뿐이야. 이건 진심이야. 미스 황, 날 너무 미워하지 말아 줘. 잘 궁리해 보면 내가 그대에게 남겨 놓은 그 증오의 재료들도 멋지게 활용할 방도가 있을 거야. 이제 그대도 30대 후반이라 아름다운 환상과 육체만으로 사랑의 성을 쌓기엔 힘이 부칠 테니까.

시체는 어디에 있나

그날 밤을 생각하니 이런 말이 떠오른다. '관광은 끝이 있지만 여행은 끝이 없다.' 이 말은 내가 여행 관련 논픽션을 쓰기 시작하면서 등불처럼 마음에 두게 된 《당나귀와 함께한 세벤느 여행》의 저자 로버트 루이스 스티븐슨이 했을 법한 말이지만 실제로는 누가 한 말인지 모르겠다.

스티븐슨은 이런 말을 했다. '우리는 모두 여행자이다. 존 버니언이 이 세계를 황야라고 불렀을 때의 그 의미에서.' 그렇다. 우리는 모두 여행자이다. 이 세계를 황야가 아니라 천국이라고 생각하는 사람이라 할지라도 그는 여행자이다. 그리고 그 여로의 의미를 해석할 수 있는 건 자기 자신뿐이다.

그날은 내가 4일간 D시에 다녀온 11월의 마지막 날이었다. 몸살이 난 나는 내 거처에서 이불을 뒤집어쓴 채 머릿속에 떠오르는 알 수 없는 영상들에 끌려 다니고 있었다. 갈피를 잡을 수 없이 흐르는 잡다한 풍경들이었는데, 하얀 김에 뒤덮인 포장마차의 내부 정경이 시골 국도 변의 전봇대처럼 언뜻언뜻 나타나곤 했다. 몸은 멈췄지만 정신은 계속 길을 가고 있었던 것이다.

나는 그 풍경에 속해 있기도 하고 거리를 둔 채 바라보기도 하면서 아무래도 꿈인 것 같은데 도대체 여기가 어디일까, 하고 초조하게 생각하고 있었다. 그러니까 완전히 잠든 것도 아니고 깬 것도 아닌, 내가 자고 있다는 걸 알면서도 잠으로부터 완전히 자유롭지도 못한 그런 상태였다. 삶이라는 것에 대해 우리가 얽혀 있는 바로 그 꼴처럼 말이다.

그러다가 비몽사몽간에 휴대폰을 열고 김민선의 음성을 들었을 때에야 나는 그게 D시에서 매일 밤 내가 이용했던 그 포장마차와 주변 풍경이었음을 깨달았다. 물론 의미 없는 깨달음이었다. 모르고 있을 때는 이게 뭘까, 하고 답을 학수고대하지만 정작 답을 얻고 나서는 굳이 알든 모르든 상관없는 것이로구나, 하고 생각하게 되는 그런 것들…….

하지만 그 순간에도 나는 그게 꿈인지 현실인지 분간이 되지 않아 어리둥절하기만 했다. 그러다가 통화 음질이 좋지 않은 중에도 어머니가 돌아가셨다는 말을 들었을 때에야 정신을 차리기 시작했다. 가슴이 철렁했다. 내 어머니가 돌아가셨다는 말로 알아들은 탓이었다. 그리고 이어서 그녀가 내 어머니를 어떻게 안단 말인가,

라는 생각에 이르러서야 나는 온전히 정신을 차렸다.

전화를 끊고 땀을 닦고 있을 때 몸살이 난 나를 위해 무의식이 마련한 선물이었는지 아니면 그저 고열로 인한 뇌의 이상 작동 탓이었는지 그 여자의 대학 시절 얼굴이 선명하게 떠올랐다. 여자가 아니라 소녀로 보였던 젊은 날의 그녀가. 하지만 그 영상을 붙잡아 두려고 정신을 집중하자 허공중에서 잠시 반짝이던 비눗방울처럼 흔적도 없이 사라져 버렸다.

김민선은 대학 시절 참선 모임 '달빛 소리'에서 알게 된 후배였다. 하지만 나 혼자 일방적으로 바라보았을 뿐 단 한 번도 말을 걸어 본 적은 없었다. 더구나 그녀는 신입생이었고 나는 입대를 앞두고 있었기 때문에 내가 그녀를 본 것도 3개월 정도밖에 되지 않았다. 그래도 나는 그녀의 하얗고 작고 깨끗한 얼굴을 군대 생활 내내 머리에 화두처럼 달고 있었다.

그러나 4개월 전 모교 앞에서 우연히 만났을 때 나는 그녀를 알아보지 못했다. 서로 눈이 마주친 순간 그녀는 깜짝 놀란 표정을 짓더니 순간적으로 장님이 된 나를 향해 환한 웃음을 발하며 인사를 했다. 그러고는 누구신가, 하고 어리둥절해하며 바라보는 나의 표정을 살피고 나서,

「저, 김민선인데요.」

라고 말한 다음 실망한 듯한 음성으로,

「달빛 소리…….」

하고 덧붙여 중얼거렸다. 나는 그제야 그녀를 기억해 낼 수 있었다. 이번에는 내가 깜짝 놀라며,

「아아…….」

하고 인사를 하자 다시 환한 얼굴이 된 그녀는 오랜만에 캠퍼스를 돌아보고 싶어서 왔다며 어색해했다.

나는 제대로 그녀를 바라보았다. 그리고 한 번 더 놀랐다. 대학 시절의 그 해맑았던 소녀는 적당히 살이 찐 아줌마가 되어 있었는데, 무슨 영문인지 내 속에서 돌풍 같은 열정이 치솟았다. 단순히 마음으로만 들끓는 열정이 아니라 내 육체의 예민한 곳에 순식간에 피가 몰려드는 게 느껴질 정도였다.

당황한 나는 두근거리는 가슴을 진정시키려고 눈길을 아래로 내렸다. 그러자 청 스커트 아래로 곧게 뻗은 맨다리가 보여 얼른 고개를 들었더니 이번엔 연보랏빛 티셔츠에 덮인 탐스럽게 솟아오른 가슴이 눈길을 잡아끌며 다시 한 번 몸속에 뜨거운 소용돌이가 일어났다. 나는 얼른 옆구리 쪽에 매고 있던 가방을 앞으로 돌려서 부풀어 오르기 시작한 사타구니 쪽을 가렸다.

김민선은 눈가에 잔잔한 미소를 띤 채 나를 바라보고 있었다. 그녀는 내가 다시 눈을 맞추자 마치 급발진하는 자동차처럼 졸업 이후 여섯 가지 직업을 가져 보았지만 여전히 삶의 목표를 세우지 못하고 있다고 빠르게 말했다. 마치 내가 어떤 대답을 줄 수 있으리

라 기대하고 있는 것처럼, 아니면 나에게 그런 고백을 하게 되어 미안하다는 듯. 발기한 나는 부끄러움과 우스꽝스러움을 동시에 느끼면서 가방에서 명함을 꺼내 그녀에게 주었다.

「결혼하셨죠?」

그녀가 물었다.

「아뇨.」

내가 말하자 그녀는 놀란 듯이 눈을 동그랗게 떴다.

「민선 씨는요?」

「했어요. 졸업도 하기 전에…….」

그녀는 마치 그게 잘못된 행동이었다는 듯이 뭔가 부끄러워하는 듯한 표정을 지었다. 그러고는 내 명함을 들여다보며 연락해도 되느냐고 물었다. 내가 언제든 좋다고 대답하자 갑자기 서두르면서 인사를 하고는 돌아섰다. 나는 늦여름 한낮의 땡볕 아래 서서 그녀의 뒷모습을 한동안 바라보았다. 내 안에 들끓었던 열정은 이미 온데간데없었다. 나는 귀를 후벼 파는 소음과 뜨거운 배기가스를 내뿜으며 나를 스쳐간 좌석 버스를 향해 욕지거리를 내뱉고는 사타구니를 가렸던 가방을 옆구리 쪽으로 되돌려 놓았다.

그녀는 연락하지 않았다.

A병원은 동네 병원치고는 규모가 꽤 컸다. 마치 어두운 들판에서 느닷없이 마주친 고성을 보는 듯했다고 할까, 그런 기분이 들었

다. 택시에서 내린 나는 병원 건물을 휘둘러본 뒤에 장례식장으로 통하는 좁고 어두컴컴한 계단을 내려갔다. 그러면서 D시에서 밤마다 여관방에서 나와 축대 아래에 있는 포장마차로 가기 위해 비슷한 계단을 내려갔던 일을 떠올렸다.

나는 사흘 동안 축대 아래에 있는 그 포장마차에서 우동을 먹고 소주를 마시면서 낯선 사람들과 얘기를 나눴다. 그러나 얻은 것은 아무것도 없었다. 근처 초등학교에서 이벤트를 좋아하는 젊은 신임 교장의 주도로 전교생이 참여한 타임캡슐 묻기 행사가 있었고, 소형 포클레인으로 오래된 느티나무 근처를 파던 중 한 구의 유골이 발견되었다는 것, 분석 결과 10년 이상 되었으며 여자라는 것, 얘기는 늘 누구나 다 알고 있는 그 사실에서 맴돌 뿐이었다.

언론에서는 D시 사람들이 그 사건에 지나친 관심을 보이고 있다고 했다. 두 달 넘도록 수사에 전혀 진전이 없었으니 그럴 만했다. 바로 그래서 내가 뒤늦게 D시를 찾은 것이었다. 유골을 두고 사람들이 펼쳐 보이는 이런저런 상상의 세계에서 뭔가 써먹을 만한 애깃거리를 건질 수 없을까 하고. 결과는 공허감과 몸살이었다.

나는 팬 곳이 많은 시멘트 포장도로를 걸어 병동 뒤편의 외진 곳에 있는 장례식장으로 갔다. 담벼락을 따라 초라하고 볼품없는 모양새의 키 작은 나무들이 쭉 심어져 있었다. 흡사 눈가림으로 조경을 해놓았다가 그대로 말라 죽어 버린 것처럼 보였는데, 나는 그 나무들을 하나 둘 헤아리며 한 걸음 한 걸음 걸어갔다.

나는 꽤 긴장하고 있었다. 그녀의 전화를 받고 깨어나 땀을 닦고 있을 때 잠깐 떠오른 소녀 같은 그 영상과, 4개월 전 대학 앞에서 우연히 만났을 때 돌풍처럼 온몸을 휘감았던 그 난데없고 기이한 열정 때문이었다. 어느 쪽을 보게 될 것인지 나는 정말 궁금했다. 하지만 나는 어느 쪽도 보지 못했다.

김민선은 검은 치마저고리를 입고 있었다. 4개월 전에 이미 확인했다시피 그녀는 대학 시절의 그 해맑은 소녀가 아니었다. 게다가 내 몸은 아무런 반응도 보이지 않았다. 열정 비슷한 것도 생겨나지 않았다. 그녀를 바라보며 나는 웃을 뻔했다.

「오셨군요.」

하고 그녀는 나지막이 말했다. 그러면서 자신이 슬픈 처지라는 걸, 최소한 남들에게 슬픈 사람으로 보여야 하는 무대에 서 있다는 걸 잊어버린 듯 밝고 반가운 표정으로 나를 맞이했다. 그녀는 노곤하고 은근한 미소가 어린 눈으로 나를 잠시 바라보고 있더니 제단이 차려진 방으로 안내했다.

나는 입구의 방명록에 이마립이라 쓰고 조의금 투입구에 봉투를 넣은 뒤 내가 전혀 알지 못하는 고인의 흑백 사진을 향해 절을 했다. 봄날인지 가을날인지 정원의 나무 아래에서 우연히 찍은 듯한 사진의 얼굴 부분이 커다랗게 확대되어 있었다. 기쁨도 슬픔도 없어 보이는 텅 빈 듯한 일상의 한순간이 검은색 작은 액자 속에……

「와주셔서 고맙습니다.」

마주 절을 하고서 무릎을 꿇은 채로 김민선의 남편이 말했다. 피곤해 보이는 굵은 눈알이 험악하게 인상을 쓰고 있어 부당한 위협을 받고 있는 듯한 기분이 들었는데, 그 사내는 내가 왜 왔는지 꼭 알아야겠다는 듯 잠자코 노려보고 있더니 마침 새로운 문상자가 들어오자 그제야 그쪽으로 눈길을 돌렸다. 그리고 내가 일어서자 대학 선배라고 나를 소개하고는 맞절을 하면서 고개를 폭 수그리고 있던 자기 아내를 팔꿈치로 툭툭 쳤다.

나는 통로 건너편의 넓은 접대실로 갔다. 서른 명이 넘는 문상객들이 서너 명씩 모여 앉아 술을 마시며 떠들고 있었다. 구석의 빈자리에 앉자 검은 치마 아래로 청바지가 드러난 젊은 여자가 상을 차려 주었다. 어수선하고 소란스러웠음에도 불구하고 자꾸만 오랜 기차 여행 뒤에 아는 사람이라고는 단 한 명도 없는 낯선 고장의 적막한 플랫폼에 내려선 기분이었다.

나는 플라스틱 스티로폼 대접 속의 뜨거운 육개장 국물을 떠먹었다. 그러고는 어서 취해 버리는 게 좋겠다 싶어 맥주잔에 소주를 따라 들이켰다. 조금 뒤 제단이 차려진 방에서 김민선이 목을 쭉 빼고서 나를 보더니 안으로 사라졌다. 코트와 양복 상의까지 벗고 있는데도 온몸의 땀구멍에서 끈적끈적한 땀방울이 마치 새듯이 흘러나오고 있었다. 마룻바닥 위에서 이리저리 굴러다니던 두루마리 화장지를 여러 번 뭉쳐서 얼굴과 목덜미와 손바닥의 땀을 닦고 있는데 또 김민선이 제단이 차려진 방에서 얼굴을 내밀고 나를 바라보다가 안으로 사라졌다.

맥주 한 병을 마시고 나니 취기가 몰려왔다. 몽롱한 가운데, 어느 해 겨울 밤 술을 마시던 중에 연락을 받고 문상을 갔던 일이 떠올랐다. 나도 모르게 잠들었다가 벌벌 떨면서 깨어나 보니 기적처럼 나 외에는 아무도 없었다. 그 기억의 꼬리를 물고 지난여름 땡볕이 내리쬐는 거리에서 발기한 사타구니를 가방으로 가리고 있는 나를 보고 여전히 삶의 목표를 정하지 못하고 있다며 미안해하던 민선이 생각났다.

나는 쓸쓸한 마음으로 웃음을 지었다. 스스로 있어도 그만 없어도 그만이라고 느끼는 무수한 인간 군상처럼 그야말로 있어도 그만 없어도 그만인 이른바 '잡문'을 쓰면서 이 시간 저 시간 속으로 소립자처럼 떠돌아다니고 있는 내 삶의 목표는 무엇이며 내 여로의 목적은 무엇이란 말인가.

나는 오동통한 아줌마가 되어 있는 그녀를 상대로 기이한 열정에 휩싸였던 짜릿한 감각을 떠올리면서 연거푸 서너 잔의 맥주를 들이켰다. 그리고 모든 것이 안개에 휩싸여 있는데도 대체로 낙관적이었던 대학 시절에 대한 회상에 잠겨 들었다.

깜박 졸았던 모양이다. 온몸의 열기가 머리로 치솟아 오르는 듯한 느낌과 뺨을 때리는 듯한 왁자지껄한 웃음소리에 정신을 차리고 보니 눈앞에 내 나이쯤으로 보이는 한 남자가 앉아 있었다.

그는 눈웃음을 띠고서,

「혼자이신가 본데 같이…….」

하며 자기소개를 했다. 상주와 가까운 김 뭐라고 했지만 나는 잠과 술에 취해 몽롱했던 터라 제대로 알아듣지 못했다.

내가 가만히 있자 그는 스스로 가져온 것으로 보이는 세 병의 맥주 중 하나를 따서 내 잔에 따라 주었다. 그러면서 그는 소규모로 관광버스 운수업을 하는 사람이라고 했는데, 그 말을 들은 순간 나는 왠지 즐거워져서 웃을 뻔했다. 여행 관련 글을 쓰면서도 중고등학교 때의 수학여행 이후 단 한 번도 관광버스라는 것을 타본 적이 없었는데 그런 식으로 우연히 관광버스 회사 사장님과 얼굴을 맞대게 되었으니 말이다.

나는 고개를 약간 숙인 채 웃음을 꾹 눌러 삼킨 뒤에,

「이마립입니다.」

하며 그의 잔에 맥주를 따라 주었다.

그러자 그는 잔을 손에 쥐고 잠시 기다렸다. 내 직업이 무엇인지 듣고 싶어 한다고 생각되어 나는 주로 여행 관련 글을 쓰는 논픽션 작가라고 말해 주었다. 그러면서 그가 웃음을 터뜨려 주면 좋겠다고 생각했지만 그는,

「아, 예. 그러시군요.」

하며 진지하게 고개를 끄덕이기만 했다. 그리고 우리는 잔을 비웠

고 거의 동시에 눌러놓은 돼지 머리 수육을 한 점씩 집어 먹었다.

나는 조금 놀랐다. 졸음이 완전히 가시면서 그의 얼굴에 온통 실 핏줄이 드러난 것이 보였던 것이다. 처음엔 술을 마셔서 그런가 보다고 생각했는데 그게 아니었다. 마치 가장 바깥의 살갗을 대패로 얇게 밀어 버린 것처럼 코와 뺨에 짧고 빨간 선들이 꼬불거리고 있었다. 나는 요즘은 이렇게 자정을 넘기면서까지 문상객이 자리를 지키는 경우가 별로 없지만 여기는 동네 병원이고 또 동네 사람들이 모여 있어서 그렇다는 얘기를 들으며 서너 잔 주고받는 동안 계속 그의 얼굴을 훔쳐보았다.

어느 순간 갑자기 입을 닫고는 나를 응시한다 싶던 그가 불쑥 말했다.

「제 얼굴 징그럽죠?」

「아, 뭐, 좀……。」

나는 당황하여 말을 더듬었다. 내가 취해서 잘못 보고 있는 게 아닌가 생각했지만 어쨌든 징그럽다는 느낌만은 부인할 수 없었다. 내가 뭔가 말을 하려고 계속 더듬자 그는 손바닥이 보이게 두 손을 들었다. 그러고는 마치 나를 달래려는 듯 미소 띤 분홍빛 얼굴 앞의 허공을 토닥였다. 나에게 미안해하지 말라는 신호를 보내려고. 그러고서 그는 길고 긴 말을 쏟아 놓았다.

그는 30대 초반 어느 해 가을, 약초를 얻으러 혼자 사는 산골 친구를 방문했다고 말문을 열었다. 그러나 친구는 약초를 캐러 며칠거리 길을 나선 듯 해가 지도록 돌아오지 않았다. 그래서 그는 툇마루에 왔다 간다는 메모를 남기고 멍석에 널어놓은 반쯤 마른 식물을 가져와 그날 밤 바로 달여 먹었다.

「난 삼지구엽초라고 생각했지요. 정력에 좋다는…….」

하고 그는 웃으며 말했다. 하지만 그것은 독초였고, 그는 일주일이나 사경을 헤맨 끝에 기적적으로 살아났다. 정력은 더 나아지지도 나빠지지도 않았지만 발밑에 끝이 보이지 않는 시커먼 구멍이 도사리고 있다는 강렬한 느낌을 갖게 되었다.

그는 지루할 정도로 시시콜콜 세부를 채워 가면서 대충 그런 얘기를 나에게 들려주었다. 그가 얘기하는 동안 분홍빛 얼굴과 잘 어울리는 두 개의 하얀 손바닥과 열 개의 통통한 손가락이 독자적인 생명체처럼 그의 가슴 앞에서 부지런히 움직이고 있었다. 그 하얀 손바닥과 손가락들은 마치 조그만 자전거나 자동차를 타고 끝없이 오락가락하는 요정들에게 이리 가라, 저리 가라, 하고 지시를 내리고 있는 것 같았다.

흥미로운 얘기였다. 독초를 보약으로 오인해서 달여 먹고 죽다가 살아났다는 상황 자체가 흥미로웠다. 하지만 솔직히 말해서 너무 시시콜콜 늘어놓아서 짜증스럽고 지루하기도 했다. 그래서 나는 고개를 끄덕이고, 술을 마시고, 가끔 그와 눈을 맞춰 주면서 마치 음악을 들으며 공부하는 수험생처럼 머리로는 D시 초등학교에서 발견된 유골을 생각하고 있었다.

유골의 주인인 생전의 그 여자가 스스로 땅을 파고 거기에 드러 눕지는 않았겠지, 하고 나는 생각했다. 그 생각을 붙잡고서 이런저런 여러 가지 가능한 경우를 상상해 보았다. 그러다 보니 내가 참 터무니없는 공상을 하고 있구나 싶었다. 자신이 자신을 생매장할 만한 사연이라는 것도 도무지 상상할 수 없었고, 또 설사 븐인이 구덩이를 파고 안으로 들어갔다 하더라도 자신이 자기 몸에 흙을 덮는 기술적인 문제가 있었다. 따라서 시체를 묻은 게 분명할 텐데 그렇다면 살해되었거나 병사했거나 자살했을 것이지만 하필이면 왜 초등학교 운동장에 묻었을까?

나는 한밤중에 시체를 둘러메고 초등학교 담을 넘어 들어가는 사람의 영상을 머릿속에 그리며 김 사장의 얘기가 끝나기를 기다렸다.

「이건 나의 화둡니다.」
하고 마침내 그가 말을 맺었다. 그리고 맥주를 쭉 들이켰다.

화두라는 말에 나는 전화를 받고 나서 땀을 닦고 있을 때 반짝 떠올랐던 김민선의 대학 시절 얼굴을 생각하며 그의 빈 잔에 맥주를 따라 주었다.

「그럼 얼굴은 그 독초 때문인가요?」

내가 묻자 그가 말했다.

「맞습니다. 의학적인 이유는 모르겠지만.」

그런 다음 그는 관광버스 회사 사장의 인생관이라고 할 만한 말을 하기 시작했다. 그는 먼저 이렇게 운을 뗐다.

「이 선생 글에 써도 좋습니다. 여행 관련 글을 쓴다고 해서 들려드린 겁니다. 일주일간의 긴 여행이었으니까요.」

「아, 정말 그렇군요. 일주일간의 여행…….」

그 말은 얼마간 울림이 있었다. 나야말로 세상만사 여행이 아닌 게 없다 생각하고, 또 여행 관련 잡문으로 그럭저럭 밥벌이를 하고 있는 사람이니 말이다. 그래서 나는 유쾌한 마음으로 물어보았다.

「혹시 꿈 같은 건 꾸셨는지요?」

「아뇨. 전혀 꾸지 않았어요.」

하고 그는 세차게 고개를 저었다.

「전혀요?」

「예, 전혀. 뭐, 실제로는 엄청 많이 꾸었는지도 모르죠.」

「네?」

「하지만 공백이었습니다.」

「기억이 없다는 뜻인가요?」

「그래요. 새하얀 공백이었어요. 마치 시체의 뇌처럼.」

나는 수첩을 꺼내려고 벗어 놓은 양복을 집었다가 도로 놓았다. 그리고 시체의 뇌처럼, 하고 잊어버리지 않으려고 속으로 되뇌었다.

그런데 그때 내가 전혀 생각하지 못했던 말을 그가 던졌다. 돌이켜 보면 바로 이 말이 그날 밤 그가 하고 싶었던 말이었던 것 같다.

「이 선생이 소설가라고 했으면 얘기하지 않았을 겁니다.」

「네?」

「소설은 지어낸 거니까.」

문득 아리스토텔레스의 《시학》이 오랜만에 떠올랐다. 역사는 있었던 일을 얘기하지만 문학은 있을 법한 일을 얘기한다, 그래서 문학이 더 진실한 것이다, 등등.

오늘 밤 관광버스 회사 사장님과 뜻밖의 문학 논쟁을 하게 되는가, 하고 흥미로워하며 나는 입을 열었다.

「이론가들이 흔히 하는 말인데요, 소설이 지어낸 이야기이긴 하지만 보편성이 있는 것이니까 거짓은 아니다, 그리고…….」

그는 손을 흔들면서 내 말을 잘라 버렸다. 모르는 사람에게 다소 무례한 행동이 아닌가 싶을 정도로 단호했다.

「보편성 같은 건 없습니다.」

「네?」

「그건 우리 머리가 조작해 낸 허상일 뿐이에요. 난 독초를 먹고 죽다가 살아났습니다. 이건 나에게 실제로 일어난 사건입니다. 보편성이라고는 눈곱만치도 없는 희한하고 충격적인 일들로 가득 찬 게 인생이란 말입니다. 인생은 단 한 번뿐인 개별적인 사건들의 무한한 연속이라고요. 그리고 또…….」

그렇게 한참 더 줄줄 늘어놓고 난 그는 논픽션 작가라면 자기보다 내가 더 잘 알 게 아니냐며 조롱하는 듯한 표정으로 나를 바라보았다. 그러더니 그가 정말 관광버스 회사 사장인가, 소설가가 되려다가 인내심 부족으로 실패한 사람이 아닌가, 하고 내가 의문을 품는 순간 눈가에 주름을 만들며 활짝 웃더니 일어섰다. 그리고 다시 처음처럼, 얼굴에 드러난 실핏줄을 빼고는 우리가 흔히 볼 수 있는 평범한 동네 아저씨의 인상으로 돌아가 말했다.

「아이고, 어느새 방광이 꽉 찼네요. 마, 보편성이고 개별성이고 나발이고 하여간 덕분에 즐거웠습니다.」

그런 다음 김 사장은 접대실에서 사라졌다.

조금 뒤 나는 밖으로 나가 야외 화장실로 갔다. 보편성에 대해 원한을 갖고 있는 관광버스 회사 사장은 보이지 않았다. 대신 땀과 열기와 취기에 푹 절어 오랫동안 투병 중인 환자 같은 내 얼굴이 거울 속에 보였다. 나는 진노란색 오줌을 누고 세면대의 물을 틀어 얼굴과 손을 씻고 꼼꼼하게 손수건으로 닦았다. 그런 다음 장례식장 입구에서 담배를 피우며 그의 얘기를 생각하고 있는데, 김민선이 나타났다.

「찬 공기 좀 마시려고요.」

하며 그녀는 내 옆에 나란히 서서 내가 뿜어내는 뽀얀 입김이 섞인 담배 연기를 바라보더니 내 책을 읽어 보았다고 말했다. 내가 출간한 유일한 저서인 르포집 《다른 길을 따라》를 두고 하는 말이었다.

그 책에 대해 말하자면 김 사장의 말처럼 지독하게 개별적이고 특수한 잡사들에 대한 기록이었다. 어쩌면 내가 소설가가 되지 못했기에 쓰게 된 글이라고 해야겠지만, 김 사장이라면 전혀 다르게 평가해 줄지도 모르겠다고 생각되었다.

「꼭꼭 숨겨 두었는데 용케 들켰네요.」

라고 말하자 그녀는 소리 내어 웃었다. 그리고 작은 한숨을 내쉬더니 피서철이 지난 동해안의 해변과 소나무 숲에서 주운 물건들에 대한 얘기를 인상 깊게 읽었다고 했다.

그것은 주운 물건과 관련해서 순전히 내 상상으로 사연을 짐작해 본 내용이었으니 온전히 르포라고 할 수 없는 글이었다. 하지만 상상이라는 것도 여행이라고 생각해 보면 그 여로의 기록도 일종의 르포라고 할 수 있을 것이다.

나는 그녀의 말을 들으면서 자연스럽게 관광버스 회사 사장의 말을 떠올리고 있었다. 보편성이라고는 눈곱만큼도 없는 희한하고 충격적인 일들로 가득 찬 인생, 나도 그걸 부인하고 싶은 마음은 없었다. 충격적이라고 할 것까지는 없다 하더라도 삶은 보편성이니 뭐니 논할 필요도 없이 원래부터 보편성과는 무관한 파편들로 가득 차 있는 것 같다. 하지만 바로 그래서 사람들은 단지 보고 들은 사실만 얘기하는 나와 같은 잡문 작가가 아니라, 그들이 원하는 허상까지도 얘기할 줄 아는 진짜 작가를 원하는 게 아닐까?

　조금 뒤에 김민선과 나는 헐벗은 초라한 나무들을 사열하듯 담벼락을 따라 함께 걸었다. 그녀의 어머니와 가족에 대해 궁금증이 일었지만 나는 묻지 않았다. 그녀를 취재하고 있다는 느낌을 만들고 싶지 않아서였다. 그녀에게 그런 느낌을 주지 않기 위해서라기보다도 나 자신이 그런 느낌을 갖고 싶지 않았다. 그보다도 나는 내 속에서 그녀에 대한 열정이 다시 한 번 일어나게 될까 어떨까 관심을 가졌지만 아직 그런 일은 없었다.
　병동 뒷길을 돌아 저만치 방문객 휴게실이 보이는 곳에 이르자 그녀가 말했다.
「이제 그만 돌아가세요. 실은 전화 끊고 나서 바로 다시 걸었는데 받지 않았어요. 」
「그래요? 왜 다시 한 거죠?」
「오지 말라는 얘기를 하려고요. 」
「왜요?」
「터무니없고 지나친 부탁이라고 생각되었거든요. 나를 잘 알지도 못할 텐데, 단지 대학 시절 한 동아리에 잠시 있었다는 것만으로, 게다가 난 나대로 손님 받느라 이 선배님 대할 시간도 거의 없을 거고, 선배님은 아는 사람도 없을 테고…….」
그녀는 지난여름 발기한 나를 상대로 말했을 때처럼 빠른 속도로 한꺼번에 쭉 늘어놓았다. 나는 그런 그녀의 말투를 흉내 내어 재빨리 대꾸했다.

「이렇게 잘 대접하고 있는데요 뭐. 이미 한 사람 사귀기도 했고요. 더 중요한 건 죽음과 관련해서라면 지나친 부탁은 없다는 거고요. 그게 어떤 죽음이건. 너무 교과서적인 말인가요?」

그녀는 소리 없이 맑게 웃으며 그저 바라보기만 했다. 그리고 우리는 장례식장으로 돌아왔고, 그녀는 필요한 게 있으면 자기에게 말하고 언제든 마음 편하게 돌아가라 하고는 미끄러지듯 복도를 지나 안으로 사라졌다. 그리고 다시 홀로 있으려니 갑자기 미아가 된 기분이 들었다. 그래서 김 사장을 찾아 심심풀이로 논쟁이라도 해볼까 생각하며 아크릴 안내판을 멍하니 바라보고 있었는데, 그때 사무실의 전화벨 소리가 바깥까지 크게 들려왔다.

돌아보니 청색 제복 상의를 입은 남자가 막 전화를 받고 있었다. 그는 무언가를 받아 적더니 전화를 끊고 문을 열고 나와서 검은 매직펜으로 박애자 아래 칸에 진승진이라고 써넣었다. 그러고는 담배를 꺼내 물고 불을 붙여 빨아들이더니 연기와 함께 긴 한숨을 토해 냈다. 그는 쯧쯧, 하고 혀를 차며 교통사고가 났는데 앰뷸런스에 실려서 오던 중에 사망하고 말았다고 말했다. 시선을 엉뚱한 곳에 두고 있었으나 주위에 나밖에 없었으므로 그건 분명 나를 보고 한 말 같았다.

갑자기 한 가지 생각이 떠올랐다. 그런 일은 일상에서 종종 경험하는 순간이다. 반짝, 하고 머릿속에서 불꽃이 일면서 가려져 있던 뭔가가 보이는 것 같은, 비유적으로 말하자면 돌연 이불이 확 젖혀지며 그 속에서 몰래 놀고 있던 벌거벗은 남녀의 몸이 드러나는 것 같은 그런 순간 말이다.

나는 다급하게 남자에게 물었다.

「시체는 어디에 있죠?」

「예?」

「시체는 어디에 있느냐구요.」

그러자 그는 마치 혼자만의 생각에 잠겨 있다가 방해를 받은 사람처럼 경직되며 인상을 찌푸렸다.

「제단 뒤에 있는 건 아니죠?」

내가 조급한 마음에 재차 묻자 그는 못마땅한 표정으로 나를 쳐다보았다.

「시체실에 있겠죠?」

내가 또 그렇게 묻자 그는 몸을 돌려 사무실로 들어가 버렸다. 바보 같은 놈. 그 질문이 왜 그를 그렇게 화나게 만들었는지 알 수 없었다. 그 바보는 사무실 유리 너머로 나를 힐끔 쳐다보더니 어디론가 전화를 걸었다. 그러고는 몇 마디 주고받은 끝에 사무실 문을 깨부수고 쳐들어가 주먹으로 주둥이를 갈겨 주고 싶을 정도로 경망스럽게 웃음을 터뜨렸다.

나는 그를 한참 노려보다가 바깥으로 나와 쓰레기통 옆에 서서
D시 초등학교에서 발견된 유골을 생각하기 시작했다. 조금 전 머
릿속에서 반짝, 하고 불꽃이 일었을 때, 그 유골을 둘러싼 세인의
관심이란 것이, 나 같은 잡문 작가의 관심까지 포함해서, 시체가 없
는 제단 앞에서 벌어지는 조문 풍경과 닮았다는 생각이 들었던 것
이다. 말 많고, 소란스럽고, 때론 엄숙하고, 때론 분주하지만, 아무
리 그래 봤자 그 모든 움직임의 원인인 시체와 유골에는 가 닿지
못한다. 아니, 그것들은 언제나 저만치 떨어진 곳에 있으며 언제나
텅 비어 있다. 때문에 시체가 어디에 있느냐고 물었던 것인데, 그
바보는 단지 「예?」라고만 하고는 나를 외면해 버렸다.

어쩌면 김 사장도 동의해 주리라고 나는 생각했다. 우리가 삶이
라고 부르는 온갖 춤들도 다 그런 것임을. 언제나 분주하고, 언제
나 소란스럽지만, 언제나 저만치 떨어진 곳에 있고, 텅 비어 있고,
결국 아무것도 없다. 독초를 달여 먹고 죽을 뻔하다 살아난 김 사
장에게도 삶이란 초등학교 운동장에서 발견된 영문을 알 수 없는
유골이나 시체가 없는 제단 앞의 소란 같은 것이었을 것이다. 보편
성에 대한 그의 원한과 조롱도 그런 것이었을 것이다.

김민선이 다시 나타나는 바람에 나는 생각을 접었다.
「꼭 나를 감시하는 것 같네요?」
내가 농담을 하자 그녀는 미소를 지으며 하품을 했다. 그러고는

동네 사람들 때문에 밤을 새워야 한다면서 조금 전에 우리가 걸었던 병동 뒤편 길로 나를 이끌었다.

「내가 알아서 가겠다고 했잖아요?」

내가 말하자 그녀는,

「그게 아니고요, 잠깐만 좀 도와주세요.」

하고 말했다.

「무슨 일이죠?」

그녀는 졸음이 쏟아져 견딜 수가 없다고 했다.

「이러다 까무러치겠어요. 헛것도 보이고. 잠깐만 눈 좀 붙여야겠어요.」

가게는 문을 닫았지만 휴게실은 개방되어 있었다. 구석에 세 대의 자판기가 있고, 여러 개의 갈색 소파와 식대처럼 생긴 기다란 탁자가 하나 있었는데, 똑같이 한쪽 다리에 깁스를 하고 환자복을 입은 두 남자가 그 앞에 서서 컵라면을 먹고 있었다. 교통사고로 장기 입원 중인 사람들로 보이는 그들은 큰 소리로 말을 주고받고 있었으나 우리가 들어선 이후 입을 닫고 먹는 일에만 몰두했다.

김민선은 바로 그 휴게실 구석의 소파에 드러눕자마자 잠들어 버렸다. 등받이를 향해 모로 누운 그녀는 조그맣게 코 고는 소리를 냈다. 대학을 졸업한 뒤 여섯 가지 직업을 가져 보았지만 아직도 삶의 목표를 세우지 못했다고 생각하고 있으며, 그래서였는지 하필이면 한창 뜨거운 여름날에 아마도 젊은 날을 그리워하며 캠퍼스를 찾았을 그 자그마한 육체가, 자기 속으로 들락거리는 공기를 따라 부풀어 올랐다 줄어들었다 하는 모습을 나는 지켜보았다.

그녀의 말이 귓가에 맴돌고 있었다.

「꼭 30분이에요. 잊지 마세요.」

참으로 기묘한 밤이라고 나는 생각했다. 이런 밤을 누가 연출할 수 있을까? 한 번뿐인 인생의 이토록 줄기차게 이어지는 여로에서 이런 기이한 부탁을 받아 보는 사람이 몇이나 있을까? 김 사장의 말처럼 그것이야말로 내 인생에서, 아니 전 우주의 시간에서 단 한 번뿐인 개별적인 사건이었다.

시계를 보니 5분이 지나 있었다. 25분이 남았군, 하고 나는 흐뭇하게 생각했다.

다리에 깁스를 한 두 남자가 서로를 지팡이처럼 의지하며 떠난 뒤 나는 밖으로 나가 담배를 피우고 맨손 체조를 했다. 그리고 안으로 들어와 새근새근 잘 자고 있는 김민선을 잠시 내려다보다가 자판기에서 커피를 뽑아 다시 밖으로 나갔다. 가로등 하나가 깜빡거리더니 금방 꺼져 버릴 것처럼 파르르 떨다가 원래대로 돌아왔고, 택시에서 내린 사람들이 웅성거리며 허둥지둥 병동 안으로 들어갔다. 장례식장 안내판에 새로 기입된 진승진을 생각하며 홀짝홀짝 커피를 다 마신 뒤에 나는 휴게실 안으로 들어갔다.

김민선은 자세를 바꾸어 다리를 곧게 펴고 두 손을 저고리 안으로 넣어 젖무덤을 쥔 듯이 한 채 똑바로 누워 있었다. 분을 바른 것처럼 얼굴이 창백했으나, 숨소리는 고르고 조용했다. 잠든 지 15분이 지나 있었다. 술이 깨면서 한기가 느껴져 나는 휴지로 목덜미의 땀을 닦고 매점 앞 계산대에 버려진 신문을 주워 그녀 곁으로 돌아갔다. 그사이 그녀는 다시 소파 등받이 쪽으로 몸을 돌린 채 다리를 구부리고 있었다. 나는 진작 생각하지 못했던 것을 자책하면서 외투를 벗어 덮어 준 뒤에 신문을 펼쳐 들었다.

찢어지고 구겨진 신문에 뜻밖의 글이 하나 실려 있었다. D시 초등학교에서 발견된 유골에 대한 칼럼이었다. 매일 필자가 바뀌는 '창문'이라는 난에 실린 것으로, 필자는 꽤 많은 고정 독자를 거느린 탐정 소설가 오목련이었다. 그는 확고한 존재의 근거를 갖고 있지 못한 현대인에 대한 감상을 얘기하면서, D시 초등학교에서 발견된 유골을 둘러싼 대중의 관심을 하나의 사례로 이용했다.

오목련 씨는,

'왜 우리는 우연히 발견된 유골에 대하여 그토록 흥미를 느끼고 관심을 갖는 것일까? 왜 우리는 그 미지의 유골 뒤에 놀랍고, 신비롭고, 진기한 사연이 숨어 있기를 기대하는 것일까?'

라고 묻고 나서, 우리가 존재의 알리바이로 삼을 만한 아무런 이야기도 가지고 있지 않아 그렇다고 진단했다. 때문에 우리들의 삶에서 전혀 비본질적인 삽화에 지나지 않을 극히 조그만 미스터리에 현혹되어 그 궁금증이 어서 풀리기를, 마치 자기 존재의 근본 이유를 갈망하듯 흥분하며 고대한다는 것이다.

'우리들 개개인과 우리들 개개인의 집합인 사회 전체에 퍼져 있는 불안하고 파편적인 모호함을 미지의 유골에 투사하고, 그 놀라운 비밀이 밝혀져 우리를 둘러싼 존재의 안개가 걷히기를 우리는 기대하고 있다.'
라고 오 작가는 썼다. 그리고 그것은 '안타깝게도 부질없는 기대일 뿐'이라고 결론지으면서 이렇게 솔직하게, 아니 어쩌면 능청스럽게 덧붙였다.

'이렇게 쓰고 보니 탐정 소설이라는 내 밥벌이의 밑천을 까발려 버린 꼴이 됐다. 하지만 나는 걱정하지 않는다. 무엇을 아는 것과 무엇을 기대하는 마음은 따로따로 노는 경향이 있기 때문이다.'

나는 관광버스 회사 김 사장은 이 글에 대해 어떻게 생각할까 궁금해하며 오목련 씨의 칼럼을 찢어서 주머니에 넣었다. 독초를 달여 먹고 죽다가 살아난 일은 내 인생에서 어떤 의미를 가지는 것일까, 하고 그는 수도 없이 질문해 보았을 것이다. 그 사건의 배후에 무엇이 있는지, 혹시 어마어마한 계시는 아닌지 하고. 그러다가 아무것도 없다는 사실을 깨닫고 기대를 접었을 것이다.

조금 뒤 나는 생각이 바뀌어 주머니에 넣었던 오목련 씨의 글을 꺼내 꼬깃꼬깃 접어 내던져 버렸다. 내 주머니에 그의 글을 보관하는 것은 여행 전문 논픽션 작가로서 '우리들의 삶에서 전혀 비본질

적인 삽화에 지나지 않을 극히 조그만 미스터리'를 미끼로 많은 독
자들의 코를 꿰어 거느리고 있는 탐정 소설가에 대한 지나친 대접
이라고 생각되었던 것이다.

　자, 이제 김민선을 깨워야 했다. 나는 그녀의 몸에 덮여 있는 외
투를 벗겨 내 몸에 걸쳤다. 그러고는 자그만 한쪽 어깨를 잡고 가
만히 흔들었다. 반응이 없었다. 나는 다리를 곧게 편 뒤 아래로 손
을 넣어 두 어깨를 잡고 몸을 돌려놓았다. 그러고서 휴지로 이마에
맺힌 땀을 닦아 주었다.
　그녀는 여전히 깨어나지 않았다. 손가락으로 마른 입술을 살며
시 만져 보았다. 그리고 그녀의 얼굴 가까이 내 얼굴을 대고 그녀
가 뿜어내는 숨소리를 들었다. 나는 좀 더 가까이 다가갔다. 입술
이 닿았다. 까칠했다. 밥풀이 말라붙은 밥그릇이 생각났다.
　돌연 숨을 멈춘 것처럼 아무 소리도 들리지 않았다. 나는 눈을
감았다. 다시 숨소리가 들려왔다. 콧구멍에서 뿜어져 나온 공기가
내 얼굴 위로 미끄러져 갔다. 내 몸은 특별히 싸늘하진 않았지만
뜨거워지지도 않았다. 나는 상체를 일으켰다.
　10초쯤 뒤에 그녀가 슬며시 눈을 떴다. 그 순간, 엷은 분홍빛으
로 물든 두 눈과 화장기 없는 맨살의 얼굴에 묻혀 있던 스무 살 시
절의 어린 그녀가 언뜻 보인 듯했다. 하지만 그녀는 곧 자기 좌표
를 몰라 어리둥절해하는 오동통한 아줌마로 변해 있었다. 그러곤

새까만 눈동자에 미소를 머금는가 싶더니 재빨리 일어나 앉으며
옷매무새를 고쳤다.

「꿈을 꾸었어요.」
하고 그녀는 내가 뽑아다 준 커피를 마시며 말했다.
「자취하던 집 마당으로 들어섰는데, 밥을 짓고 있었어요.」
「누가요? 내가요?」
「네. 돌 위에 검은 솥이 놓여 있었고…… 대학 때 얘기예요.」
「다음 장면은요?」
나는 그 풍경을 상상해 보다가 물었다.
「그냥 웃고 있었어요.」
「그냥 웃어요?」
「네.」
「민선 씨를 보고요?」
「아뇨. 나는 쳐다보지 않고 다른 쪽을 보고 있었어요.」
「다른 쪽에 무엇이 있었는데요?」
「그건 모르겠어요. 더 이어지지 않았으니까.」
그녀는 커피를 한 모금 마시고 나서 장난스레 말했다.
「다른 여학생을 보고 있었겠죠 뭐. 아니에요?」
나는 그녀를 바라보며,
'사실은 당신을 보고 있었는데……'

라는 말을 혓바닥 위에서 굴리다가 삼켜 버렸다.

「글쎄요, 내 꿈이 아니어서…….」

내가 말하자 그녀는 소리 내어 웃었다.

우리는 병동 모퉁이를 돌아섰다. 장례식장 입구의 하얀 가로등 불빛 아래 장의차 한 대가 서 있었다. 희뿌연 빛과 어둠 속에서 헐벗은 가로수들이 더욱 가늘게 졸아 든 것처럼 보였다. 뒷길 중간쯤에 이르렀을 때 나는 멈춰 서서 담배를 붙여 물고 이제 돌아가겠다고 말했다. 그러면서 혹시 D시 초등학교에서 발견된 유골에 대해 아느냐고 물어보았다.

그녀는 고개를 끄덕이면서,

「어찌 보면 우리 모두가 실종자들이 아닐까 싶어요.」

하고 말을 이었다.

「신문에서 처음 봤을 때 그 생각을 했어요.」

「아주 고차원적인 말인데요?」

나는 탐정 소설가 오목련과 독초를 달여 먹고 죽다가 살아났다는 김 사장을 떠올리며 말했다.

「달빛 소리 모임 때 이 선배가 그런 말을 했어요.」

그녀가 말했다.

「내가요?」

「네. 입대하기 전에.」

「와우, 내가 그런 깜찍한 소리를 했다고요?」

「세월이 많이 흘렀죠?」

그녀는 다시 걸음을 떼어 놓으며 말을 이었다.

「오늘 와주셔서 정말 고마워요.」

「난 밤이고 낮이고 돌아다니는 게 전공인데요 뭐.」

「그래도…… 불침번 고마웠어요.」

그녀가 손을 내밀어 우리는 악수를 나누었다. 그녀의 손은 싸늘했다. 따뜻해질 때까지 꼭 잡아 주고 싶었으나 그녀가 서두르는 바람에 나는 놓고 말았다.

「제 인생에 큰 힘이 될 것 같아요.」

그녀가 말했다.

김민선이 건물 안으로 사라진 뒤에 나는 소리 내어 〈안개〉를 흥얼거리기 시작했다. 휴게실에서 오목련 씨의 칼럼을 읽은 뒤부터 그 선율이 뇌리를 떠나지 않고 있었다. 나는 그녀의 전화로부터 시작되어 그 시간까지 흘러온 나의 행로와 마음의 풍경들을 되짚어 보았다. 그러면서 습관적으로 수첩을 꺼냈지만 아무것도 적지 못하고 도로 집어넣었다.

갑자기 입구 안쪽이 부산스러워 돌아보니 관을 든 사람들이 나오고 있었다. 나는 얼른 옆으로 비켜서서 그들을 지켜보았다. 영정을 든 소년을 선두로 해서 대여섯 명이 관을 들고 있었고, 그 뒤에 아홉 명의 남녀가 따르고 있었다. 그들은 서둘러 대기 중인 장의차에 관을 싣더니 모두 차에 올랐다. 왜 이렇게 한밤중에 떠날까 생각하는데 누군가가 내 뒤편에서 말했다.

「정해진 시각에 묻으려나 보네요.」

오싹해져서 돌아보니 바로 김 사장이었다. 그가 병동 모퉁이를 돌아 사라지는 장의차를 바라보며 다시 말했다.

「장지가 멀리 있나 보네요. 예닐곱 시간 가야 하는 곳에.」

나는 문득 서늘한 현기증을 느꼈다. 내 속을 짐작한 듯 답변을 던진 김 사장 때문이 아니었다. 무엇 때문인지 갑자기 내 주위의 모든 것이 사라져 버릴 것만 같았다. 등 뒤에 큰 건물이 있고, 바로 눈앞에 담벼락과 야외 화장실이 있고, 그 너머로 주택이 빽빽이 펼쳐져 있는데도 불구하고 마치 내 몸을 가릴 나무 한 그루 없는 텅 빈 추상의 공간에 서 있는 것 같았다.

나는 무거운 피로감을 느끼며 쓰러지듯 회색 콘크리트 벽에 기대섰다. 그리고 눈을 감고 하나, 둘, 셋, 넷, 다섯, 여섯, 일곱, 여덟, 아홉…… 하고 뜻 없이 숫자를 헤아려 갔다. 한참 지나자 싸늘한 냉기가 외투를 뚫고 들어와 썰물처럼 빠져나가고 있던 나의 현실감을 조금씩 되살려 주었다. 그것이 왠지 하얀 섬유 다발처럼 느껴졌다.

5분, 어쩌면 10분쯤 흘렀던 것 같다. 후둑후둑 빗방울이 떨어지기 시작했다. 나는 처마 밑으로 몇 걸음 물러서서 뿌얀 가로등 불빛을 지나 어두운 시멘트 바닥으로 추락하는 빗방울들을 바라보았다. 자, 이제 집으로 돌아가야지, 하고 나는 절실하게 생각했다. 문을 열고 들어가서 불을 켜면 내가 좋아하는 방식대로 놓여 있는 물건들이 보일 것이고, 김민선의 전화를 받고 몸만 빠져나온 이부자리 속으로 들어가면 내 체취를 맡을 수 있을 것이고, 그러면 나는 안심하고 잠들 수 있을 것이다.

김 사장이 다시 나타났다.
「으슬으슬한데요?」
라면서 그는 우산을 구했으니 함께 쓰자고 했다. 머리가 좀 젖은들 어떠랴 싶었지만 나는 그가 하자는 대로 했다. 우리는 택시를 타기 위해 본관 병동 옆으로 통하는 좁고 어둑한 계단을 걸어 올라갔다. 그때 그가,
「혹시 여자 분과는 특별한 사이세요?」
하고 갑자기 물었다.
「예? 누구요?」
「김민선 씨요. 아닌가요?」
「왜 그런 말을 하시죠?」
「그냥 해보는 말입니다.」
「그냥이라구요?」
「굳이 말하자면 댁을 바라보는 눈빛이 남달라 보였다고 할

까…….」

「제 눈빛이 아니고요?」

나는 농담조로 대꾸하고는 덧붙였다.

「제대로 알지도 못합니다. 그냥 대학 선후배죠.」

「본인이 모른다고 꼭 모르는 건 아니죠.」

「무슨 뜻이죠?」

「상대는 잘 알 수도 있으니까요.」

그래, 어쩌면 그럴 것이다. 대학 시절 내가 그녀를 좋아했듯 그녀도 나를 좋아했을 것이다, 어쩌면. 그래서 지금까지도 그녀의 마음에는 내가 남다른 사람일 것이고, 그래서 내가 자기 때문에 발기한 것도 모르고 삶의 목표 운운했을 것이고, 그래서 연락 한 번 없다가 느닷없이 문상을 와 달라고 전화했을 것이고, 그래서 잠든 자기를 지켜 달라고 했을 것이다. 하지만 우리는 오래전에 이미 다른 길을 걷기 시작했다. 그 시간을 돌이킬 수는 없다. 가다 보면 오늘 밤이나 지난 여름날처럼 어디에선가 길이 겹쳐져서 우리가 상상도 하지 못했던 방식으로 또다시 만나게 되겠지만…….

내가 아무 대꾸도 하지 않자 그는 입을 다물었다. 그 침묵에 대해 나는 고맙게 생각했다. 나는 택시에 오르기 전에 그에게 물어보았다.

「김 사장님은 어떤 분이시죠?」

그러자 그는,

「뭐, 그저 나그네죠.」

라며 빙그레 웃었다. 나그네. 그건 아주 마음에 드는 대답이었다.

　나는 택시 뒷좌석의 등받이에 기대면서 눈을 감았다. 금세 잠이 들어 버릴 것 같았다. 과연, 나는 우리에게서 저만치 떨어져 있는 그 유골의 사연이, 말 많고 소란스럽지만 텅 비어 있는 그 유골의 사연이 영원히 밝혀지지 않았으면 좋겠다고 생각하면서 잠이 들었다.

　꿈에 장례식장 사무실의 그 바보가 보이더니 이어서 살며시 웃고 있는 김민선이 보였다. 그리고 그녀 앞에 한쪽 무릎을 꿇은 남편의 뒷모습도 보였다. 나는 그가 무슨 일을 하고 있는지 보고 싶어 가까이 다가갔다. 그러고는 그녀가 내민 손을 잡았는데 그때 그녀의 신발 끈을 매주고 있던 그녀의 남편이 벌떡 일어나 나의 따귀를 때렸다. 그가 그럴 만하다고 생각되어 나는 반발하지 않았다. 다만 내가 맞고 있는 것을 김민선이 보아 주기를 기대했다. 그러나 애석하게도 그녀는 돌아서 있었다. 관광버스 회사 김 사장만이 웃으면서 나를 바라보고 있었다.

반월성에서

좋군요. 풍경도 좋고, 술도 좋고, 우리 둘의 만남도 좋고 다 좋습니다. 저 달 좀 보세요. 투명한 비단을 자꾸만 뿌려 대고 있네요. 맞아요. 여기 반월성 같은 곳에서만 맛볼 수 있는 달이죠. 서울에서야 어림도 없죠.

이마립 씨라…… 여행 전문 작가라니 나처럼 세상을 많이 헤매고 다니겠군요. 네, 동의합니다. 헤맨다는 건 자유롭다는 것이기도 하죠. 자유롭지 않은 자가 어떻게 감히 헤맬 수 있겠어요. 폐쇄 회로 속의 노예처럼 오로지 그 회로만 돌고 돌 뿐이죠.

그런데 이곳엔 어쩐 일로……? 아, 그렇군요. 사진작가들과 함께 하루를 남산에서 헤매다가 홀로 떨어져 나왔군요. 고독이 그리워서 말이죠? 이해합니다. 사람들과 함께 있다 보면 고독이 그리워지죠. 그래서 천상천하 유아독존의 마음으로 타자의 시선이 절멸된 투명한 외로움에 잠겨 보겠다고 이곳을 찾았군요.

하지만 아무리 마음을 독하게 먹어도 대번에 사람이 그리워질 텐데요? 혼자 있다고 해서 내 속에서 나를 바라보는 무수한 눈들까지 없애 버릴 순 없는 일이라 온전한 혼자란 불가능한 것이기도 하고요.

나도 그렇습니다. 지독한 고독을 맛보려고 이곳을 찾지만 언제나 그리움에 사무치게 되지요. 달과 술과 더불어 꿈인 듯 현실인 듯 분간이 되지 않는 몽환 상태에 빠져서 말이죠. 그러면 어느새 신라에 호적을 둔 예쁜 처녀 귀신이라도 찾아 주었으면, 하고 은근히 바라게 되죠.

무슨 소리냐 하면 그래서 제가 나타났다는 말씀입니다. 여자가 아니어서 죄송합니다만 후회하지 않을 만한 얘기를 하나 들려 드리지요. 겸손의 미덕을 모르는 바는 아니지만 이렇게 말하고 싶군요. 사람이 사람을 만나는 거야 흔히 있는 일이고, 또 이 선생 같은 여행 전문 작가가 여행지에서 우연히 사람을 만나는 거야 흔한 일이겠지만 오늘 선생께서 나를 만난 건 분명 행운입니다.

하하, 맞아요. 농담을 겸해서, 요컨대 조금은 내 값을 높여 보자는 수작입니다만, 두고 보세요, 나중엔 내 이야기가 정말이라고 생각할 겁니다. 정말로 아주 흥미로운 이야기를 들려 드릴 테니까요.

내 이름은 말하지 않겠습니다. 나중에 나와의 여로에 대해 글을 쓰게 되면 가짜로 하나 만들어 붙여 보세요. 괜찮습니다. 이름을 뭐라고 붙이건 좋습니다. 이건 모든 사람들의 얘기일 수 있으니 내 이름이 아니어도 좋습니다. 신라인들 스타일로 한번 만들어 보세요.

아, 선생께서도 그렇게 느낀다면 그냥 '사내'라고 하면 되겠군요. 구체적인 누구도 아니지만 모든 자인 사람, 어떤 사내. 선생처럼 어떻게 보면 마흔 아래 같고 또 어떻게 보면 마흔을 훨씬 넘긴 것 같은 나이의 어떤 사내. 괜찮군요. 아니면 용감하게 귀신이라고 하시든지요.

자, 그럼 선생 곁에 좀 눕겠습니다. 선생처럼 편안하게 드러누워 달을 바라보며 이야기를 시작하지요. 들어 보세요.

어떤 사내가 있었습니다. 우리가 방금 동의한 그런 의미의 어떤 사내입니다. 그는 어느 한여름 밤에 홀로 술을 마시다가 소변을 보기 위해 화장실을 찾았습니다. 이건 술을 즐기는 사람이라면 누구나 하는 일이지요. 선생 식대로 말하자면 떠났다 돌아왔다 하는, 자꾸만 반복되는 극도로 짧은 여행 말입니다.

화장실은 주점 밖, 그 건물의 2층으로 통하는 어두컴컴한 계단의 중턱에 있었습니다. 사내는 밖으로 나갔습니다. 그리고 하나 둘 계단을 올라가서 문을 열고 기계적으로 지퍼를 내렸습니다. 그러고서 당연히 오줌을 갈겼습니다. 그런데 희끄무레한 무엇인가가 눈길을 끌어 황급히 오줌 줄기를 끊고 내려다보니 거기에 달이 있었습니다.

이상하지요? 사내는 놀랐습니다. 아니, 어떻게 이런 일이, 하며 그는 눈을 끔벅거렸습니다. 그리고 반가운 듯 중얼거렸습니다. 오, 여기서 달을 보게 되다니. 그러면서 취한 눈에 잔뜩 힘을 주고 다시 자세히 보니 웬걸, 그것은 누군가의 엉덩이였습니다. 방금 전만 해도 광 속에 갇힌 달 같았는데 말입니다.

사내는 바짝 긴장했습니다. 머리털이 바늘처럼 곤두서는 것 같았지요. 사람의 몸에 오줌을 갈겼으니까요. 그는 그래도 혹시 헛것을 본 게 아닌가 하고, 아니 헛것을 본 것이기를 기대하면서 오른쪽 어깨에 닿아 조금 열려 있던 나무 문을 활짝 밀어젖혔습니다. 하지만 그건 의문의 여지없이 하얀 엉덩이였습니다.

다시 한 번 꿈인가, 하고 자신의 감각에 의문을 표할 만도 했지만 사내는 그러지 않았습니다. 틀림없는 엉덩이가 사내의 눈 바로 아래에 있었으니까요. 오, 무슨 이런 희한한 일이 다 있을까, 하고 사내는 중얼거렸습니다. 그리고 잠깐 사이에 점점 더 밝게 빛을 키워 가는 엉덩이의 주인을 유심히 내려다보았습니다.

그는 변기의 전방 돌출 부위에 정확하게, 그가 죽어서 썩으면 해골바가지가 될 머리를 올려놓은 채 고꾸라져 있었습니다. 변을 보다가 그대로 엎어진 듯했지만, 잠이 들었는지 죽었는지 알 수가 없었지요. 꼼짝도 하지 않았으니까요. 사내의 심장 박동이 플랫폼을 빠져나간 기차처럼 점점 속도를 높여 갔습니다.

사내는 어떻게 해야 할지 알 수가 없었습니다. 속수무책으로 바람에 나뭇잎이 떨듯 그의 내면이 파르르 떨리는 걸 지켜보았습니다. 그리고 잠시 눈길을 거두었다가 다시 엉덩이를 내려다보았습니다. 그러고는 안간힘을 다하여 슬며시 문을 닫은 다음 재빨리 2층과 3층 사이에 있는 화장실로 도망쳐서 볼일을 보았습니다.

다행히도 거기에는 달이 없었습니다. 그러나 방광에 힘을 주는 내내 눈앞에 달이 어른거렸습니다. 그 달 때문에 사내는 오줌을 다 버리고도 바로 내려갈 수가 없어 귀를 기울였습니다. 아래에서 비명이라도 좋으니 무슨 소리라도 들려오기를 간절히 기대하고 있었지요.

그러기를 한참 지난 뒤였습니다. 안 되겠다 싶어 다시 2층 계단으로 내려서려 하는데 마침내 아래에서 목소리를 한껏 죽인 채 속삭이는 두 남자의 말소리가 들려왔습니다.

야, 이리 좀 와봐.

왜 그래?

안에 사람이 있어.

뭐?

모르고 갈겼어. 어떡하지?

어디…… 하, 더럽게 퍼마셨군.

야, 어떡해?

뭘 어떡해 인마?

혹시 죽은 거 아냐?

야야, 재수 없으니 빨리 가자.

이어서 탕, 하고 문이 닫혔고, 돌연한 정적이 해일처럼 밀려와 사내를 뒤덮었습니다. 사내는 잠시 얼어붙은 듯 서 있었습니다. 그러다가 갑자기 아래로 뛰기 시작했습니다. 가만히 있으면 숨이 막혀 질식할 것만 같았기 때문입니다. 그는 한꺼번에 서너 개의 계단을, 거의 눈을 감은 채 자신이 무엇을 하고 있는지 모를 지경으로 황급히 계단을 내려와 주점으로 들어갔습니다. 그리고 마치 못 볼 꼴을 본 사람처럼 벌컥벌컥 술을 들이켰습니다. 그를 따라와 머리 위를 선회하고 있는 하얀 달을 불길하게 바라보면서 말이지요.

얼마 뒤에 사내는 주점을 나서서 거리를 돌아다녔습니다. 달이 집요하게 사내의 머리 위를 빙글빙글 돌고 있었습니다. 사내는 그 달 때문에 곧바로 귀가하지 못하고 이리저리 걸어 다녔습니다. 달은 그림자처럼 사내를 따라다녔습니다. 그림자라고 하기엔 그것은 기이한 그림자였습니다. 사내의 다리로부터 지상으로 늘어진 것이 아니라, 사내의 머리로부터 얼마쯤 뛰어오른 허공에 달라붙어 한 치의 빈틈도 없이 사내와 동행했으니까요.

시간이 지나면서 머리 위를 선회하던 달은 점점 더 확실하게 자리를 잡아 갔습니다. 그러다가 마침내 달은 사내의 정수리에서 이마 쪽으로 약간 나온 허공에 첩보 위성처럼 자기 자리를 잡았습니다.

하지만 사내는 달을 똑바로 볼 수 없었습니다. 사내가 고개를 뒤로 젖히거나 눈을 위로 치켜뜨면 꼭 그만큼 달이 뒤편으로 달아났기 때문이지요. 사내가 볼 수 있는 것은 사내의 눈썹 위로 폭포처럼 떨어져 내리는 하얀빛의 다발뿐이었습니다.

사내는 두어 시간이나 행려병자처럼 걸어 다닌 후에야 마침내 지친 육신을 택시에 실었습니다. 택시에서도 달은 떨어지지 않았습니다. 택시에서 내려 큰길을 건널 때에도 달은 사내와 함께 차를 내려 큰길을 건넜습니다. 사내는 집을 향해 걸었습니다. 골목은 캄캄했습니다. 그러나 머리 위에서 쏟아지는 달빛 때문에 사내는 눈이 부셨습니다.

집 앞에 도착했을 때 사내는 집을 나서며 보았던 하늘의 달에 생각이 미쳤습니다. 하지만 하늘을 향해 고개를 쳐들고 아무리 찾아보아도 눈부신 달빛 때문에, 그의 머리 위에서 쏟아지는 폭포 같은 달빛 때문에 그 빛의 울타리 너머는 아무것도 보이지 않았습니다.

내가 네 머리 위에 있는데 너는 왜 다른 데서 나를 찾으려고 하는 거지? 하고 달이 사내에게 말하는 듯했습니다.

사내는 단념하고 집으로 들어갔습니다. 현관문을 열자 뜨거운 열기가 뿜어져 나왔습니다. 사내는 옷을 모두 벗고, 창문을 모두 열고, 욕조에 냉수를 가득 받은 뒤 그 속에 잠겼습니다. 눈을 감아도, 물속으로 머리를 담가도, 휘영청 밝은 달은 떨어지지 않았습니다.

사내는 제대로 잠을 잘 수 없었습니다. 사내가 누우면 사내가 누운 그 각도 그대로 달도 사내의 머리 뒤편으로 드러누웠으며, 사내가 이불을 벽에 쌓고 거기에 비스듬히 기대면 달도 사내가 하는 꼭 그대로 비스듬히 기댔으니까요.

사내는 벽에 머리를 바짝 대고 누워 보았습니다. 그랬더니 아주 잠깐 사라진 듯했다가 달은 이내 더 밝은 빛의 세례를 눈썹 위로 퍼부었습니다. 밀가루처럼 달빛이 마구 떨어져 내렸습니다. 벽과 머리 사이에 달이 있는 것이라면 그 짧은 거리 때문에 빛의 강도가 세어진 것일 수도 있으련만, 사내는 내가 잔머리 굴린 것에 대해 달이 이렇게 보복하는구나, 하고 생각했습니다.

그렇게 환한 달빛 속에 얼굴을 담근 채 사내는 비몽사몽의 밤을 보냈습니다. 그리고 정오가 다 되어서야 지친 육신을 일으켜 세웠습니다. 목욕을 하고, 식은 밥을 먹는 둥 마는 둥 몇 술 뜨고 집을 나서니, 밖에서는 뜨거운 한여름의 태양이 사내를 기다리고 있었습니다. 그놈도 밤의 달처럼 눈썹 위로 마구 빛 가루를 퍼부었습니다.

잠깐잠깐 달이 사라졌다는 착각이 들었습니다. 하지만 그것은 땡볕 때문이었습니다. 응달로 들어서면 달은 사내의 미망을 탓하며 햇빛이 아닌 달빛의 위세를 과시했습니다. 그래도 사내는 달을 떼어 냈다는 가짜 안도감을 가져 보려고 넓은 공지의 땡볕 속을 몇 시간이나 서성거렸습니다. 그 바람에 사내는 완전히 녹초가 되어 버렸습니다.

사내는 다시 집으로 돌아왔습니다. 달도 함께 집으로 돌아왔습니다. 사내는 욕조에 냉수를 받고 그 속에 잠겼다 나왔다 했습니다. 달도 함께 물속으로 들어갔다 나왔다 했습니다. 그사이에 해가 기울었고 어둠이 밀려왔으며, 달은 점점 더 밝게 떠올랐습니다.

한 달이 지나갔습니다. 그런 낮과 밤을 한 달간 보내면서—생각해 보세요 한 달입니다—사내는 그 밝은 빛의 세례 속에서 자연스럽게—어쩌면 강요에 의한 것일 수도 있다는 점에서 어쩔 수 없이, 라고 해야 옳겠지요—똥과 오줌 따위의 배설에 대해 생각하게 되었습니다.

기억이 가물가물한 어린 시절, 사내는 똥통에 빠져 삶의 불가해함과 분함의 감정이 가득 담긴 울음을 터뜨린 적이 있었습니다. 또한 그 시절에는 언제나 똥통에도 화장실 바닥에도 높은 곳을 향해 끝없이 기어오르는 구더기들이 있었는데, 저것들은 왜 자꾸만 위로 위로 기어오르는 것일까, 라는 의문을 가지기 시작했을 나이에, 사내는 그들이 높이 높이 기어오르고 있는 밤에 동네의 또래 녀석들과 어울려 사람 왕래가 잦은 길에 구덩이를 파고 똥물을 넣어 겉으로는 알아볼 수 없는 함정을 만들곤 했습니다. 그리하여 더 늦은 밤, 혹은 다음 날 아침, 남자 혹은 여자가 똥구덩이에 빠져서 산다는 것이 싫어지고 불가불 인간을 향하여 적의를 품게 되는 순간, 숨어서 지켜보던 사내는 만세를 부르며 달아나곤 했습니다.

코딱지를 파내어 아무 데로나 튀겨 버리고, 튀긴 그것이 남의 등이나 팔 혹은 머리카락 따위에 달라붙는 것을 사내는 분명히 목격한 바 있었습니다. 사내는 또 돌연히 재채기를 하느라 바람과 함께 튀어나와 아래로 늘어진 기다랗고 끈끈한 콧물을 손가락으로 국수처럼 말아 대학 도서관 서가의 두꺼운 책에다 문질러 버리기도 했습니다. 노상 방뇨의 횟수는 헤아릴 수가 없을 정도였지요.

그렇게 지난 세월을 반추하며 한 달을 보낸 뒤 밤이 깊어 마침내 사내는 집을 나섰습니다. 사내는 주저하지 않고 문제의 주점이 있는 그 건물로 갔습니다. 그러나 그는 주점으로 들어가지 않았습니다. 그는 엉덩이를 보고 도망쳤던 바로 그 화장실로 갔습니다. 그리고 엉덩이를 깐 다음 하루 종일 참아 온 똥을 누었습니다.

사내는 똥을 다 눈 뒤에도 거기에 계속 남아 있었습니다. 바로 그 남자처럼, 꼭 그때의 그 남자처럼, 사내가 죽어서 썩으면 해골바가지가 될 머리통을 변기 돌출부에 대고 엉덩이를 달처럼 빛내면서, 어둠과 똥 냄새 속에 오금의 저린 통증을 견디면서, 누가 와서 그의 등에 오줌을 갈겨 주고, 누가 와서 못 본 척 도망쳐 주고, 더불어 머리 위에 달라붙은 달을 떼어 가주기를 학수고대하며 사내는 기다렸습니다.

시간이 많이 흘러갔습니다. 어쩌면 그저 순간이었는지도 모릅니다. 사내는 그렇게 느꼈습니다. 자신이 졸고 있는 것 같기도 했습니다. 아마도 고통을 넘어 무감각해져 버린 다리의 이상한 감각 때문에 꿈인지 생시인지 분간이 안 되고 시간 감각도 깨져 버린 탓인 듯했습니다.

하지만 선생, 기다림은 늘 답을 얻게 되는 것이 진리입니다. 무슨 말인고 하니 마침내 한 사람이 사내에게로 왔다는 얘기입니다. 사내는 그 사람을, 심신이 지쳐 있고, 술에 좀 취했으며, 일행과의 대화도 싫어져 버렸고, 술기운에 자세가 흐트러진 예쁜 여자들을 훔쳐보는 것도 싫어져 버린 그런 사람으로 상상해 보았습니다.

그는 나이트클럽에 끌려 들어간 소처럼 멍청하게 앉아 있다가 방광이 제 기분을 전혀 헤아려 주지 않았기 때문에 불가불 사내를 찾아왔을 터이지요. 그러고는 안에 사내가 덫을 놓고 기다리고 있다는 것도 모르고 고추를 꺼내 한참 오줌을 누다가 뽀얗게 빛을 발하는 달을 내려다보았을 것입니다.

그래, 잘했어, 하고 사내는 속으로 외쳤습니다. 바로 그거야. 이제 떠나 버려. 어서 도망쳐 버려.

4, 5초의 시간이 영겁 같았습니다. 그리고 그 찰나의 영겁 뒤에 사내의 등에 오줌을 갈긴 사람이 언젠가 사내가 그랬듯 아무 일도 없었다는 듯 슬며시 돌아서자 날아갈 듯 기뻤습니다. 사내는 떠나가는 남자를 열렬히 환송했습니다. 잘했어. 어서 가. 절대로 뒤돌아보지 마. 어서 가.

또 한 번 찰나의 영겁 뒤에 마침내 탕, 하고 화장실 문이 닫혔습니다. 바로 그 순간, 우주에 금이 갔다가 도로 붙어 버린 듯한 그 어마어마한 순간, 한 달간이나 사내의 머리 위에 달라붙어 밤이고 낮이고 빛의 폭우를 퍼부었던 저 밝은 달이, 저 기이한 엉덩이가 마침내 스르르 미끄러지듯 떨어져 나갔습니다…….

　말이 없으시군요. 나를 쳐다보지도 않고 달만 보고 있군요. 좋아요, 그럼 내가 마무리하지요. 짐작하리라 봅니다만 나의 이야기는 끝났습니다. 그 후 오줌을 뒤집어쓴 그 사내에게 무슨 일이 있었는지에 대해서는 더 이상 얘기하지 않겠습니다. 침묵을 지키는 선생을 보니 굳이 사족을 덧붙일 필요는 없을 것 같습니다.
　어쩌면 선생은 다시 고독이 그리워지기 시작했겠지요. 그래서 내가 떠나 주기를 바라고 있겠지요. 그 마음을 누가 모르겠어요. 나도 그런데요. 곧 갑니다. 바람처럼 사라질 겁니다. 그러고 나면 아마도 선생은 비로소 고개를 돌려 나를 보려고 하겠지요. 하지만 선생은 선생과 함께 누워 있는 어둠만 보게 되겠지요. 그러면 아마도 생각의 여로가 시작될 겁니다. 오줌을 뒤집어쓴 그 사내는 도통한 사람이 아닐까, 아니 참으로 더럽고 치사한 놈일걸, 사내가 등에 오줌을 갈긴 그자도 그런 사람일 거야 아마, 즉 그 인간도 그 사내보다 한발 앞서 자기 머리에 달라붙은 달을 그 사내에게서 떼어 주었던 걸 거야 아마, 하고 말이지요.
　아, 아름다운 밤입니다. 검은 하늘이 온통 투명한 비단으로 가득하군요. 선생, 이런 날은 화장실을, 특히 어둑한 화장실을, 아니 달을 조심해야 합니다. 자신의 머리에는 절대로 달이 달라붙지 않을 거라고 믿는 사람이라도 말이지요. 매사에 조심하는 게 좋으니까요. 자, 그럼 소생은 이만…….

그레고르 잠자는 왜 벌레가 되었을까

내가 고현 씨를 만난 것은 어느 따스한 봄날 오후였다. 그때 나는 서울 시내에 있는 작은 공원의 벤치에 앉아 여러 장의 사진을 들여다보고 있었다. 대학 캠퍼스, 공원, 고궁 등을 돌아다니면서 벤치에 앉아 있거나 다정하게 거닐거나 잔디밭에 누워 있는 연인들을 찍은 것이었는데 물론 그들을 소재로 글을 쓸 계획이었다.

나는 몰래 사진을 찍은 뒤 두 사람에게 접근하여 내 의도를 설명하면서 디지털 카메라 속에 포착된 그들의 '순간'을 보여 주었다. 그래서 지면에 실어도 좋다고 동의할 경우 취재를 했다. 그들이 만나게 된 사연이 어떠한지, 사진이 찍힌 바로 그때 그들이 무슨 생각을 하고 있었는지, 두 사람의 미래가 어떤 풍경이기를 기대하고 있는지 등등에 대해서.

내가 만난 고현 씨는 이마 위 한쪽 편에 양털처럼 하얗게 센 머리를 가진 50대 중반의 남자였다. 그 하얀 머리털은 아기 주먹만

했는데 어찌나 하얀지 마치 그 부분만 일부러 그렇게 염색한 것처럼 보였다. 나는 프린터로 인쇄한 사진을 하나하나 들여다보면서 머릿속으로 그들의 사연을 떠올리는 데 집중하느라 그가 내 곁에 바짝 다가와 앉은 것도 알지 못했다.

다들 예쁘고 아름답군요, 하고 내가 정신을 차렸을 때 그는 빙그레 웃으면서 말했다.

깨끗한 피부와 맑은 표정, 그리고 저 섬 같은 눈부신 양털이 호감을 주는 사람이었다. 그가 무슨 사진이냐고 묻기에 나는 내 의도를 설명해 주었다. 그러자 고현 씨는 참 좋은 아이디어라면서 자신의 사연도 한번 들어 보겠느냐고 말했다. 당연히 나는 좋다고 했다. 언제나 이야깃거리가 없을까, 하고 주위를 두리번거리는 내가 그를 내칠 이유는 없었다.

바로 그렇게 해서 나는 고현 씨의 이야기를, 어떻게 보면 고현 씨가 들려주는 이은경이라는 여자의 얘기를 듣게 되었다. 이은경 씨에게 들었다면 사뭇 다를지도 모르는 그 두 사람의 이야기를. 돌이켜 보면 우연히 나를 만난 그 무렵 그는 일종의 고백이 필요한 시간에 들어서 있었던 것 같다. 마치 오랫동안 숙성되어 무르익은 술통 같았다고 할까, 그래서 마개를 열고 누군가와 함께 마시지 않으면 이내 터져 버릴 것 같은 그런 상태 말이다.

고현 씨는 대학 시절 어떤 독서 모임에서 그 여자를 처음 보았다고 했다.

이은경이라고 흔한 이름이었지요, 라고 그는 말했다. 그녀는 모임에서도 늘 조용히 남의 이야기를 경청하기만 했는데 그런 점에서 눈에 보이는 무(無)와 같은 사람이었다. 하지만 그건 그 사람을 여성이라는 대상이 아닌 존재 일반으로서 관찰해 본 누군가가 마음속으로나 했을 법한 표현일 뿐 실은 아무도 관심을 갖지 않는 여자였다. 그녀는 외모로도 튀는 점이 전혀 없었다.

그런데 우리가 카프카의 〈변신〉을 읽었을 때 놀랍게도 그 여자가 입을 열더군요, 하고 그가 말했다. 그레고르 잠자는 왜 벌레가 되었을까, 라는 물음을 놓고 온갖 농담과 우격다짐이 난무하다가 모두 지쳐서 조용해졌을 때였다.

내 생각엔 사람들이 그걸 원하기 때문인 것 같아요, 라고 그 여자가 말했다. 그리고 짧은 정적 뒤에 여기저기서 웃음이 흘러나왔고, 그것으로 끝이었다. 그러니까 그 여자의 말은 이른바 깨는 소리였던 것이다. 아무도 그녀의 주장에 시비를 걸지 않았다. 찬성하지도, 반대하지도, 야유하지도 않았다. 단지 조금 웃었을 뿐.

하지만 바로 그렇게 해서 나는 처음으로 그 여자를 알게 되었습니다, 하고 고현 씨는 말했다. 그러나 알게 되었다 해도 그저 우리 모임에 저런 여자도 있었구나 하는 정도였지 그 이상의 관심은 전혀 없었다.

한데 그날 모임이 끝나고 뒤풀이 술자리 때 그 여자가 고현의 옆에 앉았다. 그러고는 뭔가 하고 싶은 말이 있는데 쉽게 꺼내지 못하고 머뭇거린다 싶더니, 아까 그 말 사실은 어느 소설에서 슬쩍 훔친 거예요, 라고 말했다. 무슨 소리지? 하고 쳐다보니 그 여자는 마치 그에게만 들려준 비밀이었다는 듯 얼굴을 붉혔다.

물론 그 여자가 왜 그런 태도를 보이는지 잘 이해되지 않았지요, 하고 고현 씨는 말했다. 그래서 차차 물어봐야지 하고 생각했으나 술을 마시고 취하느라 곧 잊어버리고 말았다. 그는 한 시간도 못 되어 마구잡이로 퍼마신 술을 다시 토해 내느라 제정신이 아니었다. 그에게는 그럴 만한 사연이 있었다. 모임에 그의 마음을 온통 사로잡아 버린 여자가 있었던 것이다. 하지만 한마디도 하지 못하고 1년이 넘도록 속만 푹푹 끓이고 있었다.

나야말로 그녀에게 눈에 보이는 무였지요, 라고 그는 말했다. 그녀는 영화 〈러브 스토리〉의 여배우와 흡사한 외모의 소유자였는데, 지적이고 개성이 강하면서도 대단히 사교적인 생활을 잘 꾸려 가고 있었다. 그런 그녀가 너무나 멀게만 보여서 그는 감히 말조차 붙여 보지 못했다. 그렇게 침묵 속에 속을 부글부글 끓이는 세월이 또 한참 지나고 졸업을 앞둔 어느 겨울날, 마침내 고현은 그녀에게 메시지를 전달했다. 당신을 사랑해 왔으며 사랑하고 있노라고. 그러자 그녀는 그의 선언이 황당무계하다는 반응을 보였다. 그녀는 고개를 절레절레 흔들었다. 그가 민망할 정도로. 그리고 그것으로 끝이었다. 아무것도 없었다.

나는 실연이라는 단어의 울림을 깊이 체험했습니다, 하고 고현 씨는 말했다. 그는 그저 사전 속에 있는 뜻으로만 알았던 실연이라는 말을 비로소 몸으로 느껴 보았다. 부끄러웠다. 그리고 원통했다. 말하지 않았더라면 죽을 때까지 사랑을 지킬 수 있었을 텐데, 라는 생각이 들었다. 그런데 단지 그 사실을 상대에게 알렸다는 이유만으로 비참한 파탄에 이르고 보니 스스로가 바보처럼 느껴져 견딜 수가 없었다. 그는 두어 달간 밤낮으로 술을 퍼마시며 지내다가 서둘러 입대를 했다.

도망친 거죠, 라고 그가 말했다.

그로부터 6개월이 지나자 마음의 상처에 서서히 딱지가 앉기 시작했다. 그리고 그 여자가 부대로 찾아왔다. 그에게 실연의 아픔을 준 영화 〈러브 스토리〉의 여배우와 닮은 그 여자가 아니고, 그레고르 잠자는 사람들이 원해서 벌레가 되었다고 말하여 독서 모임의 친구들을 웃게 했던 그 여자였다. 그는 어리둥절했다. 그녀가 왜 자신을 찾아왔는지 도무지 알 길이 없었다.

그 여자의 면회는 참으로 난해한 기호였지요, 라고 고현 씨는 말했다. 그럼에도 불구하고 그는 외박 허가를 받아 그 여자와 술을 마셨고 취하자 여관에서 함께 밤을 보냈다. 이를 악문 채 고통을 견디는 그녀의 얼굴이 봉창으로 들어온 희미한 달빛을 반사하고 있었다. 그는 그런 그녀의 얼굴을 내려다보면서 알 수 없는 어떤 짓궂은 장난에 휘말려 들었다는 느낌을 받았다.

그날 이후 우리는 편지를 주고받았습니다, 하고 그는 말했다. 그러면서 그는 그가 독서 모임의 어떤 여자에게 그랬던 것처럼 이은경도 그에 대하여 길다면 긴 세월을 침묵이라는 사랑의 기호로 존재해 왔음을 알게 되었다. 그는 그런 그녀를 외면할 수 없었다.

이은경의 편지는 일주일에 한 통씩 꼭 왔다. 편지가 없는 주말은 그 여자가 면회를 오는 날이었으며 또한 둘이 함께 자는 날이었다. 첫날밤 고통으로 일그러졌던 그녀의 얼굴은 석 달이 지나자 쾌락과 행복감으로 발갛게 달아올랐다.

마지막 휴가 때 두 사람은 도시 변두리의 조촐한 여관에서 밤을 보냈다. 그 여자가 잠든 뒤에도 그는 잠을 이룰 수가 없었다. 그는 밖으로 나갔다. 그리고 골목의 포장마차에서 대취하여 객실로 돌아왔는데, 그때 태아처럼 웅크린 채 모로 드러누워 있던 그녀가 말했다. 가버린 줄 알았어요.

그가 옆에 눕고 한참이나 지난 뒤였다. 그러면서 그녀는 그를 꼭 껴안았다. 그도 그녀를 껴안았다. 그리고 자면서 그는 꿈을 꾸었다. 그는 낙엽 많은 성당 앞 벤치에 그 여자와 함께 앉아 있었다. 한 번도 본 적이 없는 낯선 곳이었는데 지독하게 낙엽이 많았다. 낙엽은 그저 쌓여 있지 않고 물처럼 끊임없이 두 사람을 스치며 흘러갔다. 그러나 바람은 불지 않았다. 이상하다고도 생각되지 않았다. 둘은 말도 움직임도 없이 발아래를 빠르게 흘러가는 낙엽을 바라보기만 했다. 아침에 눈을 뜬 순간 영원히 잊을 수 없겠구나, 하는 생각이 들었다. 꿈속의 낙엽과 가버린 줄 알았다고 말하던 그 여자의 음성을…….

귀대하던 날 오전, 둘은 대학 근처의 커피숍에서 시간을 보냈다. 그는 아직 술이 깨지 않은 상태로 햇살이 쏟아져 들어오는 유리 벽 옆에 앉아 있었다. 그는 손바닥 하나를 유리에 댄 채 커피를 마셨다. 이은경의 얼굴에도 햇살이 가득 쏟아지고 있었다. 그녀는 한 손에 커피 잔을 든 채 바깥 거리를 물끄러미 바라보았다. 햇살이 그녀의 얼굴에 돋은 아주 작은 돌기들을 한층 돋보이게 했다. 그는 그 돌기들을 하나씩 헤아렸다. 열두 개까지 더해 갔을 때 구름이 태양을 가렸고, 그녀는 마법에서 풀려나듯 그에게로 고개를 돌렸다. 그리고 엷고 피곤한 미소를 던졌다. 연민이 담겨 있었다. 그에 대한 연민, 그 사람 자신에 대한 연민, 세상에 대한 연민…….

고현은 부대로 돌아갔다. 준비했던 많은 이야기들이 있었지만 결국 하나도 꺼내지 못했다. 그만 만나자, 라는 것이 그 많은 이야기들의 주제였다. 그는 꼭 그래야만 하는 필연성을 만들어 보려고 갖은 수사를 동원하여 가지가지 작별의 이야기를 만들어 보았다. 이렇게 혹은 저렇게, 마치 독서 모임 시절 읽었던 《공포와 전율》의 그 남자처럼.

《공포와 전율》을 꼭 읽어 보세요. 읽지 않았다면, 하고 그가 내게 말했다.

제대 뒤에도 그들의 만남은 계속되었다. 그는 견실한 가구 회사의 사원이었고 그녀는 '모짜르트당'이라는 조그만 디스크 가게의 주인이었다. 모짜르트당은 그와도 그 여자와도 아무 상관이 없는 어떤 동네의 한적한 주택가에 있었다. 오래된 가로수와 텅 빈 도로가 있었는데, 그는 퇴근 후에 어둑어둑한 그 길을 느릿느릿 걸어 모짜르트당으로 가곤 했다. 산책하기에는 더없이 좋은 길이었지만 장사에는 별로 도움이 되지 않는 길이었다.

그해 여름에 집중 호우가 있었다. 곳곳에서 배수펌프가 망가졌고, 공무원들이 욕을 먹었고, TV에서 누가 잘했느니 누가 못했느니 하고 토론이 벌어졌다. 그가 살던 조촐한 저지대 아파트 단지도 지하실이 모두 물에 잠겼고, 1층의 3분의 2가 크고 작은 물난리를 겪었다. 전기와 수도가 끊겼고, 일주일 뒤에야 소방서 사람들이 나와 물을 공급했다. 그는 12층 복도에서 소방차 주변에 모여든 파리 떼 같은 여자들을 내려다보았다. 그들 사이에 끼여 물을 긷고 그것을 12층까지 계단으로 운반할 생각을 하니 끔찍하기만 했다. 그래서 곧 수도와 전기가 들어오겠지 생각하며 하루를 더 그냥 보냈다.

그런데 그 여자가 그 일을 했습니다, 라고 그가 떨리는 음성으로 말했다. 바로 그다음 날, 일요일이었지요. 그 여자는 옆집에서 커다란 알루미늄 들통과 빨간 플라스틱 양동이를 빌려 두 통의 물을 받아 왔고, 그것으로 8일분의 똥오줌이 쌓여 푹푹 썩어 가고 있던 변기를 청소했습니다. 밖에서 점심을 사 먹고 12층 계단을 걸어서 돌아온 나는 열린 현관을 보고 흠칫 놀랐습니다. 이 와중에도 빌어먹을 도둑놈인가 싶었던 것이죠. 심장이 벌렁벌렁하여 어쩔 줄을 모르고 멈춰 서 있다가 아무래도 아래로 내려가 경비를 데리고 와야겠다는 생각이 들어 뒤돌아섰습니다.

그러나 그는 움직일 수 없었다. 돌아설 때, 양팔을 걷어붙인 채 알루미늄 들통과 빨간 플라스틱 양동이를 들고 막 현관을 나오고 있던 그 여자를 보았던 것이다. 정말 고통스런 순간이었다. 억지로 다시 돌아서니 그 여자가 그를 향해 환하게 웃어 보였다. 그러고는 그가 줄담배를 피워 대는 동안 두 통의 물을 더 길어 왔다. 그는 고마움보다도 부끄러움을 느꼈다. 고마운 마음이 없어서가 아니라 부끄러움이 너무 컸던 탓이었다.

그날 이후 이은경은 더 자주 나의 거처로 찾아왔습니다, 하고 그는 피곤한 듯 긴 한숨을 내쉬고 나서 말했다. 그녀는 청소를 했고, 빨래를 했고, 음식을 만들었다. 그보다 훨씬 더 콩나물을 좋아했던 그 여자는 늘 콩나물 봉지를 들고 그에게로 왔다. 그는 그 까만 재생 비닐봉지를 삶의 깊은 비의가 담긴 행낭이라도 되는 양 한참씩 바라보곤 했다. 그 여자는 콩나물국과 콩나물 무침과 콩나물 찜과 콩나물밥과 콩나물 조림을 만들었다.

그런 세월의 어느 날 그 여자가 결혼을 제안했다. 위장을 채운 직후 포만감으로 잠시 정신이 흐리멍덩해 있을 때였다. 그녀는 슬쩍 지나가는 투로 말했다. 그러고는 빈 그릇과 수저를 걷어서 개수대로 옮겼다. 언제 그런 말을 했느냐는 듯이. 그는 아무 말도 하지 않았다. 그러자 그 여자는 머뭇머뭇하더니 세 번 수술을 받았다고 말했다. 역시 슬쩍 지나가는 투로, 그를 외면한 채, 설거지를 하면서.

고현은 그 여자의 옆얼굴을 보았다. 평온한 얼굴이었다. 절망적인 분노 같은 것은 없었다. 그런 걸 기대했던 것 같습니다, 하고 그는 말했다. 나를 향한 강력한 어떤 에너지를 말입니다. 내가 거부할 수 없는, 저것 때문이다, 라고 나를 기만할 만큼 강렬한 열정을, 그것이 비록 분노라 하더라도 말입니다. 하지만 없었습니다. 그 여자는 온통 노곤할 뿐이었습니다.

문득 그의 내면 저 안쪽 아주 깊은 어둠 속에서 무엇인가가 적막감에 바르르 떨었다. 그러면서 마지막 휴가 때, 어두운 밤 도시 변두리 어느 여관방에서 꾸었던 꿈속의 이상한 낙엽들이 떠올랐다. 가버린 줄 알았다던 그녀의 음성과 그를 꼭 껴안았을 때의 그 감각도. 그는 마음속의 그 깊숙한 빈 구멍에 돌을 처넣었다. 처넣고 또 처넣었다. 그 컴컴한 빈 곳에 자꾸만 처넣었다. 그리고 그녀에게 조용히 말했다. 그래, 우리 결혼하자.

결혼 절차는 귀찮은 것입니다, 하고 그는 웃으며 말했다. 정말 쓸데없는 것들이 많지요. 서로의 부모, 형제자매를 만나야 하고 그들의 요구를 조금씩이라도 충족시켜 줄 온갖 장치를 마련해야 하니까요. 자각은 하고 있지 않더라도 그들 모두 외로워서 그럴 겁니다. 그래서 결혼하는 당신들과 이 우주에서 가장 가까운 존재들인 우리에게 정당한 몫을 내놓으라고 억지를 부리는 거지요.

그래서 고현은 곧장 예식장부터 잡았다. 지나치게 자신의 욕망을 강요하는 사람이 있을 때는 언제든지 예약된 식장을 수단으로 가차 없이 그놈의 걸림돌을 뛰어넘기 위한 처방이었다. 그러고서 얼마 뒤 그는 행선지를 알리지 않고 동해안으로 여행을 떠났다. 공허하고 뒤숭숭한 마음을 가라앉히기 위해서였다. 자꾸만 고개를 쳐들고 시커먼 얼굴을 내보이는 마음속의 그 구멍을 확실하게 막아 버리기 위해서였다.

태풍이 지나가는 해변에 서 있어 본 적 있으세요? 하고 그가 물었다.

네, 하며 나는 고개를 끄덕여 주었다.

그렇다면 잘 아시겠군요, 하고 그는 말을 이었다. 소란스런 무라고 할까요? 원래 무인데 거기서 온갖 것들이 생겨나고 난리법석을 떨다가 다시 슬그머니 무가 되어 버리는 겁니다.

그가 해변의 방갈로에 짐을 푼 지 이틀 뒤에 태풍이 지나갔다. 그는 그 모든 외부와 내부의 풍경을 모짜르트당의 이은경에게 전달해 주고 싶었지만 그 여자는 전화를 받지 않았다. 그는 그녀를 생각하면서 사나운 태풍의 행로를 따라, 꼭 필요한 것을 제외한 나머지 모든 욕망의 깃발들이 멀리 떠나 버리기를 기원하고 또 기원했다.

태풍처럼 말입니다, 하고 그는 한동안 말이 없더니 다시 입을 열었다.

떠나던 날 오후, 그는 퇴원을 앞두고 병원 뜰을 산책하는 환자의 기분으로 해안 도로를 따라 거닐었다. 한참 걷다가 보니 멀리 신식 모텔 앞 길가에 어떤 여자가 서 있었다. 그 순간 여자가 포함된 일대의 풍경이 놀랍도록 아름다운 그림 같았다. 그는 여자의 의상을 하얀 스커트와 청색 셔츠라고 생각했다. 그러나 자세히 보니 그렇게 보이도록 디자인된 원피스였다. 여자는 머리를 뒤로 당겨 묶고 있었다. 모텔에서 누군가가 나오기를 기다리고 있는 것으로 생각되었다. 그러나 한눈을 팔다가 다시 그쪽으로 눈길을 돌렸을 때, 그 여자는 막 멈춰 선 택시에 홀로 오르더니 이내 풍경을 벗어나 사라져 버렸다.

왠지 기분이 이상했다. 알 수 없는 기운이 그를 휘감았다. 그래서 그는 여자가 서 있던 모텔 앞 도로까지 걸어가 그곳에서 잠시 서성거렸다. 태풍이 지나가는 사이에 무슨 사연이 있었던 것일까? 그는 그런 생각을 하며 길가 풀숲으로 고개를 숙였는데, 거기에 자그마한 분홍색 아기 신발 한 짝이 떨어져 있었다. 그리고 서울로 돌아온 그는 이은경이 죽었다는 사실을 알았다.

그 대목에서 고현 씨는 말을 멈췄다. 그는 담배에 불을 붙여 연기를 내뿜으며 나뭇가지 사이로 어지럽게 분산되는 빛의 물결을 바라보고 있었다. 하늘에는 이미 밤을 예고하는 투명한 회색 유리 같은 기운이 스며들고 있었다.

내가 담배를 빼물자 갑자기 고현 씨가 벤치에서 일어섰다. 그는 노곤한 표정으로 먹을 것을 사오겠다고 하더니 내가 대꾸할 틈도 주지 않고 자리를 떴다. 내가 뭐라고 하면 그가 그대로 사라져 버릴 것만 같아서 나는 아무 말도 하지 못했다. 그리고 20분이 지났을 때 나는 그가 괜한 짓을 하고 있다고 자책하며 떠난 게 아닐까 생각했다. 하지만 바로 그때 자기 방어와는 너무도 거리가 멀어 보이는 맑고 공허한 얼굴로 그가 나타났다. 그의 손에는 햄버거와 캔맥주가 든 비닐봉지가 들려 있었다.

그럼 계속하죠, 하고 햄버거를 반쯤 먹었을 때 고현 씨가 말했다.

태풍이 지나간 동해를 뒤로하고 집으로 돌아오니 딱지처럼 접은 쪽지가 그를 기다리고 있었다. 문틈에 끼워져 있었는데 두세 번 본 적이 있는 이은경의 친구가 남긴 것이었다. 그의 이름 뒤에 그녀는 슬픈 소식이라고 써놓았다. 이은경이 죽었다고. 그리고 그가 어디에 있는지 알 수가 없어 여러 차례 찾아와 기다리다가 남기는 메모라고 했다. 보는 즉시 연락해 달라고 했지만 쪽지를 남긴 게 언제인지는 적혀 있지 않았다.

그는 방바닥에 드러누웠다. 슬픔도 아니고, 아픔도 아니고, 너무나 기이해서 어떤 단어와도 짝 지을 수 없는 감정이 그를 점령했

다. 조금 지나자 온갖 잡념과 영상들이 나방 떼처럼 머릿속을 날아
다녔는데, 그중에는 이런 문장도 있었다. 나의 아내가 될 뻔한 여
자가 죽었다.

　그는 욕조에 물을 받고 들어가 드러누웠다. 그러고는 물속에 얼
굴을 처박고 물고기처럼 눈을 뜬 채 망연히 그 풍경을 바라보았다.
문득 바닷가에서 읽었던 어떤 에세이에서 마음에 남게 된 한 문장
이 떠올랐다. '함께 있어 봐야 왜 함께 있는지 알게 된다.' 그는 그
문장을 그 여자에게 들려주자고 생각했었다. 태풍이 지나가는 바
닷가에서. 이제 본격적으로 함께 있으면서 왜 두 사람이 함께 있는
것인지 알아 보자고.

　하지만 은경이는 죽었습니다, 하고 그는 말했다. 그 여자는 차에
치여서 죽었다. 그가 바다로 떠난 다음 날 밤의 일이었다. 모짜르
트당 앞에서, 아내와 싸운 다음 위스키를 병째 들이마시고 핸들을
잡은 어떤 남자의 차에 치였다. 즉사는 아니었다. 그 여자는 병원
에서 최후의 서너 마디를 중얼거렸다. 그는 쪽지를 남긴 그녀의 친
구와 전화 통화를 하며 그 사실을 알게 되었다. 하지만 그녀가 무
슨 말을 했는지는 그녀도 알지 못했다.

　고현 씨는 이은경의 오빠를 만났다. 첫 만남이었다. 40대였고,
변두리 동네의 사진관 주인이었는데 길쭉한 코와 툭 불거진 광대
뼈가 그 여자와 꼭 닮은 사람이었다. 그의 얼굴은 깊은 적막감에

젖어 있었다. 그는 고현 씨를 선생이라 부르면서 녹차를 주었는데, 그가 자기 동생과 결혼하려고 했던 것은 모르고 있었다. 그는 이은경이 죽기 전에 고현 씨의 이름을 말했다고 했다.

응급실 간호사가 가르쳐 주더군요, 하고 이은경의 오빠가 말했다. 병원에 갔을 때는 이미 사망한 뒤였는데, 그 간호사가 메모를 해놓았습니다. 고맙더군요. 응급실 간호사들은 다 그런지 모르겠지만. 그리고 은경이 친구 분…….

그는 이름이 기억나지 않아 말을 멈추어야 했다. 그래서 고현 씨가 그 이름을 가르쳐 주자 그는 아, 맞아요. 그분, 하고 불쑥 큰 소리를 내면서 말했다. 그분 얘기가 은경이가 말한 이름의 소유자가 선생이라고 해서 전화를 했는데 연락이 안 되더군요. 그러자 고맙게도 그분이 직접 댁까지 찾아가 주었고……. 이젠 다 끝났습니다만 그저 잠시 얼굴이라도 뵙고 싶었습니다. 혹시 귀찮게 이리로 오시게 한 건 아닌지 모르겠군요.

그렇지 않습니다 하고 나는 말했습니다, 라고 고현 씨는 말했다. 혹시 그 간호사가 메모해 둔 말이 제 이름뿐이었나요? 하고 그는 물었다.

네, 하고 그 남자는 그 문제에 관한 한 더 이상 묻지 말라는 듯 냉정하게 말했다. 동생의 방은 그대로 두었으니까 보고 싶다면 안내해 드리겠습니다, 하고 그는 덧붙였다. 어떻게 해야 할지 몰라 잠자코 있자 그가 다시 말했다. 혹시 선생 물건이 있을지도 모르고요.

뜻밖의 제안이었지요, 하고 고현 씨는 말했다. 그가 계속 말없이 어색해하자 그녀의 오빠가 다시 입을 열었다. 언제 정리할지는 아직 모릅니다. 어떻게 처리해야 할지 판단도 안 서고 해서요. 하지만 내일이라도 마음이 내켜서 갑자기 치워 버리게 될지도 모르니까 오늘 오신 김에 보시는 게 어떨까 싶어 하는 말입니다.

그는 녹차를 한 모금 마시고 말을 이었다. 은경이는 워낙 말이 없던 녀석이라 유품 중에 뜻밖의 것이 있지 않을까 하는 막연한 느낌도 있습니다. 도무지 손댈 엄두가 나지 않는다고 할까 그런 감정이기도 하고요.

어색한 침묵 속에 고현 씨는 오래된 조그만 흑백 사진들로 꽉 채워진 사진관의 한쪽 벽면을 쳐다보았다. 저 수많은 사람들의 정지된 시간 어딘가에 은경이의 여러 시간들도 정지되어 있겠지, 하고 그는 생각했다.

고현 씨는 결국 이은경의 방으로 들어갔다. 작은 동굴 같은 방이었다. 창가에 침대가 있고 벽에 거울과 달력과 청바지가 걸려 있었는데, 책상 위에는 화장품이 옹기종기 놓여 있었다. 그는 책상 서랍을 오랫동안 바라보았다. 내가 보낸 편지들이 저 안에 있을까, 하고 그는 생각했다. 너무 고요하고 적막해서 꼼짝도 할 수 없었다.

창턱에 압핀으로 고정해 놓은 사진이 하나 있었다. 어두운 허공을 날아가고 있는 우주선이었는데 아무런 설명도 없었다. 뒷면을 보고 싶었지만 그는 그러지 못했다. 그가 손을 대는 순간, 방 안의 모든 물건들이 일제히 꿈틀대며 깨어나서 그녀가 어디로 갔느냐고 물을 것 같아 두려웠다. 방문을 닫고 잠시 문고리를 붙잡고 서 있을 때, 창턱의 우주선이 생명체를 찾아 우주로 날아간 보이저호가 아닐까 하는 생각이 들었다. 9만 년인지 10만 년인지 뒤에 우리 은하계의 끝에 도달하게 되어 있다는 그 우주선.

나는 이미 죽은 그 여자와 언젠가 죽게 될 나 자신을 생각하고 있었습니다, 하고 그는 말했다. 그리고 9만 년 뒤에 누가 보이저호를 기억하게 될까요, 라고 덧붙였는데 그 말은 누가 자신과 그 여자를 기억하겠느냐는 물음으로 들렸다. 속된 허무감을 말하는 게 아닙니다, 하고 그가 변명하듯 다시 말했다. 시간의 냉혹함에 시비를 걸기 위한 거라고 할까…….

고현 씨는 이은경의 오빠와 함께 밖으로 나가 술을 마셨다. 술에 취하자 이은경의 오빠는 다소간 분개한 듯 목소리를 높였다. 그러나 말의 내용은 평범한 집안 내력의 스케치였다. 신속하게 시간이라는 바닥 없는 심연 속으로 가라앉아 버릴 티끌 같은 이야기들이었다. 아마도 바로 그 점에 대해서 내면 깊이 분개하고 있는 듯했다. 술자리가 끝날 무렵 스스로 그 점을, 어쩌면 역설적인 방식으로 고현 씨를 배려하면서 말했다. 빨리 잊어버리라고 말하고 싶군요. 모든 것이 언젠가는 잊혀지게 마련이니까요.

　며칠 뒤 그는 예약을 취소하기 위해 예식장을 찾아갔다. 예약을 담당하는 여자가 규정상 예약금의 일정 액수는 환불이 안 된다고 했다. 그는 그 규정이 무엇에 근거하는 것이냐며 따지다가 결혼할 여자가 차에 치여 죽었다고 말했다. 그러자 여자는 입을 다물고 빤히 쳐다보더니 다른 방으로 들어가서 한참 있다가 나왔다. 그러고는 죄송하다고 말했다. 그뿐이었다. 규정상 떼어먹게 되어 있는 돈은 끝내 돌려주지 않았다.

　그날 저녁부터 그는 자주 술을 마셨고, 엉망으로 취해서 다른 취객과 싸우곤 했다. 그는 술집에서 울기도 했다. 울다가 엎어져서 잠이 들기도 했다. 그는 한때 그 여자가 차라리 죽어 주기를 바랐다고 술집 여자를 붙잡고 말하기도 했다. 이건 진심입니다, 하고 그는 내게 말했다. 그렇게 되기를, 이은경이 죽어 버리기를 최소한 한 번은 간절히 원했습니다, 마치 뻐꾸기처럼.

　뻐꾸기요? 하고 언젠가 한번은 술집 여자가 물었다. 그래, 이년아. 그런 놈이 있어, 하고 말한 뒤 그는 그 여자 앞에서 또 울었다. 그리고 깨어나 여자에게 이년이라고 해서 미안하다고 사과한 다음 집으로 와서 한참 더 울다가 잠이 들었다.

　그 대목에서 고현 씨는 처음으로 목청껏 웃었다. 눈가에 잔주름이 가득 잡히면서 어린아이 같은 천진함이 꽃처럼 활짝 피어났다. 그러나 그의 웃음은 짧았고, 그래서 웃음 뒤의 정적이 몹시 크게 느껴졌다.

나는 자주 밤하늘을 쳐다보았습니다, 하고 그는 다시 말했다. 그
는 반짝이는 별들을 보았고, 달을 보았고, 구름을 보았고, 지금은
보이지 않지만 언젠가 나타날 혜성을 타고 함께 날아가 보고 싶다
고 생각했다. 어느 별에선가, 어쩌면 보이저호가 지금 막 곁을 스
쳐 지나간 작은 별 같은 데서, 마치 동화처럼 이은경이 살고 있을
것만 같았다. 정말로…….

고현 씨의 이야기는 거기서 멈췄다. 그는 한참 침묵을 지키다가
이윽고 다시 입을 열었다.

나의 이야기는 모두 잊어버려도 좋습니다, 하고 그가 말했다. 하
지만 우리가 나눈 이 대화는 꼭 기억해 주세요, 라고 그는 말했다.
우리는 언젠가 이런 대화를 나누었습니다, 하고 그는 말했다. 결혼
하자고 동의하고서 며칠이 지났을 때였다. 그는 그때처럼 그녀가
들떠서 말을 많이 하는 것을 본 적이 없었다.

아주 작은 몸짓도 자라서 전체를 변화시킬 수 있대, 하고 그녀가
고현에게 말했다.

희망적이지, 응? 얼마나 희망적이야, 응? 하고 그녀가 고현에게
말했다.

희망적이라고? 글쎄, 그런가? 하고 고현이 말했다.

생각해 봐, 하고 그녀는 힘주어 말했다.

어떤 카오스 이론가의 말이야, 하고 그녀는 확신에 차서 말했다.

아닌데? 하고 고현은 까닭 없이 심술궂은 마음이 들어 잠시 진지하게 생각해 보는 척하고 나서 말했다.

뭐가 아니라는 거야?

생각해 보니 절망적인데?

왜?

그 이론가의 말대로라면 나의 온 과거가 아주 작은 몸짓까지 합작해서 돌이킬 수 없이 나의 현재를 매 순간순간 이미 결정해 놓고 있지 않겠어?

그러자 그녀는 잠시 가만히 있더니 별안간 버럭 소리를 질렀다. 아니야. 현재란 자꾸자꾸 다가오는 것이야. 그러니까 순간순간 자꾸자꾸 움직여야 해. 원하는 곳을 향해서. 자신이 가고 싶은 곳을 향해서. 알겠어?

그런 다음 그녀는 자신을 잠자코 쳐다보는 고현에게서 눈길을 거두며 풀 죽은 목소리로 말했다. 미안해, 소리 질러서.

괜찮아. 계속 얘기해 봐.

난 그런 생각이 들어.

어떤 생각?

까마득한 호수 건너 저편에 황금빛 언덕이 있어. 그리고 여기 이곳에서 우리가 발을 담그고 작은 물장구를 치는 거야.

그래서?

그러면 언젠가는 호수 건너 저편 언덕에 물결이 가 닿지 않겠어?

가 닿으면? 황금빛 언덕에 구멍을 뚫을까? 근처 마을이 물바다
가 되게? 하고 고현이 또 그렇게 농담을 하자 그녀는 고현을 뚫어
지게 쳐다보더니 체념한 듯 조용히 말했다.

사람들이 그걸 원한다면.

그게 뭐야? 하고 그가 물었지만 그녀는 더 이상 말하지 않았다.

그레고르 잠자는 왜 벌레가 되었을까요? 하고 고현 씨가 내게 말
했다. 사람들이 그걸 원하기 때문에? 나는 은경이가 죽은 뒤에야
은경이가 바로 그 말을 하고 있었다는 걸 알게 되었지요.

그렇게 이야기를 마친 고현 씨는 홀가분해 보였다. 내가 적막한
감동에 젖어 축 늘어져 있는 것과는 대조적이었다. 그는 긴 시간
자기 얘기를 들어주어 고맙다고 했고 나는 벤치에 앉은 그를 카메
라에 담았다.

홀로 벤치에 앉아 있는 사람도 연인이겠지요? 하고 그가 말했다.

어쩌면, 하고 나는 말했다.

아마 그럴 겁니다, 하고 그가 말했다. 연인일 뿐만 아니라, 삼각관
계에 빠진 청년이기도 하고, 단발머리 소녀를 짝사랑하는 소년이기
도 하고, 황혼에 재결합하게 되는 이혼한 남자이기도 할 겁니다.

나의 여로에서 그런 식의 우연한 만남과 대화가 있고 나면 대개
술자리로 이어지곤 했는데 그날은 아니었다. 나는 은근히 그러고
싶은 마음이 없지 않았지만 그가 워낙 무거운 짐을 내려놓은 사람

처럼 홀가분해 보였기 때문에 떠나려는 그를 굳이 잡지 않았다. 고현 씨는 나와 악수를 나눈 뒤 공원을 떠났고 나는 벤치에 남아 있었다. 그는 나에게 아무런 짐도 지우지 않았다. 예컨대 내 글에 그의 이야기가 들어가게 될 경우 내가 지켜야 할 어떤 원칙이라든가, 내 의도에 동의해 준 모든 커플들이 그랬듯 글이 발표되면 책을 보내 달라고 주소를 적어 준다든가 그런 것들 말이다.

나는 고현 씨가 떠난 뒤 오랫동안 카메라에 남은 그의 모습을 감상하면서 벤치를 지키고 있었다. 가로등 불빛이 노랗게 동심원을 그리며 어둠을 밀어내고 있었다. 나는 그 시각에도 끝없이 펼쳐진 암흑 속을 날아가고 있을 보이저호를 생각했다. 그리고 고현 씨의 상상처럼 어느 별에선가 살고 있을지도 모르는 이은경이라는 여자를 생각했다. 그런데 그 여자가 과연 한때 존재하기는 했던 것일까? 나는 모르겠다.

센티멘털 요정

지금 내 옆에 없지만 내가 걸어가는 길을 함께 가고 있다고 생각되는 사람들, 사물들, 풍경들이 있다. 어린 시절, 청춘 시절, 청년 시절 혹은 또 어느 때 우연인지 필연인지 알 수 없는 인연으로 내 가슴에 깊이 각인되어 떨어지지 않는 그런 사람들, 사물들, 풍경들 말이다.

명훈이도 그런 사람들 중 한 명이다. 우리는 아주 어린 시절, 하얀 햇살과 푸른 나뭇잎들과 파란 하늘과 물과 바람은 언제나 풍족했지만 삶은 대체로 초라하고 볼품없던 시골 마을의 어린 단짝이었다. 그 녀석은 우리 집 바로 옆집 아이였는데, 엄마들끼리 친해서 우리는 갓난아기 때부터 가까이 지냈다. 그래서 형제처럼 붙어 다녔으며, 그런 우리를 이웃 사람들도 쌍둥이 같다고 말할 정도였다.

내가 기억하는 명훈이는 언제나 얼굴에 미소를 달고 있고, 요정 얘기를 자주 하는 아이였다. 나는 미소가 없는 녀석의 얼굴을 상상할 수 없다. 어쩌면 정말로 늘 웃은 게 아니라 단지 웃는 것처럼 보이는 인상이었을지도 모르겠다. 하지만 나는 그가 늘 웃고 있다고 느꼈다. 그래서 기분이 상해 있을 때 그를 만나면 오히려 화가 나기도 했지만 그건 잠시뿐이었다. 녀석과 함께 있으면 결국엔 그의 미소 띤 얼굴처럼 마음이 편안해졌다.

나는 명훈이의 요정 얘기를 반신반의했다. 녀석은 혼자서 방글방글 웃으며 중얼거릴 때가 있었는데, 가만히 지켜보다가 무얼 하느냐고 물으면 조금도 주저하지 않고 요정과 얘기하고 있다고 했다. 녀석은 갑자기 도랑으로 뛰어들어 옷을 다 버리거나, 나무 위로 기어 올라갔다가 내려오지 못해 매달려 있기도 했는데, 그럴 때도 왜 그랬느냐고 물으면 요정을 따라가느라 그랬다고 대답했다.

어른들은 그런 녀석을 이따금 혼내곤 했다. 사고를 친 것도 문제지만, 자신이 잘못을 저질러 놓고 요정 핑계를 대는 게 더 나쁜 거라고 했다. 나는 그런 명훈이의 말을 믿어야 할지 말아야 할지 판단이 서지 않았다. 때로는 내가 보지 못하는 요정을 볼 수 있는 그가 부러워 갑작스런 그의 행동을 따라 하다가 낭패를 보기도 했다. 그래도 나는 명훈이가 갑자기 이상한 행동을 하면 바로바로 따라 하곤 했다.

초등학교 2학년 2학기 때였다. 개학을 하고 며칠 뒤였는데 아직도 청소니 뭐니 해서 수업이 정상적으로 이루어지지 않고 있을 때였다. 몇 시간 수업을 하고 청소를 마친 뒤 우리는 선생님을 기다리고 있었는데, 명훈이와 나는 교실 뒤편 마룻바닥에서 유리구슬을 굴리며 놀고 있었다.

그 구슬은 여름 방학 막바지에 도시에 사는 외삼촌이 놀러 왔다가 주고 간 것으로, 황소 눈알처럼 큰 것이었다. 명훈이는 내가 그 구슬을 가지게 된 걸 무척 부러워했다. 아마도 내가 녀석의 요정에 대해 부러워했던 것만큼이나 부러워했던 것 같다. 나도 나 혼자만 그런 멋진 구슬을 가지게 되어 미안했다. 하지만 마음만 안타까울 뿐, 어떻게 할 수가 없었다. 구슬을 하나 더 구할 수도 없었고, 아무리 친한 사이라고 하지만 내 구슬을 줄 수도 없었다. 때문에 둘이서 자주 그 구슬을 가지고 노는 수밖에 없었는데, 그날도 그렇게 놀고 있었다.

나는 방글방글 웃고 있는 명훈이를 향해 반짝반짝 빛나는 구슬을 굴렸다. 그러면 명훈이는 쪼르륵 소리를 내며 굴러오는 그것을 잡아 보물처럼 손에 꼭 쥐었다가 다시 내게로 굴렸다. 그 단순한 놀이가 왜 그렇게 재미있었는지, 우리는 지치지도 않고 구슬을 굴리고 또 굴렸다. 아이들이 부러운 눈으로 우리가 노는 걸 구경하고 있었으니 재미있긴 재미있었던 모양이다.

그런데 어느 순간 예상치 못한 일이 벌어졌다. 내가 굴린 구슬이 다른 곳으로 굴러가더니 그만 탁구공만 한 옹이구멍으로 쏙 들어가 버린 것이었다. 순식간에 일어난 일이라 나는 어리벙벙했다. 명훈이가 깜짝 놀란 얼굴로 나를 쳐다보더니 옹이구멍 쪽으로 갔고,

구경하던 아이들은 고소해하며 일제히 웃음을 터뜨렸다.

그제야 절망적인 사태가 발생했음을 깨달은 나는 명훈이처럼 무릎으로 후다닥 기어서 구슬을 삼켜 버린 구멍으로 다가갔다. 그리고 상황에 어울리지 않게 여전히 얼굴에 밝은 미소를 달고 있는 명훈이를 옆으로 밀쳐 낸 뒤 구멍을 들여다보았다.

처음엔 아무것도 보이지 않았다. 단지 먼지 냄새와 시원한 바람만 솔솔 올라왔다. 그러다가 조금 지나자 어두컴컴한 흙바닥이 보였고, 거기에 떨어져 있는 온갖 것들, 즉 지우개, 몽당연필, 공처럼 말린 먼지 덩어리, 머리카락, 휴지 조각 등이 보였다. 하지만 아무리 살펴보아도 구슬은 보이지 않았다.

나는 속으로 엉엉 울었다. 울면서 이제 구슬과는 안녕이로구나 생각했다. 보이지 않을 뿐 아니라, 설사 보인다 해도 그걸 꺼낼 방법이 없다고 생각되어서였다. 나는 아이들에게 눈물을 보이지 않으려고 이를 악물었다. 그리고 서러운 마음을 가라앉히기 위해 한참 더 구멍을 들여다본 뒤 눈을 뗐다. 명훈이가 웃는 얼굴로 나를 바라보고 있었다.

「찾았어?」

명훈이가 물었다. 나는 맥없이 고개를 저었다. 그러자 명훈이가 구멍을 들여다보기 시작했다. 그는 왼쪽 눈 오른쪽 눈 번갈아 가면서 들여다보았다. 명훈이는 구경하던 아이들이 반쯤 떨어져 나가고 남아 있던 아이들마저 이제 그만 포기하라고 빈정거릴 때까지 계속 들여다보았다. 그러던 중에 평소 우리 반의 모든 분란을 독점하고 있던 싸움꾼 박한수가 다가왔다.

「야, 이마립.」

그가 말했다.

「왜?」

「너, 구슬 어쩔 거야?」

녀석은 내가 어쩔 수 없다는 걸 알고 약을 올리려고 그렇게 물은 것이었다.

「어쩌긴, 그냥 버린 셈 치지 뭐.」

나는 녀석을 즐겁게 해주기 싫어 그까짓 구슬 따위 아무것도 아니라는 듯 태연스레 말했다. 그러자 녀석의 얼굴에서 실망의 기색이 무지개처럼 떠오르기 시작했다. 그런데 바로 그때 구멍을 들여다보고 있던 명훈이가 갑자기 벌떡 일어나 밖으로 내달렸다.

나는 명훈이가 왜 그러는지 알지 못했다. 또, 왜 그러는지 알고 싶은 마음도, 그걸 알려고 신경 쓸 여유도 없었다. 다른 때 같았으면 명훈이가 또 요정을 쫓아가나 보다 생각하여 나도 뒤따라 내달렸겠지만 구슬을 잃어버린 마당이라 그런 걸 생각할 수 없었다. 나는 내 가방을 끌어안고 벽에 기대앉았다. 그리고 다른 반 아이들은 다 갔는데 아직도 나타나지 않고 있는 담임선생님을 욕하기 시작했다. 선생님만 빨리 왔으면 구슬을 잃어버리지 않았을 거라고 생각되었던 것이다.

얼마 뒤였다. 화단 쪽에서 웅성거리는 소리가 들리더니 교실에 있던 아이들이 창턱에 배를 대고 바깥을 내다보기 시작했다. 그리고 밖에서 누군가가 나를 불렀다. 귀찮아서 가만히 있는데 박한수가 명훈이가 구슬을 찾고 있다고 말했다. 정신이 번쩍 들었다. 아, 요정이다! 하고 나는 속으로 외쳤다. 그리고 얼른 밖으로 나가 보았다. 아이들이 우리 교실 창 아래 시멘트 벽에 나 있는 까만 사각형 구멍을 주시하고 있었다. 그것은 환풍구였는데, 평소 거기에 붙어 있던 방충망처럼 생긴 철망 틀이 구멍 옆에 놓여 있었다.

「뭐야?」

나는 모여 있는 아이들에게 물었다.

「명훈이가 저기로 들어갔어.」

누군가가 말했다.

명훈이와 나는 늘 붙어 다니다 보니 쌍둥이라는 소리를 듣긴 했지만 생김새는 딴판이었다. 나는 보통 아이들보다 조금 컸던 반면 명훈이는 작고 바싹 마른 아이였다. 하지만 아무리 홀쭉해도 그 구멍으로 들어갔다니, 믿을 수가 없었다.

「저렇게 작은 구멍으로 어떻게 들어가?」

내가 놀라서 말하자 누군가가 대꾸했다.

「벌써 들어갔다니까.」

순간, 나도 그 구멍으로 들어가고 싶었다. 구슬도 구슬이지만 요정을 만날 수 있을지도 모른다는 생각이 들었던 것이다. 나는 즉시

254

화단을 건너 그 네모난 구멍으로 다가갔다. 그리고 두 팔을 뻗어 안으로 넣으며 상체를 쭉 들이밀었다. 하지만 어깨가 걸려서 더 이상 들어가지 않았다. 나는 그 상태로 안쪽을 바라보았다. 그러나 먼지 냄새만 지독하게 날 뿐 아무것도 보이지 않았다. 아이들이 밖에서 와글거리는 소리가 들려왔다. 나는 무릎걸음으로 뒷걸음질을 쳐서 꽉 낀 어깨를 빼냈다. 아이들의 웃음소리와 함께 눈부신 햇살이 내 얼굴에 쏟아졌다.

나는 화단에 서서 기다렸다. 심장이 콩닥콩닥 뛰었다. 조금 뒤 마침내 네모난 구멍에서 거미줄을 뒤집어쓴 명훈이의 머리가 보였다. 아이들이 웅성거렸다. 명훈이는 온몸에 거미줄과 먼지를 뒤집어쓴 채 무사히 구멍을 빠져나왔다. 녀석은 손에 구슬을 꼭 쥐고 있었다.

「어떻게 찾았어?」

나는 놀랍고 기쁜 마음에 큰 소리로 물었다.

「요정이 가르쳐 줬어.」

명훈이가 자랑스레 말했다.

「요정이 어디 있는데?」

「저쪽으로 날아갔어.」

명훈이는 파란 하늘을 가리켰다. 그러고는 환하게 웃었다. 녀석은 구슬이 옹이구멍으로 들어가자 고소해하며 웃었던 아이들에게 둘러싸여 교실로 갔다. 나는 완전히 뒷전이었다. 나는 그런 명훈이에게 화가 났고, 그놈의 요정에게도 화가 났다.

뒤늦게 교실로 들어가니 아이들이 여전히 명훈이를 둘러싸고 있었다. 명훈이는 내가 나타나자 구슬 굴리기를 하자고 했다. 나는 내키지 않았지만 그가 하자는 대로 따랐다. 하지만 하나도 재미있지 않았다. 자꾸만 이 구슬은 원래 내 것이라는 생각이 들었고, 명훈이가 자기 것인 양하는 게 싫었다. 몇 번 구슬을 굴리던 나는 마침내 내 손에 들어온 구슬을 더 이상 명훈이에게 굴려 보내지 않고 꼭 쥐었다.

「그만 하자.」

내가 말했다.

「왜?」

「이거 내가 가져갈 거야.」

명훈이의 눈이 휘둥그레졌다.

「버렸다고 했잖아?」

「그래도 원래 내 거야.」

명훈이가 입을 삐죽거렸다.

「내놔.」

「싫어.」

「내가 꺼내 왔으니까 이제 내 거야.」

「아니야. 내 거야.」

말다툼이 계속되었다. 나는 명훈이와 싸우고 싶지 않았다. 그러나 멈출 수가 없었다. 내 입으로 구슬을 버렸다고 한 데다 명훈이가 먼지를 뒤집어쓰며 찾아낸 걸 내가 다시 가지는 게 양심에 걸렸지만, 원래 내 것이었던 걸 명훈이가 가지게 하는 것도 내키지 않았다. 그때 악당 박한수가 흘러내린 콧물을 옷소매로 닦으며 다가왔다.

「야, 그따위 구슬 가지고 친구끼리 싸우냐?」

그가 말했다. 나는 그를 바라보았다.

「나 같으면 차라리 돌멩이로 콱 찍어서 깨버리겠다.」

그가 다시 말했다. 아이들이 웃었다. 하지만 그 순간 나는 그놈의 말이 옳다고 생각되었다. 명훈이에게 주기도 싫지만 내가 가지는 것도 찜찜하니 차라리 없애 버리는 것이다. 그러나 교실에는 돌멩이가 없었다. 그래서 재빨리 옹이구멍으로 구슬을 다시 집어넣어 버렸다. 그러고 나서야 내가 정말 못된 짓을 했다는 걸 깨달았다. 정말이지 천하의 악당이 된 것 같았다. 그래서 슬프고 무서웠지만 이제 악당이 되었으니 어쩔 수 없다는 생각이 들면서 명훈이가 더욱 미워졌다.

「야, 네가 가지고 싶으면 다시 꺼내 와.」

나는 명훈이에게 소리쳤다.

「싫어.」

명훈이도 목소리를 높였다.

「꺼내 와서 네 거 해.」

「싫어.」

「네 구슬이라고 했잖아.」

「싫어.」

「야, 그러지 말고 한판 붙어라.」

다시 진짜 악당 박한수가 나서서 그렇게 말했다. 녀석은 그러면서 앉아 있는 나의 등을 떠밀어 마룻바닥에 미끄럼을 태우더니 명훈이와 박치기를 하게 만들었다. 그러자 명훈이가 나를 밀어냈고, 나도 명훈이를 밀쳤다. 아이들이 즐거운 듯 까르르 웃어 댔다.

「야, 계집애들처럼 밀기만 하지 말고 주먹으로 팍 쳐봐.」

악당 박한수가 신바람을 냈다. 그놈은 나와 명훈이 둘레를 돌며 우리의 등을 떠밀어 더 세게 부딪치게 했다. 나는 울고 싶었다. 나는 그놈이 진짜 악당이라고 생각했다. 하지만 나는 그 악당 놈이 아니라 내 친구 명훈이랑 계속 밀치면서 씩씩거렸다. 나중에는 너무 흥분한 나머지 항상 딸딸딸 슬리퍼 소리를 내면서 나타나는 담임선생님이 오고 있다는 것도 알아차리지 못했다.

「아니, 너희들 뭐 하는 거냐?」

선생님이 호통을 쳤다. 의리 없는 아이들은 이미 자기 자리로 돌아가 있었다.

「이 녀석들, 쌍둥이처럼 지내더니 싸우고 있네.」

선생님은 50대 남자 분이었는데, 한동네에 살았기 때문에 나와 명훈이에 대해 잘 알고 있었다.

「하기야 원래 형제간이 제일 많이 싸운다마는⋯⋯.」

선생님은 우리 두 사람의 귀를 잡고 복도로 끌고 가더니 구석에 꿇어앉아 있으라고 했다. 그리고 바로 아이들을 집으로 돌려보냈다. 악당이 혀를 내밀며 놀렸다. 나는 그놈이 미워 죽을 것 같았지만 어쩔 도리가 없었다. 벌을 서고 있는 게 아니라 해도 그놈을 이길 자신이 없었다. 아이들이 다 떠난 뒤 선생님은 우리에게 와서 꿀밤을 먹였다.

「내가 올 때까지 손들고 기다려라. 알았지?」

선생님이 말했다.

「네.」

우리는 함께 대답했다. 그런 다음 선생님은 딸딸딸 슬리퍼 소리를 내며 멀어져 갔다. 복도가 정적에 잠겼다. 우리 반이 가장 늦게 끝나서 그 복도로는 아무도 다니지 않았다. 명훈이는 말없이 팔을 높이 들고 있었다. 그러나 나는 선생님이 복도 저 끝에서 사라진 순간 즉시 팔을 내려 버렸다.

명훈이는 계속 팔을 들고 있었다. 녀석이 정말 바보 같은 애라고 생각되었다. 하지만 선생님을 속이고 있는 건 나였기 때문에 마음이 불편하기도 했다. 그리고 명훈이 때문에 내가 못된 놈이 되었다는 생각에 화가 치밀었다. 하지만 조금 지나자 이번엔 또 녀석에게 너무너무 미안한 마음이 들었다. 그냥 구슬을 줄 걸 그랬다고 후회도 되었다. 마음이 오락가락했다. 미안하다는 말을 해주고 싶었다.

그러나 막상 입을 열려고 하면 말이 나오지 않았다. 그래서 입속으로 열 번쯤 연습을 한 뒤에 막 그 말을 하려고 하는데, 명훈이가 허공을 보며 생글생글 웃고 있었다.

「왜 웃어?」

내가 물었다.

「요정이야.」

그가 대답했다.

「뭐?」

「내 팔을 붙잡고 있어.」

「거짓말.」

「정말이야.」

「어떻게 생겼는데?」

「못생긴 조그만 남자 애야.」

나는 명훈이의 말을 믿을 수 없었다. 하지만 믿지 않을 수도 없었다. 조금 전까지 귀 아래로 처져 있던 명훈이의 팔이 다시 위로 쭉 뻗어 있었다. 나는 요정의 도움을 받고 있는 명훈이가 부러우면서 다시 화가 치밀었다. 나는 명훈이가 쳐들고 있는 손을 보았다. 그러나 요정은커녕 파리 한 마리도 보이지 않았다.

조금 뒤에 명훈이는 졸기 시작했다. 나도 배가 고프면서 졸음이 몰려왔다. 나는 맛있는 밥을 먹는 상상을 하면서 꾸벅꾸벅 졸았다. 명훈이가 내 어깨에 머리를 기대더니 새근새근 소리를 냈다. 그래도 팔은 위로 쭉 쳐들고 있었고, 눈을 감은 채 미소 짓고 있었다. 나는 졸린 눈으로 허공을 보았다. 요정은 보이지 않았다. 그리고 나도 곧 잠이 들었고 꿈을 꾸었다.

명훈이와 나는 한 상 근사하게 차려 놓고 정신없이 먹고 있었다. 왕구슬도 한 바구니나 있었다. 한참 신나게 먹고 있는데 딸딸딸 슬리퍼 소리가 들려왔다. 나는 숟가락질을 멈추고 귀를 기울였다. 명훈이는 그 소리가 들리지 않는지 계속 먹고 있었다. 나는 명훈이의 팔을 잡고 흔들었다. 야, 선생님이야. 손들고 있어야지, 라고 나는 말했다. 명훈이는 싱글싱글 웃기만 했다. 그때 선생님 목소리가 들려왔다.

「아이고 요놈들, 아직도 손을 들고 있네.」

나는 정신을 차렸다. 정말 선생님이었다. 꿈이 아니라 현실이었다. 나는 얼른 팔을 들려고 했다. 하지만 이미 위로 팔을 들고 있었다. 내가 언제부터 들고 있었는지 알 수 없었을뿐더러, 팔도 별로 아프지 않았다. 그러나 못생긴 조그만 남자 애가 내 손을 잡아 주고 있지는 않았다. 나보다 늦게 정신을 차린 명훈이가 웃는 얼굴로 선생님을 바라보았다.

「아이고, 이런 미련한 놈들을 봤나. 팔 그만 내려라.」

선생님이 말했다. 명훈이와 나는 팔을 내렸다.

「이런 참, 내가 그만 깜빡했네. 팔 아프지 않니?」

선생님이 묻자 명훈이가 재빨리 대답했다.

「괜찮아요, 선생님.」

나는 팔꿈치로 몰래 명훈이의 옆구리를 쳤다.

「어깨가 빠질 것 같아요, 선생님.」

내가 말하자 선생님이 미안한 표정을 지었다.

「아이고, 그렇겠지. 이거 내가 미안해서 어쩌나? 자자, 어서 일어
나라.」

선생님은 손수 우리를 일으켜 세워 주었다. 그리고 교무실 옆에
있는 작은 방으로 데려갔다. 아늑하게 꾸며진 방이었는데, 철제 캐
비닛과 탁자와 의자가 있었다. 선생님은 우리를 의자에 앉히고 캐
비닛에서 빵과 사이다를 꺼냈다. 우리는 그것을 먹었다. 우리는 팥
이 들어 있는 빵과 크림이 들어 있는 빵을 각각 두 개씩 먹었다.

「어머니 아버지한테는 아무 말도 하지 않는 게 좋을 것 같은
데…….」

선생님이 조심스레 말했다.

「얘기하면 아마 걱정하실 거야. 그렇지?」

선생님이 다시 말했다.

「예, 그래요. 그런데 선생님 이 빵 되게 맛있는데요?」

나는 크림빵 껍데기를 가리키며 말했다.

「응? 아, 그래? 어디 보자.」

선생님은 캐비닛에서 크림빵 두 개를 더 꺼내 명훈이와 나에게
하나씩 주었다. 그리고 우리가 그걸 먹는 동안 또 어머니 아버지에

게 벌선 얘기는 하지 말라고 했다. 나는 절대로 말하지 않겠다고 했다. 명훈이도 방글방글 웃으며 절대로 말하지 않겠다고 했다. 선생님은 우리가 인사하자 머리를 쓰다듬어 주었다. 그러고는 맑은 가을 햇살이 떨어지고 있는 운동장을 가로질러 가는 우리를 한참 동안 지켜보았다.

「부탁 하나 해도 돼?」

나는 명훈이에게 말했다.

「뭔데?」

「다음에 또 요정 만나면 박한수 한 방 갈겨 달라고 해.」

명훈이가 소리 내어 웃었다.

「알았어. 대갈통을 팍 갈겨 달라고 할게.」

우리는 손을 잡고 집을 향해 걸어갔다. 그리고 그날 이후 우리는 두 번 다시 싸우지 않았던 것 같다. 사소한 다툼이야 쉼 없이 있었지만, 서로의 우정이 심각한 위기에 처한 일은 없었던 것으로 기억된다. 그 후 함께 보낸 세월이 그다지 길지 않았기 때문에 다시는 싸우지 않았다, 라는 말이 별난 의미를 갖기에는 무리겠지만 말이다.

가을이 깊어 가면서 이웃집들이 하나 둘 마을을 떠나기 시작했으며, 명훈이와 내게도 작별의 시간이 다가오고 있었다. 공단 조성으로 마을이 철거에 들어간 것이었다. 명훈이와 나는 그것이 작별인 줄도 모르고 매일 짐을 잔뜩 실은 소달구지와 리어카를 따라 동네 어귀까지 가곤 했다. 그리고 겨울 내내 틈만 나면 사람들이 떠나 버린 빈집들을 돌아다니며 즐거운 시간을 보냈다. 소멸을 앞둔 그 공간이 우리에게는 천국이었다. 나는 일생일대의 행복한 겨울을 보내면서 단 한 번만이라도 요정을 보게 해달라고 누군가를 향해 빌곤 했지만 그 못생긴 조그만 남자 애는 끝내 보이지 않았다.

그리고 봄이 되었을 때 우리는 헤어져야만 했다. 명훈이네는 포근한 산들바람이 불던 어느 날, 마을을 떠났다. 신나게 길을 달리다가 갑자기 마주친 절벽을 앞에 둔 것 같았다고 할까, 그런 감정을 품었던 것을 기억하고 있다. 그리고 서로의 손을 잡고 엉엉 울었던 것도 기억난다. 우리 어머니와 명훈이의 어머니도 눈물을 흘렸던 것 같다. 명훈이네는 트럭을 이용했기 때문에 나는 마을 어귀까지 따라갈 수도 없었다.

명훈이는 식구들과 함께 짐 위에 올라타고 있었는데, 트럭이 움직이기 시작하자 손을 흔들었다. 명훈네 식구들 모두가 손을 흔들었고, 배웅하려고 모여 있던 사람들도 모두 손을 흔들었다. 트럭은 감정을 다독일 시간도 주지 않고 이내 뽀얀 먼지를 일으키며 속도를 내어 달리더니 순식간에 마을을 벗어나 버렸다. 나는 명훈이네가 어디로 이사를 가는지도 알지 못했다.

그 후 많은 세월이 흐르는 동안 나는 자주 명훈이를 생각했다. 존재의 의문에 사로잡혀 밤마다 별을 보며 우주의 끝에 대해 고민하던 사춘기 시절에도, 실존적으로도 처세적으로도 지리멸렬했던 청년 시절에도, 사람이 많거나 사람이 없는 여로에서 대체로 외롭고 쓸쓸하고 어딘가 내가 떠나왔던 그곳으로 돌아가고 싶다는 느낌이 들 때마다 나는 늘 그를 생각했다. 사람들이 진정한 친구 운운하는 낯간지러운 소리를 늘어놓을 때도 나는 그를 떠올리며 그가 내 곁에 있다면 좋을 텐데, 하고 생각했다.

하지만 나는 나이 먹은 명훈이를 상상할 수 없었다. 그를 생각하면 언제나 잠들어 있을 때도 웃고 있는 듯 보였던 그 맑은 어린아이의 얼굴이 떠올랐다. 어느 날 예고도 없이 어른이 된 그가 요정처럼 짠, 하고 내 앞에 나타나는 광경을 장난스레 몽상할 때도 있었지만, 내 마음에 살아 있는 어린 그의 영상만으로도 그는 내게 이미 요정 같은 존재였다.

그런데 그가 정말 내 앞에 나타났다. 내가 어떤 사람 좋아 보이는 인간에게 된통 당하고 한 달쯤 여행 전문 작가라는 말이 무색하게 버려진 빗자루처럼 집에만 틀어박혀 있던 시절, 이러다가 사망하여 미라가 되고 말겠다는 위기감이 들어 목련이 활짝 피어 있는 어느 조촐한 아파트로 이사를 하고 며칠이 지났을 때였다. 어른이 된 명훈이가 정말 요정처럼 나를 찾아왔다.

아침저녁 바람은 아직 차가웠지만 한낮에는 제법 온기 있는 바람과 햇살이 싱그럽게 느껴지던 어느 봄날이었다. 그날도 나는 늦게 눈을 떴다. 나는 잠자리에 드러누운 채 오늘은 제발 어디론가 떠나보자, 나무를 만나고, 사람을 만나고, 기차를 타고, 초콜릿을 사서 내 옆자리의 누군가에게 줘보자, 라며 하루를 맞이하고 있었다.

그때 세탁물을 수거하는 남자의 「세에타악~!」 하고 외치는 소리가 들려왔다. 아파트에 사는 사람이라면 흔히 들을 수 있는 외침이었지만 왠지 슬픔을 감추고 있는 듯 묘한 소리였다. 나는 눈을 감고 마치 되풀이되는 슬픈 곡조를 음미하듯 그 소리에 귀를 기울였다. 그는 복도 입구로 들어와서 먼저 왼쪽 끝까지 갔다가 내가 새로 세를 든 집이 있는 반대쪽으로 왔다. 그리고 내가 누워 있는 방의 창가를 지나 복도 끝까지 들어갔다가 돌아 나갔다. 나는 외침 소리가 점점 멀어지다가 마침내 들리지 않을 때까지 가만히 귀를 기울이고 있었다.

다음 날에도 그다음 날에도 나는 이불 속에서 그 목소리를 들었다. 무슨 이유인지, 나는 그가 어떤 사람인지 궁금했고 또 그가 보고 싶었다. 그래서 며칠 뒤 그가 복도 안까지 들어갔다가 돌아 나간 뒤에 살며시 문을 열어 보았다. 한쪽 팔에 세탁물을 걸친 자그마한 남자의 뒷모습이 보였다. 내 또래인 듯했는데, 작고 축 처진 어깨가 연민을 느끼게 했다.

나는 문을 닫고 잠시 멍하니 서 있다가 그에게 맡길 만한 세탁물을 몽땅 꺼내 입구에 쌓아 두었다. 그리고 다음 날 같은 시각, 그가 막 우리 집을 지나칠 때쯤 품 안 가득 세탁물을 안고 어깨로 밀어 현관문을 열었다. 그 소리에 그가 돌아섰다. 나는 그의 얼굴을 쳐다보았고, 그는 나를 한 번 흘끗 본 뒤 바로 내가 잔뜩 껴안은 세탁물로 눈길을 돌렸다.

그는 양쪽 팔에 꽤 많은 세탁물을 걸치고 있으면서도 능숙하게 내 품에 있던 세탁물을 하나씩 가져갔다. 그리고 군더더기 말도 없이 요금을 얘기하고 처음처럼 다시 나를 흘끗 본 뒤에 가볍게 고개를 숙여 인사를 하더니 「세에타악~!」 하고 외치며 돌아섰다.

그는 분명히 명훈이였다. 수염이 텁수룩하게 자라 있고, 검은 뿔테 안경을 끼고 있었지만, 여전히 희미한 미소를 머금은 얼굴이었다. 그가 내 품에서 세탁물을 하나씩 꺼낼 때 나는 이미 그를 알아보았다. 나는 깜짝 놀랐고, 바짝 긴장했다. 그러나 돌아서는 그를 향해 끝내 아무 말도 하지 못하고 문을 닫고 말았다.

심장이 벌렁벌렁 뛰었다. 이것은 쉽게 몇 마디 말로 표현할 수 없는 것인데, 어쩌면 나는 그의 초라하고 평범한 행색에 일순 실망했던 것 같기도 하다. 그렇다고 내가 나만의 어떤 천박한 감정에 사로잡혔다고는 생각되지 않는다. 명훈이를 보고 무척 놀랐던 그 순간의 나를 위해 변명이 허락된다면, 나는 오히려 그가 그렇게 뜻밖의 상황에서 어린 시절 단짝 친구였던 나를 만나 무척 놀라거나, 혹시라도 마음에 상처를 입게 되지 않을까 하는 배려도 했던 것 같다.

그러나 나는 비록 순간적인 일이었을망정, 언제나 내 마음에 머무르며 내가 삶의 여로에서 외롭고 힘들 때마다 맑은 웃음으로 나를 위로해 준 그를 분명 피하고 싶어 했으며, 그 순간 이미 스스로도 내가 그렇다는 것을 느끼고 있었다. 그와 대면했던 1분도 안 되

는 시간을 돌이켜 보면서 나는 내가 그랬다는 것을 부인할 수 없었
다. 그 마음이 결코 내 마음의 전부는 아니었지만, 나는 내 속에 있
는 그런 마음에 분노했다.

　그로부터 며칠 뒤였다. 명훈이가 세탁물을 가져왔을 때 나는 돈
을 치르면서 조그맣게 그의 이름을 불렀다. 이미 그렇게 하기로 마
음을 정하고 있었음에도 내 목소리는 떨리고 있었다. 그가 피곤한
눈길로 잠자코 나를 바라보았다. 처음 보았을 때처럼 내 심장이 벌
렁벌렁 뛰고 있었다. 나는 잠시 기다리다가 내 이름을 가르쳐 주었
다. 역시 목소리가 떨리고 있었다.

「기억 안 나?」

「글쎄…….」

그가 살며시 미소 지었다.

「우리 어릴 때 같은 마을에서 살았는데.」

「그래?」

「공단 때문에 없어진 마을.」

먼 곳을 생각하는 듯 그의 눈빛이 잠시 아득해졌다.

「학교 뒤에 기다란 소나무 밭이 있었고.」

내가 말하자 그가 보일 듯 말 듯 고개를 끄덕였다.

「너네 집은 초등학교 3학년 봄에 이사 갔잖아.」

내가 다시 말했다. 우리 집도 한 달 뒤에 이사를 했다.

「아아, 알겠다.」

마침내 그가 말했다.

「알겠어?」

나는 조급하게 물었다.

「이마립. 그래, 알겠어.」

「정말이야? 기억나?」

「응.」

우리는 비로소 악수를 했다. 그러나 그가 별로 기뻐하지 않았기 때문에 나는 내 속에서 터져 나오려고 잔뜩 대기하고 있던 부풀어 오른 감정을 서둘러 주저앉혀야 했다. 긴장하고 있던 나는 맥이 빠졌다.

「그래, 어떻게 지냈어?」

내가 물었다.

「뭐, 그럭저럭 살았지. 이 일 저 일 하면서.」

「난 얼마 전에 여기로 이사 왔어.」

그는 미소 띤 담담한 표정으로 고개를 끄덕였다. 그는 나에게 무엇을 하고 있느냐고 묻지도 않았다. 아무래도 확실하게 나를 기억하고 있는 것 같지 않았다. 나는 당혹스럽고 실망스러웠다. 하지만 나는 내가 그에게 지나친 기대를 하고 있는 것이라고 스스로를 책망했다. 그에게 내 이름을 말하자고 마음을 정한 뒤에, 나는 내심 명훈이가 펄쩍펄쩍 뛸 정도로 반갑게 나를 맞이할 거라 기대하고 있었는지도 모르겠다.

「들어와서 차 한잔할래?」

「아니, 지금은 바쁜 시간이야.」

「그래, 그럼, 잠깐만 기다려.」

나는 방으로 들어왔다. 그리고 나의 책《다른 길을 따라》에 사인을 한 뒤 들고 나가 그에게 주었다. 명훈이는 낯선 물건을 마주친 사람처럼 책을 바라보았다. 그리고 조금 뒤 입꼬리가 약간 끌려 올라가게 씩 웃으며 고개를 끄덕였다. 표지에 적혀 있는 내 이름을 발견한 것 같았다. 잠시 어린아이 적의 방글방글 웃던 그 모습이 보이는 듯했다.

「고마워.」

그가 말했다.

「고맙긴.」

「잘 읽을게.」

「다음에 시간 있을 때 한번 찾아와.」

「그래, 그러지.」

「옛날 얘기 좀 하자.」

「음. 그래.」

명훈이는 돌아서서 다시 「세에타악~!」 하고 외치기 시작했다. 그의 외침 소리는 아래로 한 층씩 내려갈 때마다 점점 약해지더니 마침내 다른 자잘한 소음들 속으로 사라져 버렸다. 나는 현관을 열고 나가 난간에 배를 대고 아래를 내려다보았다. 그가 양팔에 세탁물을 두르고 어린이 놀이터 옆을 걸어가고 있었다. 나는 그가 보이지 않을 때까지 담배를 피우며 한참이나 서 있었다.

그날 이후 나는 아침마다 그의 외침 소리가 들려오기를 기다렸고, 변함없이 슬픔이 묻어 있는 듯 나른한 그 소리를 들었다. 그리고 그가 복도를 지나갈 때마다 오늘은 우리 집 벨을 누르지 않을까 하고 귀를 기울였다. 그러나 그는 매번 나의 기대를 배반했는데, 그렇게 일주일이 지나자 멀리서 「세에타악~!」 하고 외치는 소리가 들려와도 그리 놀라지 않게 되었다.

그가 마침내 우리 집 벨을 누른 것은 2주일도 더 지났을 때였던 것 같다. 이제 정말 어디론가 떠나자고 생각하면서 혹시 명훈이가 찾아올지 모르니 상가 세탁소를 뒤져 그를 만나면 어떨까, 그게 혹시 그를 불편하게 할까 하고 며칠째 마음으로 이것저것 재고 있을 때였다. 문을 열고 보니 그가 세탁물을 팔에 두른 채 웃고 있었다. 그는 이전보다 훨씬 생기 있어 보였다. 어린 시절의 명훈이와 더욱 가까워진 환한 미소 때문인지, 투명한 먼지처럼 얼굴에 잔뜩 묻어 있던 피곤기도 보이지 않았다.

「책 잘 읽었어. 재미있더라.」

그가 말했다.

「그래?」

「응. 웃기기도 하고.」

「재미있게 읽었다니 고맙네.」

「내 기억으로 넌⋯⋯.」

명훈이는 말을 고르려는 듯 머뭇거렸다. 나는 긴장한 얼굴로 그가 나를 기억하고 있다는 말을 해주기를 기다렸다.

「넌, 별로 웃기는 애가 아니었던 것 같은데.」

이 말은, 나에 대해 기억이 잘 나지 않는다는 뜻일까?

「내가 그랬나?」

내가 말하자 그가 고개를 갸우뚱했다.

「글쎄, 기억이 가물가물하긴 하다만⋯⋯.」

맥이 빠지면서 또다시 실망감이 가슴을 파고들었다.

「들어올래? 오늘은 시간 좀 있어?」

나는 사라져 가는 바람의 끝자락을 잡는 심정으로 말했다.

「아니야. 이 시간엔 항상 바빠. 책 잘 읽었다는 얘기 하려고.」

그렇게 말하며 그는 부드러운 미소를 던졌다.

「응. 그래.」

「그럼 갈게.」

「그래.」

그가 돌아섰다. 그 순간 나는 급하게 그를 불러 세웠다.

「잠깐만.」

그가 돌아보았다.

「왜?」

「너, 혹시 구슬 생각나?」

그는 잠시 기억을 더듬었다.

「무슨 구슬?」

그가 말했다.

나는 쓸쓸한 마음을 감추려고 웃어 보였다.

「아니야. 됐어. 바쁠 텐데 어서 가봐.」

「그래. 고마워.」

잔잔한 슬픔이 안개처럼 내 속에 피어오르고 있었다. 나는 집으로 들어와 커피를 마시며 내가 우울하거나 내 마음이 평균치 아래의 무게로 가라앉기를 바랄 때마다 듣는 슈베르트의 〈아르페지오네 소나타〉를 들었다. 감미로우면서도 울적한 첼로 선율이 내 속의 슬픔을 살살 어루만져 주었다. 그 선율을 타고 이런저런 상념을 쫓다 보니, 요정에 대해 물었으면 명훈이가 어떤 반응을 보였을지 궁금했다. 그 생각이 들고 보니 미처 그 말을 해보지 못한 게 못내 아쉬웠지만, 다음에 또 그와 얘기를 나눈다 하더라도 내가 그걸 물어볼 것 같지는 않았다.

실제로 나는 명훈이에게 못생긴 조그만 남자 애처럼 생겼다고 한 그 요정에 대해 물어보지 않았다. 아니, 그걸 물어볼 수 없었다. 또다시 작별이 찾아왔던 것이다. 다음 날 나는 정말 오랜만에 길을 떠나 멀고 긴 여행길에 올랐는데, 예정되어 있던 길들과 우연히 들어선 길들이 뒤얽힌 한 달을 보내고 돌아오니 명훈이는 이미 우리 동네를 떠나고 없었다.

어쩌면 떠나기 전에 명훈이가 우리 집 벨을 눌렀을지도 모르지만, 그것을 확인할 길은 없다. 우편함 속에 떠난다는 편지를 남긴 걸 보면 그가 나를 찾았을 것 같기도 하지만, 한편으로는 처음부터 그렇게 편지만 남기고 떠나기로 했던 게 아닐까 싶기도 하다.

'마립아'라고 그가 말했다.

까마득하게 긴 세월이었는데, 만나자마자 또 이별이네. 네가 이사 오기 전부터 다른 곳으로 떠나려고 준비 중이었다. 마침 알아보던 다른 곳에 일자리가 생겨 급히 떠난다. 서울이 아니고 저 남쪽 지방의 어느 곳이다. 다시 서울에서 살게 될 날이 또 있을지 모르겠구나. 고맙다. 까마득한 옛날의 일인데, 나를 알아봐 줘서. 따뜻하게 대해 준 것도 고맙고. 네가 나를 어떤 아이로 기억하고 있는지 듣고 싶었지만 그냥 네가 기억하고 있는 그대로 두는 게 옳다 싶어서 묻지 않았다. 지난 세월을 생각하니 꿈같다. 아득하고 캄캄하고 너무 멀어서, 그 세월을 내가 살아왔다는 게 믿어지지 않을 때도 있더라. 그게 인생이겠지. 그렇지? 잘 지내라. 길을 가다 보면 그 길이 서로 만나는 때가 있더라. 그렇게 언젠가 또 만나자. 명훈이가.

P.S. 나뭇잎은 선물이야. 책갈피에 넣어 둬봐. 가을쯤 되면 아주 멋있게 되어 있을 거야. 낙엽보다 더 낙엽처럼 보일 거야.

그게 무슨 나무의 잎인지 모르겠다. 아이 손바닥만 한 크기에 아주 얇고 잎맥이 무척 많은 것인데, 나는 지금도 모른다. 굳이 그 방면의 전문가가 아니라 해도 나무에 대해 잘 아는 사람에게 물어보면 알 수 있겠지만 나는 그러지 않았다. 중요한 것은 그게 아니기 때문이다. 그가 나에게 그것을 주었고 내가 그것을 간직하고 있다는 사실이 아니라면, 그 나뭇잎 세 개가 그와 나에게 무슨 의미가 있겠는가.

그로부터 또 세월이 제법 흘렀다. 그리고 나는 여전히 명훈이를 생각하고 있다. 슬플 때, 외로울 때, 쓸쓸할 때, 나는 언제나 그를 떠올린다. 나처럼 길을 가고 있을 그를, 세상 어디에도 같은 것이 없는 그 자신만의 여로를 걷고 있을 그를 떠올린다. 달라진 게 있다면 방글방글 웃고 있는 못생긴 조그만 남자 애의 얼굴과 더불어, 안경을 끼고 더부룩하게 수염을 길렀으며 삶의 나른한 피곤기가 묻어 있는 나이 든 얼굴도 생각한다는 것이다. 때로 그가 선물로 주고 간 낙엽보다 더 낙엽 같은 세 개의 나뭇잎을 들여다보며 그가 바로 요정이 아닐까, 하고 생각하기도 하지만, 이것은 어디까지나 내가 몹시 센티멘털해졌을 때 떠오르는 생각이다.

삶의 우연성과 실존적 고독의 탐구

-《쳇, 소비의 파시즘이야》에 대하여

김성수(연세대 교수, 문학평론가)

"몸은 멈췄지만 정신은 계속 길을 가고 있었던 것이다."

(〈시체는 어디에 있나〉 중에서)

1. 이상운 소설 개관

작가 연보를 보면 이상운은 올해로 등단 10년을 맞는다. 1997년 전작 장편소설 《픽션클럽》으로 문단에 나온 이래 그는 10년 동안 《탱고》(2000), 《누가 그녀를 보았는가》(2002), 《내 마음의 태풍》 (2004), 《내 머릿속의 개들》(2006) 등의 장편소설, 《달마의 앞치마》(1999), 《제발 좀 조용히 해줘》(2001), 《책도둑》(2004) 등의 소설집을 발표하였다. 한 작가의 10년 창작 경력이란 꽤 의미 있는 시간이라고 할 수 있는데, 앞에 제시한 다양한 형식의 작품들에서 이상운은 이 세계에 편재하는 위선과 허위의 양상을 특유의 풍자적 어법으로 형상화하여 자신만의 독자적 문학 세계를 구축하였다. 이번 소설집 역시 자신이 추구해 온 소설적 경향으로서 작가 특유의 개성적인 모습을 보여 주고 있다. 그런 점에서 이번 소설집은 작가에게 등단 10년의 결산인 동시에 향후에 전개될 문학적 방향의 바로미터라고 할 수 있다.

이상운의 작품을 읽어 본 독자들이라면 알겠지만, 그는 등단작 《픽션클럽》에서부터 최근의 《내 머릿속의 개들》에 이르기까지 현실을 풍자하는 날카로운 의식과 해체적 구성 방식으로 자기만의 문학 세계를 구축해 왔다. 장편소설들을 포함하여, 자신의 문학과 세계에 대한 견해를 피력해 놓은 이야기 모음집에서도 이상운은 '우연성(contingency)'에 의해 발생하는 삶의 부조리함이나 이 세계의 불합리한 현상들을 알레고리적 기법으로 포착해 내고 있다. 그의 작품들은 세계와의 진정한 소통을 방해하는 일상의 허위에 대한 전복을 겨냥하면서 동시에 과잉 소비의 물신성에 침윤된 자본주의 세태의 부박함을 공략한다. 이상운의 독자적 작품 경향은 이미 등단작 《픽션클럽》에 잘 나타나 있다. 이번 소설집의 논의를 위해 《픽션클럽》에서 받았던 느낌을 먼저 정리해 본다.

공상적 꿈꾸기를 즐기며 정신의 자기 승리법으로 자신에게 닥친 어려운 상황을 타개해 나가던 소년이 성장해 소설가가 되지만, 냉혹한 자본의 물신성 앞에서 글 쓰는 정신을 시장에 내다 팔지 않을 수 없는 작가로서의 내면 고백이 《픽션클럽》의 핵심 이야기였던 것으로 기억한다. 특히 그 작품이 내게 흥미를 끌었던 것은 간결한 문장에 실린 냉소적 허무주의와 풍자적 문장에 담겨 있는 어떤 독특한 느낌 때문이었다. 가령, 커트 보네거트에게 빌려 왔다고 고백하면서 작품 중간 중간에 반복적으로 삽입해 놓은 "인생은 그렇게 가는 것!"이라는 경구적 진술은 일견 엄숙해 보이면서도 무척 희화적으로 읽혔던 기억이 있다. 한국 문단에서는 흔치 않은 개성적 문체를 지니고 있다는 생각이 이상운의 《픽션클럽》에 대한 기억으로 남아 있다.

　《픽션클럽》에서 이상운은 자본과 상품이 홍수로 넘쳐흐르는 물신성의 세계에서는 공상과 무의식마저 상품화될 수밖에 없음을 메타픽션적 방법과 알레고리 기법에 의해 해체하는 방식으로 이야기를 구성한다. 현실 자체가 일종의 픽션이기 때문에 이 픽션의 현실을 다시 픽션화해야만 비로소 온전한 현실의 모습이 드러날 수 있다는 논리가 알레고리의 언어로 활용된 것이다. 작가는 철저하게 타락한 사회에서는 순수하게 타락한 인물의 거짓 없는 반항만이 우리가 꿈을 꾸는 가치를 만들어 낼 수 있다고 상상을 한다. 이상운 소설의 화자로 등장하는 인물들이 대체로 전형적인 공상가이거나 부정적 양상을 공격하는 냉소적 성격의 작가로 설정되는 까닭은 여기에 있다. 일그러진 현실의 양상을 재차 일그러뜨리는 방식으로 상상하는 것이야말로 진정한 풍자의 원리이기 때문이다. 《픽션클럽》에서 시도한 풍자적 화법과 알레고리 기법은 이후의 작품들에서도 중요한 창작 방법론으로 활용된다.

　이상운의 작품에 대해 언급한 평자들의 견해를 정리하면, 그의 소설은 '현대 소비 사회의 물신성에 대한 풍자'와 '소통 부재로 인한 실존적 고독의 탐구'를 주요 테마로 삼고 있다. 성장 소설과 자서전 형식을 해체한 피카레스크 풍의 풍자 소설 《픽션클럽》, 연애 소설과 추리 소설의 형식에 우연성을 섞어 픽션에 대한 성찰을 시도하고 있는 《탱고》, 추리 소설적 구성에 의해 마약 중독으로 죽은 한 여자에 대한 의문을 풀어 가면서 세상과의 의사소통 문제와 자기 정체성에 대해 질문하는 《누가 그녀를 보았는가》, 부당한 억압과 폭력에 맞서 자유와 해방을 갈구하는 소년들의 열정과 아픔을 작가의 청춘 시절을 배경으로 그린 《내 마음의 태풍》, 자본주의 세태에 대한 냉소와 풍자를 희극적 터치로 경쾌하게 구성함으로써 우리 시대의 우화를 그려 냈다고 평가되는 《내 머릿속의 개들》 등이 지난 10년 세월에 걸쳐 창작된 이상운의 작품 경향을 보여 준다.

　이번의 신작 소설집 《쳇, 소비의 파시즘이야》에 수록된 9편의 작품에서도 작가는 앞선 작품들의 연장선에서 '여로'의 이야기 구조를 바탕으로 일상의 우연성이 발산하는 실존적 고독의 의미를 탐구하는 한편, 대량 상품 소비 사회의 허위와 위선에 대한 풍자를 감행한다. 또한 작가는 삶의 여로에서 겪는 우연성과 불가해함, 관계 및 소통 부재의 시대를 살면서 진정한 대화를 추구하려는 인물들의 이야기를 다채롭게 들려주고 있다.

2. '여로'의 이야기 구조

소설집 《쳇, 소비의 파시즘이야》에서 작가는 여행 관련 글을 쓰는 르포 작가 '이마립'을 화자로 설정하여 삶의 다양한 국면에서 만나고 헤어지는 군상들의 이야기를 다루고 있다. 화자인 논픽션 작가 이마립은 일상의 여정을 왕래하며 여러 인물들과 만나 대화를 나누는 과정에서 겪는 삶의 우연성에 관한 문제, 자본주의 사회에서 허위와 위선을 일용할 양식 삼아 타락한 방식으로 살아가는 인물들을 연민의 시선으로 풍자한다. 모두 9편으로 구성된 이번의 소설집에서 이상운은 작가 특유의 경쾌한 문장으로 다종다양의 인간 군상들이 연출하는 과잉 소비 사회의 허위의 양상을 제시하고 비판한다. 여로 형식을 채택하여 서술하는 이야기 방식을 언급한 다음 대목을 보자.

스티븐슨은 이런 말을 했다. '우리는 모두 여행자이다. 존 버니언이 이 세계를 황야라고 불렀을 때의 그 의미에서.' 그렇다. 우리는 모두 여행자이다. 이 세계를 황야가 아니라 천국이라고 생각하는 사람이라 할지라도 그는 여행자이다. 그리고 그 여로의 의미를 해석할 수 있는 건 자기 자신뿐이다. (179쪽)

1930년대의 시인이자 비평가인 김기림은 시집 《태양의 풍속》(1939)에 수록된 〈함경선 오백 킬로 여행 풍경〉이라는 시에서 "세계는/나의 학교/여행이라는 과정에서/나는 수없는 신기로운 일을 배우는/유쾌한 소학생이다”라고 서술하고 있다. 이 시의 발상에 기대어 생각해 보면, 소설의 화자 역시 여행의 과정에서 보고 들은 신기한 이야기들(유쾌하기도 하고 유쾌하지 않기도 한 모든 형태의 이야기들)을 말하고 싶어 하는 ‘세계라는 학교의 학생’이다. 화자는 사람들을 여행의 형식에 따라 인도하는 이야기의 가이드일 수 있으며, 영혼의 원점을 찾아 성지를 방문하는 순례자로 설명될 수도 있다. 세상의 이곳저곳을 여행하며 먼 곳의 진기한 이야기를 가져오는 ‘뱃사람’(발터 벤야민, 〈이야기꾼과 소설가〉) 유형에 속할 법한 화자 이마립은 “여행 관련 글을 쓰는 논픽션 작가”로서 이 소설집 전체를 관통하며 다양한 인물들의 이야기를 전해 준다. 각각의 작품에 여러 형태의 화자로 등장하는 이마립은 삶의 지향점과 여로의 목적이 무엇인지 끊임없이 질문을 던지는 인물로, “상상이라는 것도 여행이라고 생각해 보면 그 여로의 기록도 일종의 르포라고 할 수 있을 것”(〈시체는 어디에 있는가〉)이라며 ‘글 쓰는 여행자’로서의 자기 정체성을 규정한다. 그는 “여로라는 화두를 머리에 이고 여행 관련 글을 주로 쓰고 있지만 인생살이 온갖 잡사가 다 여행”(〈쳇, 소비의 파시즘이야〉)이라는 관점에서 세상은 여행지이며, 자신과 함께 떠나고 만나고 헤어지는 사람들, 그리고 자신의 이야기를 듣는 사람들 모두는 여행자들이라고 생각한다.

세상의 여로를 왕래하는 여행자 모티프는 비단 화자인 이마립에게만 해당하는 것은 아니다. 이 글을 쓰고 있는 필자나, 이 글을 읽어 줄 독자들, 그리고 이 작품들을 쓴 작가까지도 모두 '지금-이곳'에서의 여로에 동행하고 있는 여행자들이다. 나아가 먼 훗날 지옥이나 연옥이나 천국의 여로 어디쯤에서 다시 만날지도 모를 영원의 여행자이기도 하다. 태어나기 이전부터 이미 여행자들인 우리는 그런 의미에서 현대적 삶의 과정은 물론, 삶이 끝나고 난 이후조차도 예정된 여로의 바깥을 한 치도 벗어날 수 없는 운명에 처해 있다. 그래서 이 소설집 안에서 화자가 말을 걸고, 타인의 이야기에 귀를 기울이며, 이야기를 들려주는 인물들은 모두 여로의 과정에서 만나고 헤어지고, 또다시 만날 '우주적 인연'의 매듭으로 엉켜 있는 존재들이다. 이런 맥락에서 화자는 "행로와 마음의 풍경"(〈시체는 어디 있는가〉)과 "생각의 여로"(〈반월성에서〉)를 따라가면서 자기만의 독자적인 '여행의 존재론'을 형성한다. 화자가 터득한 여행의 존재론이란 "세상을 떠돌고 취재를 하고 사진을 찍고 논픽션 잡문을 쓰면서 터득한 개똥철학에 의하면, 만물은 변하고 결국엔 사라져 버린다는 것"(〈생활이 그대를 속일지라도〉)이다. '만물은 변하고 결국엔 사라져 버린다'는 말은 작가의 세계관을 담고 있는 주요 명제이면서 이 소설집 전체의 이야기를 구성하는 기본 틀이자 여로의 이야기 구조를 지탱하는 핵심 원리이다. 다시 말해, '만물은 사라진다'는 명제는 작가에게 세계가 어떤 보편성에 의해 운행되는 것이 아니라 오히려 우연성에 의해 지배된다는 것, 그리고 그것이 이 세계의 엄연한 원리임을 지시해 주고 있다.

3. 삶의 우연성 탐구와 소설적 방법론의 모색

이상운의 작품에서 자주 언급되는 우연성의 문제는 그의 소설 방법론과 긴밀한 관련을 맺고 있다. 이 점은 소설집 전체에서 이상운이 우연한 교통사고에 의한 죽음(〈그레고르 잠자는 왜 벌레가 되었을까〉), 우연한 돌풍에 의한 사고사(〈포복에 대한 명상〉) 등 여러 유형의 우연성을 이야기 전개의 핵심 모티프로 활용하는 데서 잘 드러난다. 이러한 모티프들은 개인을 파멸시키고 관계를 단절시키는 우연성의 어떤 힘이 현실의 실제 삶과 어떻게 관련되고, 또 어떻게 개입하고 있는지 탐구하려는 작가 이상운의 의식을 반영해 준다.

소설집 전체의 이야기에서 이상운은 보편성이나 필연성보다는 우연성이 우리 삶을 지배하는 원리라고 믿는다. 이 우연성의 문제는 이미 그의 다른 장편소설 《탱고》의 핵심 테마이기도 했는데, 이번 소설집에서도 그는 '우연성'의 문제를 집요하게 탐구한다. 삶의 우연성이 불러오는 문제에 대해 작가는 화자 이마립의 시선을 매개로 하여 대학 서클 후배와의 우연한 만남과 그로 인해 지속되는 인연(〈시체는 어디 있는가〉), 돌풍에 휘말려 떨어진 당구장 간판에 머리를 맞아 죽은 어떤 여자에 관한 언급(〈포복에 대한 명상〉), 두 젊은 남녀의 우연한 만남과 대화에서 읽을 수 있듯 "우연한 이 여행"

을 함께 하고 있다고 느끼는 의식(《로이 리히텐슈타인 풍의 여자》),
고현이라는 사내가 화자에게 들려주는 사랑했던 여인의 죽음(《그
레고르 잠자는 왜 벌레가 되었을까》) 등을 각 작품에 삽입하고 있다.
이 우연성의 문제를 이상운은 필연과 질서, 확신과 이성적 논리를
해체하는 소설적 방법의 모티프로 활용한다.

　이상운의 소설적 방법론의 핵심은 여기에서 찾을 수 있다. 그 방
법론이란 작가 자신의 세계관이 반영된 의식의 지향점을 의미한
다. 이것은 이상운의 현실에 대한 인식과 그것을 소설적 형식으로
수용하는 방법론적 인식과 밀접한 관련이 있다. 그가 가상의 대담
형식을 차용하여 피력한 자신의 소설 구성론에서 "나는 군데군데
뜯기고 끊어진 낡은 필름 조각들을 '간신히' 꿰어 맞춰 놓은 듯한
소설"(《누가 그녀를 보았는가》)을 방법론으로 채택하고 있다고 밝
혀 놓았다. 여기서 그가 인식하는 현실의 존재 양상과 그것을 소설
의 형식으로 채택하고 방법으로 활용하는 것 사이에는 밀접한 상
관성이 있음을 알 수 있다.

　인과가 모호하고, 정보가 부족하고, 뒷일을 알 수 없고, 길게 이어
지는 사건이 아니라 조각난 파편들로 구성되어 있고…… 이게 내가
본 '현실'이다. 나는 독자들이 그렇게 모호하고, 부족하고, 알 수 없
고, 조각난 장면과 시간들을 각자의 상상력과 해석으로 채워 가며
읽기를 기대하고 있다. 우리가 우리 자신의 삶을 읽어 가는 방식도

그렇지 않나? 설마, 당신의 인생이 애거서 크리스티의 추리 소설처럼 극적으로 구성되어 있다고 믿는 건 아니겠지?

《누가 그녀를 보았는가》에서 읽을 수 있듯 이상운은 자신의 현실 인식과 소설 구성의 방법론을 압축하여 표현한다. 그는 이미 《탱고》에서도 어떤 '인과율(causality)'이나 정보의 원활한 소통, 유기적인 삶의 구성 원리가 결코 현실의 진정한 모습이 아님을 주인공들의 만남의 관계를 통해서 탐구한 바 있다. "정체라는 거…… 사실 다 허상 아닌가요?"(《누가 그녀를 보았는가》)라고 반문하는 데서 잘 드러나듯 이상운이 인식하는 현실이란 가짜와 허상과 왜곡된 정보가 "조각난 파편"의 형태를 이루고 있는 곳이다. 그는 "인과가 모호하고, 정보가 부족하고, 뒷일을 알 수 없고, 길게 이어지는 사건이 아니라 조각난 파편들로 구성되어 있"는 현실의 모습을 형상화한 소설의 모습을 제대로 복원하고 구성하기 위해서는 독자들이 그러한 장면과 시간들을 각자의 상상력과 해석으로 채워야 한다고 주문한다.

잘 알다시피 원론적 의미에서 소설은 작품 내부에서 작가 자신의 모습을 직접 드러내기보다는 화자와 인물의 목소리를 통해 이야기를 들려주는 글쓰기 방식을 취한다. 하지만 소설의 담론에서 작가가 스스로 목소리를 드러내는 순간 이야기의 환영은 깨지면서 소설과 현실의 경계는 해체된다. 여기서 작가와 독자 사이에 새로운 의사소통 형식이 발생하고 새로운 구성 방법이 시도된다. 이와 같은 글쓰기의 방식을 통해서 모든 현실의 이야기가 소설이라는 글쓰기의 현실임을 노출시킴으로써 표면에 드러나지 않는 이 세계의 진실, 즉 보이지 않는 힘들의 역학 관계를 밝혀낼 수 있게 된다. 이런 이야기 구성의 방법을 수용할 때 우리는 우연성에 의해 구성되는 파편적 현실의 연속이 오히려 더 올바른 현실의 모습을 비춰 줄 수 있다고 믿는다. 이상운 소설의 메타픽션적 성격, 해체적 글쓰기의 원리는 여기에서 비롯되며, 이 지점에서 그는 현실의 구조를 해체적으로 인식하는 입장을 갖는다. 〈시체는 어디 있는가〉에서 화자인 이마립이 "소설이 지어낸 이야기이긴 하지만 보편성이 있는 것이니까 거짓은 아니다"라고 말하자 관광버스 회사 사장이 "보편성 같은 건 없"으며, 따라서 "인생은 단 한 번뿐인 개별적인 사건들의 무한한 연속"이라고 반박하는 장면은 현실을 인식하는 작가의 시선이 어디에 있으며, 그것을 소설적 방법론으로 어떻게 인식하고 있는지 잘 보여 준다. 화자 또한 관광버스 회사 사장의 말을 부인하지 않으면서 다음과 같이 생각한다.

(…) 보편성이라고는 눈곱만큼도 없는 희한하고 충격적인 일들로 가득 찬 인생, 나도 그걸 부인하고 싶은 마음은 없었다. 충격적이라고 할 것까지는 없다 하더라도 삶은 보편성이니 뭐니 논할 필요도 없이 원래부터 보편성과는 무관한 파편들로 가득 차 있는 것 같다. 하지만 바로 그래서 사람들은 단지 보고 들은 사실만 얘기하는 나와

같은 잡문 작가가 아니라, 그들이 원하는 허상까지도 얘기할 줄 아
는 진짜 작가를 원하는 게 아닐까? (195~196쪽)

"한 번뿐인 인생의 이토록 줄기차게 이어지는 여로"에서 대학
시절의 서클 후배인 김민선과의 우연한 만남, 그녀 어머니의 장례
식장에 조문을 온 관광버스 회사 김 사장과의 대화, 그리고 D시 초
등학교에서 발견된 유골을 둘러싼 미스터리 등 일련의 상황들을
경험하면서 화자는 이런 일들이 "전 우주의 시간에서 단 한 번뿐인
개별적인 사건"임을 느낀다. 그 결과 화자는 현실의 실제 삶이라는
것이 "보편성과는 무관한 파편들"로 가득 차 있기 때문에 사람들
은 보고 들은 사실만 전달하는 르포 작가의 글보다는 허상의 형식
을 빌려서라도 보편성의 원리가 살아 움직이는 이야기를 만들어
주기를 바라고 있다고 해석한다. 이런 맥락에서 작가인 이상운은
화자를 통해 현실이 보편성의 원리에 의해 움직이는 것이 아니라
우연성에 의해 지배되고 있음을 소설적 방법론의 차원에서 질문하
고 있는 것이다. 삶의 여로에서 연속되는 우연성에 대한 작가 이상
운의 경험은 작품 안에서 화자의 현실에 대한 인식을 반영하면서
소설집 전체의 테마를 형성하는 원리로 작동한다.

4. 과잉 소비 사회와 존재론적 고독의 양상
이상운의 소설집에서 읽을 수 있는 또 하나의 테마는 존재론적

고독의 양상에 관한 것이다. 자본주의의 과잉 소비 세태와 물신성이 범람하는 질서 안에서 삶을 꾸려 나가는 단독자로서 작품 속의 인물들이 느끼는 존재론적 고독이란 우연성의 원리가 지배하는 세계의 형식으로부터 피하기 어렵다는 막다른 의식에서 발생한다. 이 점은 이번 소설집에서 여러 유형의 인물들을 통해 강조되고 있다.

〈시체는 어디 있는가〉에서 화자는, 탐정 소설가 오목련의 칼럼 내용을 인용하여 D시 초등학교에서 발견된 미지의 유골에 대해 세상 사람들이 놀랍고 신비롭고 진기한 사연이 숨어 있기를 기대하는 이유에 대해, 우리가 존재의 알리바이로 삼을 만한 아무런 이야기도 가지고 있지 않기 때문에 그렇다고 진단해 낸다. 그래서 세상 사람들은 우리의 삶에서 전혀 비본질적인 삽화에 지나지 않을 아주 조그만 미스터리에 현혹되어 그 궁금증이 어서 풀리기를, 마치 자기 존재의 근본 이유를 갈망하듯 흥분하여 고대한다는 것이다. 화자가 인용한 탐정 소설가의 칼럼 내용 가운데 한 부분을 제시하면 다음과 같다.

우리들 개개인과 우리들 개개인의 집합인 사회 전체에 퍼져 있는 불안하고 파편적인 모호함을 미지의 유골에 투사하고, 그 놀라운 비밀이 밝혀져 우리를 둘러싼 존재의 안개가 걷히기를 우리는 기대하고 있다. (203쪽)

그러나 화자는 탐정 소설가의 견해를 빌려 이것이 안타깝게도 부질없는 기대일 뿐이라고 결론을 내린다. 존재론적 고독에 대한 작가의 탐구는 〈반월성에서〉 같은 작품에서 어떤 사내가 화자에게 또 다른 어떤 사내의 주란(酒亂)과, 머리에 붙은 달 떼어 내기에 관한 작란(作亂)에 대해 들려주면서 고백하는 다음과 같은 대목에서도 확인할 수 있다.

나도 그렇습니다. 지독한 고독을 맛보려고 이곳을 찾지만 언제나 그리움에 사무치게 되지요. 달과 술과 더불어 꿈인 듯 현실인 듯 분간이 되지 않는 몽환 상태에 빠져서 말이죠. 그러면 어느새 신라에 호적을 둔 예쁜 처녀 귀신이라도 찾아 주었으면, 하고 은근히 바라게 되죠. (214쪽)

"투명한 외로움", "철저한 고독", "극도의 고독한 빈곤", "한결같이 배어 있는 고독감", "모욕적인 피로와 고독을 감수하고 있는 사람들"로 표현되는 고독의 양상들은 소설집의 여러 곳에서 어렵지 않게 발견된다.

나는 많이 고독했다. 슬펐고, 쓸쓸했다. 나는 때로 나를 존재케 하는 이 우주가 미웠다. 나는 무엇인가가 없지 않고 있다는 것 자체가 미웠다. 생명에게 가장 방해가 되는 것은 생명 자체다, 라는 경구도

만들어 보았다. (24쪽)

　　존재의 의문에 사로잡혀 밤마다 별을 보며 우주의 끝에 대해 고민
하던 사춘기 시절에도, 실존적으로도 처세적으로도 지리멸렬했던
청년 시절에도, 사람이 많거나 사람이 없는 여로에서 대체로 외롭
고 쓸쓸하고 어딘가 내가 떠나왔던 그곳으로 돌아가고 싶다는 느낌
이 들 때마다 나는 늘 그를 생각했다. (264~265쪽)

　　이 소설집에서 무엇보다도 과잉 소비 사회를 살아가는 존재의
실존적 고독을 가장 극명하게 보여 주는 경우는 표제작 〈쳇, 소비
의 파시즘이야〉이다. 이 작품에서 스타 광고인이자 "발랄한 자본
주의적 교환을 정직하게 반영하는 시들로 채워진 전작 시집"《토
템 피플》의 주인공인 시인 장운성은 화자에게 모든 것이 소비재가
되어 버린 우리 문화의 온갖 현상에 대해 "추상적인 것이건 구체적
인 것이건 우리는 다만 그것을 소비할 뿐"이고 "모든 게 복사품"
일 뿐이라며 냉소적으로 발언한다. 뿐만 아니라 장운성 시인은 화
자에게, 우리가 자본주의적 과잉 소비 체제의 이 현실에서 조금도
벗어날 수 없기 때문에 삶의 잉여감에서 발생하는 고독을 견디려
면 '웃음'이 필요하다고 말한다. 시인은 화자에게 이 고독감을 극복
하려면 도처에 깔린 이상한 우연들로 존재 자체를 웃겨 보는 것도
한 가지 방법일 것이라고 조언한다. 시인이 화자에게 여행지 취재

기사를 읽어 보았다며 화자의 글에서 "사람살이의 터무니없는 우연성에 대한 유머 같은 것"을 느꼈다고 말하는 것에서도 자본주의 체제의 롤러코스터에 탑승하고 있는 자신의 부박한 운명을 자조적으로 표현한 것으로 이해할 수 있다. 시인 장운성이 알코올에 탐닉하며 삶의 기이한 여로 속에서 거의 은둔을 하면서 자기 파괴적인 생활을 하다가 삶을 마무리할 수밖에 없었던 이유도 자본주의적 삶이 부과한 존재론적 고독의 한 극단적인 양상으로 받아들일 수 있을 것이다.

시인은 《토템 피플》의 성공에 대해 시대정신에 열렬히 편승한 결과라고 말했다. 그러니까 세상의 빛깔과 흐름에 자신의 실존을 철저히 일치시켰다는 말이었다. 그런 점에서 나는 그가 철저히 자기 파괴적인 길을 걸었다고 생각한다. 그건 아무나 선택할 수 있는 길이 아닐 것이다. 시로, 평론으로, 논문으로 자본주의의 물신성을 맹렬하게 비난하는 자야 많지만 스스로 물신주의의 극단으로 자기를 몰아붙이는 자는 없으니 말이다. (86~87쪽)

장운성 시인이 스스로를 물신주의의 극단으로 몰아붙인 것은 자본주의의 여로에서 "뭔가를 소비하게 되어 있는 회로에 갇혀 있기 때문에 소비할 것이 없거나 속도가 느려지면 미쳐서 난동을 부릴 게 뻔"하다는 자기 진단의 표현이라고 할 수 있다. 그런 점에서 그의 행위는 그 자신이 분석하고 있듯 "소비의 언어를 제공하여 난동의 방어에 일조하"려는 역설적 행위로 받아들여진다. 그가 화자에게, "천재가 아닌 내가 철저한 고독을 통해 얻은 것은 웬만한 성취에 이른 시와 극도의 고독한 빈곤과 저 앞에서 희미하게 들려오는 쓸쓸한 파멸의 나팔 소리뿐"이었음을 고백하고 있는 것은 자본주의적 삶의 잉여감에서 비롯되는 존재론적 자기 인식의 자연스러운 귀결이라고 할 수 있다. 그리하여 과잉 소비 사회를 살아가는 한 주체의 존재론적 고독과 내면의 심리가 '소비의 파시즘'이라는 주제에 압축되어 다음과 같이 제시되고 있다.

나는 노래한다
일시적이고 대중적이고
싸구려적인 것들을
나는 노래하고 외친다
섹시하고 싱싱하고
신나는 것들을
나는 노래하고 외치고 토한다
일회용적이고 임시적이고
대량 생산적이고
다국적 기업적인 것들을
랄라 트랄라

《토템 피플》의 '서시'로 인용되고 있고, 또 〈로이 리히텐슈타인 풍의 여자〉에서 철수가 읊어 대는 노래(혹은 시)로 다시 등장하는 위의 시에서 작가는 속도의 여로를 질주하는 자본주의 시대의 소비 세태와 의식의 양상을 역설적으로 찬양한다. 이러한 자기 역설과 희화적 풍자에는 "완전한 소통을 100이라고 한다면 우리는 겨우 5를 주고받기 위해 95의 쓰레기를 토해 내야만" 하는 '소비의 파시즘' 시대, 그리고 로이 리히텐슈타인의 팝아트로 상징되는 과잉 소비 사회의 여로 안에서 살아가는 존재들의 실존적 고독과 숙명이라는 주제가 함축되어 있다.

5. 이상운 소설의 문체에 대한 단상

이태준은 〈문장 강화〉에서 말을 뽑아내고 나서도 문장이기 때문에 맛있는, 매력 있는 어떤 요소가 남아야 문장으로서의 생명이 있다고 하였다. 이 말을 상기할 때, 이상운의 문체에서는 비유와 수사가 다 증발해 버리고 난 다음에도 버번위스키 같은 주향(酒香)을 느낄 수 있다. 소설에서 문체란 자기만의 개성적 스타일과 성격을 담아 세계의 실상을 언어를 매개로 표현하는 형식이다. 그와 같은 문체의 연금술적 자기 연마야말로 작가 고유의 개성을 창조해 가는 과정이라고 할 때 급소를 찌르는 유머 감각과 생의 이면을 꿰뚫는 이상운 소설의 지적 통찰력은 이번 소설집에서도 유감없이 발휘되고 있다. 그러나 이것은 이상운이 문장의 장식에 치중하는 어떤 스타일리스트라는 말은 아니다. 오히려 그가 추구해 가는 작품의 문체와 문장 안에는 세상에 가득한 허위와 위선을 공략하는 비수(匕首)의 언어가 장착되어 있는 것이다. 아마도 이런 문체는 작가 자신이 《픽션클럽》에서 자주 인용하며 강조했던 보르헤스나 보네거트 또는 도널드 바셀미 같은 포스트모던 계열의 작가들에게 영향을 받은 점도 있을 것이다. 우리 문단에선 보기 드문 개성적 문체와 독특한 주제 의식을 보유하고 있는 작가라는 점을 이상운의 이번 소설집을 읽으면서 다시 확인하게 된다.

쳇, 소비의 파시즘이야

초판 1쇄 인쇄일 · 2007년 7월 5일
초판 1쇄 발행일 · 2007년 7월 10일
지은이 · 이상운
펴낸이 · 임성규
펴낸곳 · 문이당

등록 · 1988. 11. 5. 제 1-832호
주소 · 서울시 성북구 동소문동 4가 111번지
전화 · 928-8741~3(영) 927-4990~2(편)
팩스 · 925-5406
ⓒ 이상운, 2007

홈페이지 http://www.munidang.com
전자우편 webmaster@munidang.com

ISBN 978-89-7456-376-9 03810

값은 뒤표지에 표시되어 있습니다.

잘못된 책은 바꾸어 드립니다.
저자와의 협의로 인지는 생략합니다.
이 책의 판권은 지은이와 문이당에 있습니다.
양측의 서면 동의 없는 무단 전재 및 복제를 금합니다.